致青春 043

沉睡時光裡的愛

木小木　著

高寶書版集團

目錄
CONTENTS

第一章　初見

六月的嵐城，微風和煦，碧空如洗。道路兩側的鳳凰木花開得正旺，色澤豔麗，飽含初夏的明媚和熱烈。木棉樹卻是花期已過，結出橢圓形的蒴果，這個時節，果莢開裂，果莢中的棉絮隨風飄落，恍如飄雪。

晨光從繁密的樹梢間隙滑落，形成斑駁的光影。顧深深騎著單車從中而過，日光在她肩頭跳躍，她嘴角的微笑彷若枝頭的鳳凰花一般生動。

她嘴裡叼著一片吐司，這是她離開宿舍前，室友硬塞到她嘴裡的。

換作平日，早餐對顧深深而言可有可無，但是今天不同，下午是她的畢業典禮，吃飽了氣色才能好，她也想美美地穿著學士服和自己的恩師合照。

「嘎吱——」一聲，自行車在一家便利商店前刹住，顧深深吃著麵包進了店。

「你來啦。」說話的人是個二十歲左右的少年，他穿著便利商店的制服，笑盈盈地和顧深深打了招呼，並遞給她一瓶開好的豆奶。

顧深深把嘴裡的麵包吞下去才有辦法說話：「謝了。」

他無奈地笑了笑說：「店裡有我在，妳急什麼？看看妳滿頭的汗，哪像個女生？現在的女孩都化好看的妝，穿漂亮的連身裙，踩著高跟鞋，妳這樣倒像是要和我打籃球的樣子。」

顧深深用手背隨便抹了一把額頭的細汗，現在還未到盛夏，早晨也出不了多少汗，只有時江每次都小題大做，「嘖嘖嘖，你是上夜班沒人聊天憋得慌吧，一大早就開始嘮叨。學姊都知道，你別瞎操心，好了，你趕緊回去休息吧。」

時江今年大二，他大一開始就在「八八九便利商店」打工，便認識了顧深深。

時江脫下身上的制服，拿給顧深深，「那我先回去了，等下午考完試，我去禮堂找妳，幫妳拍照，保證拍得美美的。」

「好，你快去吧。」

完成工作交接後，顧深深一個人顧著店。這個時間向來沒什麼客人，百無聊賴間，她刷起了微博。

今天嵐城的熱搜第一竟然不是娛樂新聞，也不是狗血家庭倫理劇，而是「史上最年輕的教授盛世美顏盛承淮」。說是盛世美顏，卻連張正面照都沒有，最清晰的一張也只是個側臉。

正看到興頭上，一個顧客走進店裡。那個人穿著黑色連帽衣，戴著口罩，手裡拎著一個小行李袋，行跡鬼祟。但顧深深還沉浸在研究「盛世美顏」的側臉，並未注意。

那個人在各貨架間待了足足有三分鐘，卻什麼也沒拿，只是在收銀台匆匆買了包菸，給的零錢也是剛剛好，一秒都沒耽擱。

顧深深將錢收好，繼續刷自己的微博。

此「盛世美顏」不過比顧深深大了兩三歲，也不知道是怎麼跳級的，小小年紀就成了教授，進了嵐城最好的醫學研究所。她覺得這個人雖厲害，往後不免要端著少年老成的樣子，錯過這個年紀該有的悸動，深深替他惋惜。

「歡迎光臨！」

便利商店門口的感應器提醒顧深深又有客人進店了，她放下手機，露出公式化的笑容。剛抬頭就覺得這個人十分眼熟，卻記不得是在哪裡見過。

這個人身材挺拔，五官深邃，尤其雙眼長得特別好看，只是似乎帶著點疏離，讓顧深深有點不悅。這種不悅的感覺就好比多年不見的熟人相遇，卻故意擺出疏遠之態。對此，她有些費解。

他買了瓶礦泉水，趁著他掏出錢包付錢的空檔，顧深深將他從頭到腳打量了一遍。細細看完就更確定她不認識這個人。

他付了錢便離開了便利商店。

前腳剛走，顧深深後腳就發現為什麼會覺得此人眼熟了，他的側臉和微博上盛承淮的側臉有八九分相像。

「果真長得不賴。」她喃喃自語。

低頭刷微博的間隙，她瞥見櫃檯上多了一枚銅錢，約有一角人民幣的硬幣大小。她拿起細看，發現和她平日戴的那個銅錢項鍊頗為相像。

顧深深心想：早上店裡就來了兩個客人，莫非是盛承淮掏錢的時候掉的？既然是放在錢包裡的東西，一定很珍貴。

顧深深追出店外一看，盛承淮果然還沒走遠。

「盛承淮——」她招手。

盛承淮原本正往自己的車子走去，聽到有人喊他便習慣性回頭，還沒看清喊他的人是什麼模樣，就目睹了一場災難的發生。

「砰」的一聲巨響，顧深深被氣流炸到便利商店五公尺外。那一聲爆炸後，她能清晰地感覺到自己呈拋物線飛出，卻再也聽不清周遭的聲音。

她看到盛承淮跑向自己，她微微舉起右手，試圖將手裡的銅錢遞給他，還沒來得及給他便先暈了過去。

※　※　※

待顧深深醒來，世界一片靜悄悄、白茫茫，若不是空氣裡彌漫著消毒水的味道，她差點以為自己上了天堂，她從未覺得這消毒水的味道如此讓人心安。

躺在病床上，顧深深慢慢回想起那場爆炸，心有餘悸。想來果然是好心有好報，她若不是出去還盛承淮的銅錢，大概已經死在店內了。

「呃！嚇死我了！」顧深深原本在神遊，忽然看到一張臉出現在自己眼前，不免受了驚嚇。

她拍拍胸脯，瞪了對方一眼，卻發現這個人是盛承淮——自己的半個救命恩人，便頓時沒了氣勢，只是感慨了一句：「沒想到你走路都不出聲音的。」

盛承淮詫異地看了她一眼，嘴巴一張一合，顧深深卻沒有聽到聲音。

顧深深自己也搞不清楚了，「你別開玩笑了，不對，你不像是會開玩笑的人，我……是不是聾了？」

盛承淮遲疑了一下，這個聲音……他好像在哪裡聽過。鑒於顧深深的現狀，他也沒有多問，只是按了床頭的鈴，叫來了她的主治醫生。

顧深深的主治醫生叫蘇晨，是個年輕貌美的女醫生。她簡單地檢查了顧深深的耳朵，有了初步結論：「典型的爆震性耳聾，患者需要再做一次詳細的檢查，具體要怎麼治療，多久會好，都要等檢查之後才知道。」

盛承淮頷首說：「嗯。」

他打開自己的手機記事本，把顧深深的大致情況寫下來給她看。

顧深深好看的眉毛都擰在一起了，「我還以為我要聾了，還能治就好。」

這樂觀的心態讓盛承淮自覺慚愧。十年前他意外失明，一度支撐不住，後來在家人的陪伴下才逐漸走出陰影。

蘇晨隨手拿了張白紙寫下：我去安排檢查，晚點會有護工來照應妳。另外，妳的後背有傷，走路的時候小心一點。

「謝謝蘇醫生。」

盛承淮跟著蘇晨離開病房，蘇晨笑著調侃道：「好久不見。沒想到這麼多年沒見，竟然是以這樣的方式見面。」

「是啊，好久不見了……」盛承淮若有所思，「妳過得好嗎？」

「託你的福，順利上了醫學院，出國留學讀了研究所，現在的話，如你所見。」當年若不是遇見他，她可能不會選擇這條路，但是他什麼都不知道。

「我要回研究所了，顧深深的檢查結果出來後，能否告訴我？」

蘇晨遲疑了一下，點點頭說：「你和顧深深……是朋友？」

「第一次見到，爆炸的時候我就在現場，所以送她來醫院。」盛承淮的回答十分標準，但是當爆炸發生時，他的心如同被什麼撕裂了一般，也不知道是什麼緣故。

蘇晨聽到回答，心裡鬆了口氣，「對了，伯父很想念你，你既然來了，要不要去看看他？」

「不了，我還有事。」盛承淮的表情閃過一絲掙扎。

蘇晨也不強求，知趣地回到工作崗位。

盛承淮回到病房，和顧深深告別，剛轉身要走就被她拉住。他轉身看她，這是他第一次認真看她，那種莫名的熟悉感更濃烈了，但是今天確實是他第一次見到顧深深。

「怎麼了？」

顧深深聽不到他在說什麼，只是從口袋裡掏出那個偶然救了她一命的銅錢遞給他，「這個，是很重要的人送的吧？」

盛承淮接過銅錢。這個銅錢是當年一個不知名的朋友送的，曾陪伴他熬過失明那段時光。他重新將銅錢放回錢包，在手機記事本上寫了：謝謝。

「該是我說謝謝才對。」顧深深由衷說道：「要不是為了出來還你銅錢，我大概已經死了。而且送我來醫院的也是你，算起來，送你銅錢的人和你都是我的救命恩人呢。」

更何況，這救命恩人的顏值如此逆天，如果能就此發展出一段羅曼史，就算耳朵聾一陣子也是值得。

盛承淮因為她的說法而不禁微笑，可惜他不知道那個送他銅幣的人在哪裡。

『或許……我們以前是不是認識？』他寫道。

顧深深搖搖頭：「嘖嘖嘖，你這搭訕方式過氣了。」

盛承淮尷尬地收回手機，「不是妳想的那樣。咳，我該走了。」

這次還沒轉身就被顧深深拉住衣袖，「你是要走了嗎？你還會來嗎？」

說實話，盛承淮打心底不想來這家醫院，這醫院是他悲慘童年的全部記憶。如果不是這家醫院，他的母親也不會……

顧深深見他不說話，自顧自地幻想了一齣一見鍾情的愛情故事——她飽含期待拉著他的手臂問道：「你什麼時候會來看我？你不在我身邊，我會沒有安全感。」

對方深情地凝望著說：「我不走，我會時刻陪在妳身邊。」

然而，現實是——

「我不會來。」

顧深深迅速地收回自己的手，「呵呵，你快走吧，耽誤了你不少時間。總之，今天謝謝你，出院後一定要讓我請你吃個飯。」

「不必。」

盛承淮向來不喜歡拖泥帶水，既然該他做的事情他都做了，以後就沒他的事了。更何況，顧深深不一定是他要找的人。

※　※　※

盛承淮的冷淡讓顧深深有點受傷，本以為是齣浪漫的愛情劇，沒想到卻是災難紀實片。看吧，盛承淮前腳剛走，員警後腳就到了。

顧深深一看，這員警也是眉清目秀，可惜和「盛世美顏」還是有些差距。

「顧深深？顧深深！」

一雙好看的手在顧深深眼前晃過，拉回了她的思緒。

「啊？你說什麼？」

關皓嘆了口氣，在白板上寫：我說我是關皓，和妳是青梅竹馬，是那個每天都幫妳帶早餐、陪妳晚自習下課回家的關皓。小時候我們的爸媽還騙我們，說小時候幫我們訂過婚約！

關皓剛開始做筆錄就發現她和自己的青梅竹馬同名，再一問籍貫、年齡、父母姓名，這才確定眼前這個人就是他認識的顧深深。關皓和顧深深本是鄰居，除了不在一個年級，剩下時間都玩在一塊，直到顧深深國二轉學後，兩人才失去了聯繫。

顧深深細細回憶，還是記不得他，「對不起，國二那年我出了點意外，之前的事情都記不得了，所以轉學後也沒和你聯繫，對不起。」

顧深深原是在嵐城出生，國二那年因為父親生意破產，舉家搬離，顧深深也因此轉學。就在搬家前夕，她因為心情煩悶去了海邊散步，一夜未歸。家人報警不久後，便在海灘發現了昏迷不醒的她。

據員警推測，顧深深是遭遇了搶劫，所幸沒有傷及性命，但她醒來時卻已經沒有之前所有記憶。直到大學，她才考回了嵐城。

關皓繼續在白板上奮筆疾書：妳變化好大，我差點沒認出妳來。長高了，皮膚也變白了，眼睛好像也大了點，就是沒心沒肺這點倒是沒變，回嵐城竟然也不聯絡我，白費了我們小時候同床共枕的情誼。

顧深深乾笑兩聲。她都不記得自己小時候長什麼樣，虧他還能說得頭頭是道：「我就不記得了啊，我要是記得，肯定開學第一天就翹課去找你。」

說到學校，顧深深一拍大腿。糟了！一看手機，都下午四點了，畢業典禮都該結束了，「畢業典禮……」

「妳都這樣了，還想去哪裡？」關皓拿了她的手機，扔進抽屜，「再說，妳筆錄還沒做，剛才我碰到妳的主治醫生，妳檢查也還沒做。」

顧深深欲哭無淚……

靠著關皓帶來的白板，筆錄做得還算順利，不過還沒做完，護理師就來帶顧深深去做檢查了。

關皓合上記錄本，亮出白板：妳去吧，筆錄晚上再做。

「現在都五點多了，你不下班嗎？」顧深深問道。

『我們這行，加班是常有的事，妳就別操心了。我出去買點晚餐，等妳檢查完回來就有好吃的了。』

一知道有好吃的，顧深深眼睛都亮了，如小雞啄米般點點頭。

關皓覺得顧深深就和他養的那隻嗷嗷待哺的倉鼠一樣，忍不住摸摸她的頭，卻被她狠狠拍了一下。

※　※　※

檢查很快就結束了，顧深深回到病房時已是夕陽西斜。金色餘暉灑在窗臺上，令人心生暖意，若是有一束花就更完美了。

她趁關皓還沒回來，傳了訊息給老師、室友，簡要地說了事情始末；至於家裡，她向來報喜不報憂，心想也沒大礙便沒有告訴父母自己受傷的事情，倒是說了碰到關皓的事，確認關皓所言非虛。

最後一則訊息剛發送成功，顧深深突然感到一陣眩暈，緊接著是一陣尖銳的耳鳴，夾雜著喊叫聲，她難受地抱著腦袋。此時，關皓正好回來，趕緊叫來了蘇晨。

『症狀。』蘇晨在白板上寫道。

「頭暈，耳鳴。」

此時正好護理師送來顧深深的檢查結果，蘇晨細細看了，寬慰道：「耳鳴、頭痛和眩暈是爆震性耳聾的一般症狀。就檢查結果來說，沒什麼大礙，妳的症狀經過治療會慢慢改善的，不出一週就會痊癒。我先幫妳開點藥。」

蘇晨離開病房前瞥見擱在桌上的炸雞和披薩，提醒關皓一句：「患者身上有傷口，不要給她吃炸物，飲食盡量清淡點。」

關皓目送蘇晨離開後小聲嘟囔：「我知道，這是我幫自己買的。」

繼而告訴顧深深再去幫她買晚餐。她卻將「魔爪」伸向了炸雞，「從明天開始再清淡吧。」

關皓一把奪過她手裡的炸雞，還順手將整袋吃的拎走，「這是我的。我去幫妳買粥。」

顧深深惋惜地看著遠去的炸雞和披薩。關皓走後沒多久，她再次出現耳鳴的症狀，聽到的嘈雜聲也更大，似乎夾雜著求救聲。難道幻聽也是她的症狀之一？

她捂著耳朵，嘈雜聲卻愈發清晰，她甚至能聽到有人喊「救命」。這樣的狀況斷斷續續，直到關皓再次回來也沒改善。

「你是誰？」

「你要帶我去哪裡？」

「我不要跟你走，放開我！」

這次，顧深深的耳邊斷斷續續聽到一些句子，拼湊起來就好像有人在她的腦海裡演了一齣劇。

關皓心急，又一次衝進蘇晨的辦公室。蘇晨無奈，簡單檢查後表示顧深深確實沒有大礙，吃完藥就能改善。離開病房前，她說道：「員警先生，我病人很多，請您配合我的工作，不要以十五分鐘一次的頻率來敲我的辦公室。」

「關皓，我沒事，醫生說了這是正常現象，你不用太擔心。對了，我的晚餐呢？」顧深深反倒安慰起關皓。

關皓一邊幫她準備晚餐一邊說：「人的五官多重要！要是耳朵廢了怎麼辦？」

顧深深遞上白板，「別欺負我耳朵不好。」

『我哪有欺負妳？』他在白板上寫道。

她小口小口抿著粥。若是她能記起和關皓的過去，那該有多好。

顧深深飯後又做了一小時筆錄，關皓才不放心地回去警局。他走前還故意敲了蘇晨的辦公室門，惹得蘇晨頭疼不已。

當夜，顧深深總能聽到呼叫聲，她依稀辨別出是個男聲，心裡有些害怕，只好安慰自己這是幻聽。

但是這個幻聽未免過於真實了點，雖然只能聽到一個人的聲音，顧深深卻能從那些幻聽中判別出這是場綁架。

「這是哪裡？」

「為什麼要抓我？」

「啊——好痛！」

顧深深在床上翻來覆去睡不著，心裡寬慰自己這只是幻聽而已，只要不去理會，一會兒就好了。果不其然，幾聲慘叫聲後，她就再也聽不到任何聲音了。

※　※　※

翌日，一場雨將嵐城帶回了春季。煙雨迷濛中，落英繽紛，絲絲涼意沁人心脾，一掃多日的灼熱與煩悶。

陰雨不斷的天氣也沒能阻擋同學們關切的心意，室友帶著顧深深的畢業證書前來探訪，和她分享畢業典禮上發生的趣事。儘管她聽不到大家的笑聲，但她能從大家的笑臉感受到畢業帶來的感動和欣喜。

中午室友走後，關皓又來了一趟，還帶了自家熬的魚湯。關皓說是他媽媽熬的，於是顧深深給足面子喝光。可是，顧深深覺得顧媽媽的手藝似乎還不如她，這味道……不好說。

關皓為了防止顧深深一個人待在醫院無聊，還帶了許多粉粉嫩嫩的雜誌和霸道總裁小說，鋪滿了整個床頭。

關皓一直待到上班時間才匆匆回了警局。他走後，顧深深的病房又冷清下來。外頭的雨淅淅瀝瀝地下著，她卻完全聽不到任何雨聲，倒也清靜。

下午的雨下得更大了，足足有米線那樣粗。顧深深坐在床邊數著有多少人經過房門口，正無聊得發黴時，時江來了，還帶了便利商店老闆給的慰問金。

他緊張地將顧深深前前後後看了好幾遍，「妳傷到哪裡了？我今天才知道店裡發生了爆炸，問了妳室友，她們說妳在醫院，我立刻就來了，一路上心驚膽戰，闖了五個紅燈，好在妳哪裡都沒缺。」

「你在說什麼？」

時江以為顧深深耳聾了，急紅了眼，就差滴幾顆淚珠子下來，「都怪我不好，明知道妳昨天下午畢業典禮，我就該連著上班。」

顧深深聽不見聲音，但見時江如此著急的模樣，心裡不由得一暖，「我沒事，耳朵也沒大礙，醫生說了吃幾天藥就會慢慢好。不用擔心我，反倒是你有時間多去看看老闆，這是第二間出事的店了，他現在一定很鬱悶。」

這間店老闆姓宋，年紀不大，好吃懶做，便想隨便開間店，招了幾個學生，自己當甩手掌櫃。第一家店是小照相館，那時顧深深才大二，在店裡幫忙洗照片。因為一個男人和小三在他店裡拍了照，正房氣不過，又不敢找自己丈夫鬧，便找了幾個流氓把照相館砸了，店裡設備無一倖免。於是，宋老闆就拿著這筆賠償金開了便利商店，就是被爆炸夷為平地的「八八九便利商店」。

時江正要說話，顧深深便遞上白板說：「我聽不到。」

時江摸摸後腦勺，在白板上寫：『我等一下就去看看老闆。妳好好養傷，有什麼需要我的地方儘管使喚。』

顧深深笑著說：「放心，我肯定會『不遺餘力』地給你添麻煩，不過不是現在。你趕緊回去上課吧，不要以為我不知道你翹課了。」

時江無奈。他確實是翹課了，在顧深深的督促下，他只好回去學校。

剛目送時江離開，顧深深就在門口逮到一個熟悉的身影。顧深深脫口而出：「盛承淮！」

出於禮貌，盛承淮停下腳步進了病房。

「你不是說不來了嗎？」顧深深調侃道。

這個聲音……和八年前救他的那個聲音……一樣！

強壓著心裡的疑惑，盛承淮神色自若，「來醫院處理點事。」

顧深深意味深長地「噢」了一聲。關皓給的小說裡，男主角偶遇女主角時都是這樣的說辭。

※　※　※

窗外的雨漸漸小了，終於滴滴答答的雨聲停住，太陽躲在雲層後猶抱琵琶半遮面。天邊掛起了彩虹，色彩絢爛，炫目迷離。一陣風吹進病房，帶著雨後特有的清新和芬芳，讓顧深深……

「哈啾！」

不禁打了個噴嚏。

盛承淮隨手在床上抓了件外套幫她披上，然後關上窗，打開熱水瓶，倒了一杯熱水遞給她。

整套動作行雲流水，不帶一絲遲疑。等做完了這一切，他才發覺不對，為何自己會像著魔般做這些莫名其妙的事情？

顧深深笑著接過水說：「說好的高冷呢？」

盛承淮為了掩飾自己的窘迫，便指著她床頭的小說，用白板問她：這是妳日常的消遣？這愛好有點特別。

顧深深看了床頭一眼——《霸道總裁愛上我》、《美麗俏王妃》、《霸道總裁的嬌妻》……這都是些什麼啊……

顧深深捂起臉，「我如果說我只是拿這些小說當學習教材，你會信嗎？」

「學習和霸道總裁的相處之道嗎？」

顧深深汗顏。誰說長得好的人一定心善？就拿盛承淮來說，嗆人的本事實在高明。

「你不是說來辦事的嗎？趕緊去吧，我就不耽誤你了。」

盛承淮確實是來辦事，但不是公事，是私事。昨天第一次聽顧深深講話，就覺得聲音極為熟悉，他推測或許顧深深就是曾經救了他的人，所以他需要來醫院確認一些事情。

「你怎麼不說話？」顧深深話音剛落，耳鳴又如潮水一般襲來，這次夾雜著的幻聽更清晰了。

「你到底是誰？你綁架我，但沒有向我爸要錢，折磨我，拍成影片寄給我爸，你是為了折磨我還是折磨我爸？你說啊，你是誰？」

「你敢做為什麼不敢脫面具？你要嘛殺了我，不然總有一天我要揭穿你的真面目！」

「咳咳——」

顧深深捂著耳朵，將頭埋進膝蓋。為什麼她這麼痛苦？明明只是幻聽，她的心口卻像壓了萬斤大石那樣難受。

盛承淮察覺到她的異常，上前捧起她的臉，幫她按摩翳風穴。沒多久，顧深深的耳邊就清淨了。

顧深深不敢抬頭，擔心會破壞這個氣氛。她感覺到盛承淮呼吸裡帶出的溫度，她覺得如果自己聽得到，一定能聽到自己的心跳聲。

直到盛承淮的手指離開了她的耳邊，指腹擦過她的臉頰，她才受了驚嚇般抬頭。兩人四目相對，顧深深看到他眼裡驚慌失措的自己。

他卻一點點靠近，嚇得她往後挪了挪。

然而，盛承淮淡然越過她，拿起床頭櫃上的白板寫道：好點了沒？

顧深深立刻乖乖點頭，「好多了，謝謝。」

他繼續寫道：下次再耳鳴，就按一按剛才的穴位，那叫翳風穴，主治耳鳴。

「好。」

顧深深亂了方寸，不知該說什麼。盛承淮似乎也沒有要多留的意思，兩人便客套地道了別。

※ ※ ※

離開顧深深的病房後，盛承淮直接走向蘇晨的辦公室。

「我想查查我當年住在哪間病房。」

盛承淮高二那年遭人綁架，其間遭受了嚴重的虐待。獲救之後，盛承淮就被送到自家醫院接受治療。當時，他在病房裡聽到的那個聲音和顧深深的聲音十分相像。

蘇晨闔上手裡的病歷說：「你查這個做什麼？都過去八九年了，你……」

「我沒事。只是，我有一些好奇的事情，如果不弄明白，今晚恐怕睡不著。」

「這不符規定，我幫不了你。」蘇晨不希望盛承淮再觸及那段往事。

「我是研究所的教授，為了醫學研究查看一些檔案再正常不過了。若是妳不幫我，也會有其他人幫我。只不過這樣一來，盛院長又要發火了。」盛承淮說起自己的父親，語氣滿是疏離。

蘇晨無奈地說：「好，我幫你。但是我不能保證一定能找到，畢竟過去這麼久了。」

所幸仁民醫院的制度向來健全，沒有費多大功夫就找到了盛承淮八年前住院的相關資料。根據當時的紀錄，他住在內科二十八號床。

「內科二十八號床是哪個房間？」盛承淮問道。

蘇晨仔細回憶：「兩年前醫院重新裝修，病房也進行了調整，原來的內科二十八號床大概是現在五官科的病房，具體是哪間，等我查查資料。」

說罷，她找出醫院的資產清單對比裝修前後，找出了答案：「五官科三床。」

「顧深深的病房？」盛承淮脫口而出。

蘇晨遲疑了一下，點點頭。病人多的時候，她根本記不住誰在哪間，唯獨顧深深她記得清楚，不為別的，只因為盛承淮似乎對顧深深格外在意。

盛承淮心裡大致有了方向，他將檔案收好放回原位，「我能看看顧深深的檔案嗎？」

蘇晨臉上有些失落，勉強擺出一絲笑容說：「你查自己的檔案，於情於理都說得過去，但是要查其他患者的檔案，作為她的主治醫生，我拒絕。好了，你走吧。」

「抱歉，是我失誤了。」他想到最便捷的辦法就是找蘇晨了解顧深深的個人資料，卻忽略了制度上的規定。

離開檔案室後，盛承淮思索片刻，還是決定找顧深深問個清楚。如果她是當事人，那其中發生的事情，她一定比誰都清楚。

「我有事情要問妳，妳可以不回答，但是我希望妳回答。」盛承淮單刀直入表明來意。

正在看《霸道總裁的嬌妻》的顧深深竟被他理直氣壯的氣勢震懾住了，不明所以地點點頭。這一點頭她就後悔了。這多好的機會啊，怎麼就輕易答應他了？

「謝謝。」盛承淮誠懇地在白板上寫道：『妳今年是不是三十一歲？』

「啊？」顧深深睜大眼睛。她竟然老得像三十一歲嗎？簡直難以置信盛承淮的眼光。

於是，她擺出一個假笑說：「今天不是週末，你不用上班嗎？你就這麼閒？大老遠從研究所過來找我拌嘴？你見過誰三十一歲才大學畢業的？」

盛承淮微微張嘴想辯解一番，但還未開口，就又被顧深深一頓嗆：「盛承淮教授，你救了我，我很感激，但是，你真的不知道女生的年齡是不能拿來開玩笑的嗎？」

盛承淮大為失望，『所以妳不是三十一歲？』

顧深深氣得倒吸一口涼氣。她難道應該三十一歲嗎？她說：「真是太抱歉了，我媽把我生晚了，對不起了！」

但盛承淮心裡十分篤定，是這個聲音沒錯。

『妳二十三歲那年沒有救過一個十七歲的高中生嗎？』

顧深深無奈地嘆口氣說：「我現在就是二十三歲啊。」

盛承淮臉上閃過一絲疑惑，沉默許久後離開了病房。

※　※　※

夜裡，清涼的風吹進窗臺，顧深深披了件衣服在窗邊看星空。聽不到汽車的鳴笛，聽不到人聲的嘈雜，這樣的夜晚格外寧靜。

她回憶起多年前的搶劫和前幾日的爆炸，覺得自己當真是個既倒楣又好運的人。遭遇搶劫，人卻沒事，只是失去記憶；便利商店爆炸，她剛好不在店內，只是耳朵暫時失聰。

喔，差點忘了，大二那年她在宋老闆的照相館洗照片。有天夜裡，一群混混帶著凶器闖進店裡，打砸搶掠，顧深深差點就命喪歹徒之手。但那歹徒卻意外地失了準頭，砍了自己的同伴，直到員警趕到，也驚訝於她在一場混戰中毫髮無損。

「果然生病的時候最容易想起往事……」顧深深感受到涼意，拉緊了外套，吸吸鼻子，躺回床上。

剛躺下又開始耳鳴，一陣「嗡嗡嗡」後又出現幻聽。

「你終於要動手了嗎？」

「你哭什麼？既然你還有良知，為什麼你不放了我？現在放了我，還有挽回的餘地。」

顧深深不由得覺得好笑。這接的竟然是上次綁架後發生的劇情，所以她的幻聽是一齣連續劇嗎？

「啊。」

一聲悶哼之後便沒了聲音。

顧深深嚇得從床上彈起來。她聽到的那個人是……死了嗎？

過了許久，一道虛弱的聲音說：「我這是死了嗎？」

顧深深竟鬆了口氣，脫口而出：「不，你沒死，快起來，快走啊。」

「誰在說話？都出現幻聽了，看來我離死不遠了。媽，我好想妳……」

顧深深震驚得久久不能平息。對方聽到了她的聲音？這不是幻聽……所以那個人是真的被綁架了？

「你不是幻聽，我們互相能聽到對方的聲音，這絕不是幻聽。你倒是走啊，快去求救啊。」顧深深心急，卻偏偏只能聽到對方的聲音。

「不管是不是幻聽，我都活不了了。反正我也不想活了，正好死了算了。」他已經失去求生意志了。

她勸道：「既然橫豎都要死，為什麼不試一試再死？」

那個人遲疑了許久後說：「我的腹部和胸口各中一刀，小腿骨折，大腿受傷，肋骨斷了兩根，這裡是墓園，就算我走得出去，等送到醫院，我也失血過多而死了。」

「不會的，你起來，我幫你找最近的醫院，我幫你指路。」顧深深相信沒有什麼事是智慧型手機解決不了的。

他沉默了許久，才吐出一個字：「好。」

顧深深打開手機開始查找，可是那墓園附近別說醫院了，連間診所都沒有。不過她搜索到一篇遊記，地點是墓園所在山下的桃源古村，而村莊裡面極有可能有醫生。

顧深深找到桃源村的地圖後放大，發現村子裡確實有一個衛生所，「我找到了！山腳下有一個村莊，你下了山往南走，直到看到一座石拱橋。過了橋，就是桃源村，村裡有衛生所！你一定要活下去。」

或許是受到了鼓舞，他竟然真的撐到了桃源村，剛到村口就暈了過去……

「你找到地方了嗎？你還好嗎？你說句話啊！」顧深深心急如焚，但對方遲遲沒有應答。

這一夜，顧深深睜著眼到天亮，卻再也沒聽到那個人的聲音。

※　※　※

另一邊，盛承淮再次從惡夢中醒來，呼吸紊亂，一身冷汗。他開了燈，習慣性拿起床頭櫃上的水杯，灌了一大杯水才覺得稍有緩和。

打從被綁架之後，他就時常做惡夢，睡眠也不好，半夜常被驚醒。雖然心理上的創傷經過治療已是痊癒，但是那些可怕的回憶卻始終縈繞著他。

鞭子、刀片、棍子、匕首、繩子、針筒、火……這些反復地出現在夢裡，不管他在夢裡如何掙扎，始終都逃不掉。每每以為可以逃脫的時候，都會被無情地拖回去。現在想想，凶手或許是有意讓他看到希望，再將他帶回深淵，承受害怕和掙扎。

盛承淮最恨的是凶手成功了。在小木屋的那幾天，是他這輩子都揮之不去的惡夢，但凶手至今仍未落網，仍舊在不知名的某處逍遙法外。

盛承淮將銅錢握在手裡，期望能從中找到一絲安慰。他冷靜細想，除了年紀不對，從聲音的相似度來看，顧深深極有可能就是他要找的人。至於顧深深為什麼要否認自己救過一個高中生，可能只是忘記了。

他心想：看來又要食言了。

明明告訴顧深深不會再去醫院，他卻一而再再而三造訪，也不知是否會造成不必要的誤會。但即便如此，他也要堅定不移地找到「她」。

第二章　聽見十七歲的你

昨日一場大雨將天地沖刷得乾淨明亮，今天萬里無雲，碧空如洗。枝頭的鳥兒嘰嘰喳喳，一日之初顯得生機勃勃。

如此天朗氣清的早晨，病友們在食堂神清氣爽地打招呼，只有顧深深睏得睜不開眼，草草地喝了幾口粥便回病房補眠。

等她醒來已是中午，一睜眼便看到關皓那張放大了好幾倍的臉，嚇得她一個起身撞上關皓的額頭，兩人都痛得抱頭。

顧深深揉揉自己的額頭，委屈道：「你靠那麼近做什麼？」

關皓更委屈了，他怕顧深深吃不慣醫院的飯菜，所以一下班就回家做飯，一做完就趕到醫院。到了醫院，發現她正在休息，就在旁邊等。等著等著，無端覺得她的睡臉略微惹人注目了點，便湊近瞧瞧罷了，這還什麼都沒做呢，沒想到就……

『看妳臉上有髒東西，想幫妳擦掉而已。妳要不要這麼狠啊？明明小時候力氣那麼小的一個姑娘，現在跟大力水手似的。』

顧深深摸摸嘴邊，沒流口水，還好還好，「你懂什麼？力氣大才能不被人欺負。」

關皓撫摸了一下她亂糟糟的頭髮說：「有我在，誰敢欺負妳？」

「啊？你說什麼？」顧深深遞上白板，「如果你不寫下來，偷偷罵我，我都不知道。」

關皓將午餐擺好，寫道：『妳慢慢吃飯，我等一下要回警局了。餐盒妳不要洗，放著我明天來拿。』

「你最近很忙？」顧深深吃得津津有味。雖然這飯菜手藝一般，還是比食堂的好了許多。

『身為警察，我就沒有不忙的時候。』

顧深深笑著吃飯不反駁。

事實上，關皓最近因為便利商店爆炸案忙得不可開交。凶手行為惡劣，爆炸造成財產損失和人員受傷，但由於便利商店什麼證據都沒留下，甚至連嫌疑人都沒有，這個案件變得相當棘手。

關皓走後，顧深深無聊地刷著微博吃著飯，沒想到便利商店爆炸案上熱搜了。這樣算來，她也算名人了？

她愉快地咬了一口雞腿，滑著螢幕，餘光看到旁邊有一雙挺拔的腿。她頭也不抬地說道：「你不是剛走嗎，怎麼又回來了？」

旁邊的人一動也不動，顧深深便叼著雞腿抬起頭，見來人卻是盛承淮。

盛承淮微微皺眉。顧深深是將他認成別人了？他就這麼大眾臉？

顧深深放下手裡的雞腿，咂了咂嘴說：「你怎麼又來了？」

這話一出，氣氛就更僵了。她真想賞自己一巴掌，怎麼能說「又」？這該死的嘴巴，明明很高興他能來，但這麼一說顯得她好像不情願他來似的。

顧深深試圖挽救這尷尬的氛圍，「欸……你是來找我的嗎？」

顧深深無可奈何嘆了口氣，自己的智商在盛承淮面前總是捉襟見肘。既然他站在這裡，就必定是來找她的。

盛承淮沒說話，抽了紙巾遞上去。顧深深意識到自己形象堪憂，趕緊擦擦嘴巴，然後露出一個自認為「甜美」的微笑。

『我找妳有事。』

顧深深把視線從白板挪到他的臉上說：「你說，就當是為了還你的救命之恩，我也必當知無不言。」

『妳今年真的沒救過一個高中生嗎？』盛承淮問道。

顧深深篤定地點頭。

『如果不是二十三歲，妳以前呢？以前有沒有救過人？我聽蘇晨說妳國二那年失憶過，有沒有可能是失憶前發生的事情？』

又是國二，到底國二那年發生了多少事情？

「唉……」顧深深有點無可奈何，「我無能為力。經過國二那年暑假的意外，我醒來之後，之前的事情都不記得。別說救過誰，就連青梅竹馬站在我面前，我都認不出來。」

盛承淮露出失望的神情。

『如果有一天妳想起妳救過一個十七歲的男生，一定要告訴我。』

顧深深無奈地笑了笑說：「雖然我不明白你在說什麼，但是我答應你。」

之後，盛承淮問了她的病情，沒有多說什麼。

※　※　※

夜幕降臨，城市裡星星點點。一整天都不曾耳鳴的顧深深竟然希望自己再耳鳴一次，至少讓她知道那個少年有沒有得救。或許是心誠則靈，她剛剛入睡便被一陣耳鳴吵醒。

「妳……能聽到嗎？」

這熟悉的聲音是那個少年？

「聽得到。」顧深深回答：「昨天沒有你的音訊，我很擔心。不過，現在聽你的聲音，你應該得救了吧？」

「被路過的村民送到了衛生所，今天轉到醫院。」

顧深深由衷感到開心，「真是萬幸。以後不要動不動就放棄活下去的念頭，小小年紀，沒什麼是過不去的。要是心裡難受，就去吃一頓，再不濟，吃兩頓。人生啊，沒什麼是不能靠吃來解決的。」

「我十七歲了……不小了。」他悶悶不樂，「而且，我不喜歡吃……」

顧深深笑著反駁：「我二十三了，前幾天大學畢業了。你對我來說，不就是個小屁孩嗎？」

「妳等著，我也會很快畢業的。」

「是是是，不過也就五六年。可惜我現在還在住院，不然就去看看你了。」顧深深不無感慨，這可是她失聰期間唯一能聽到的聲音。

「等我好點了，我就去找妳。」他急切地說道。

「我沒大礙，等你好了，我應該已經出院了。你在哪裡？等我出院，我去找你。」

「仁民醫院。」

顧深深立刻追問：「嵐城的仁民醫院嗎？」

他的口氣盡是驚訝，「妳怎麼知道？妳也在這裡嗎？」

顧深深詫異不已，竟然有這麼巧的事情，「你在哪張床？」

「內科二十八號床。」

剛說完，他那裡似乎發生了什麼，只聽他喊著：「爸……你做什麼？」

一陣掙扎聲後竟沒有了動靜。

顧深深擔心他出事，激動得跳下床，衝進內科二十八號床的病房，病榻上的女孩像受了驚嚇的兔子般看著顧深深。

家屬不明所以地問：「妳是什麼人？」

顧深深氣喘吁吁地問道：「這裡不是住著一個十七歲的高中男生嗎？」

「胡說八道，這間就我女兒一個患者，哪來的男孩子？」家屬警惕地回答。

「對不起對不起，是我找錯地方了。」顧深深一時間也摸不著頭緒，只好慌忙退出門外，再三確認那間病房的確是內科二十八號床。

顧深深回到自己的病房，百思不得其解。明明沒有走錯房間，為什麼裡面住著的是一個女孩？她試圖再問問他到底是怎麼回事，卻再也聽不到他的聲音了。

那夜之後，顧深深的世界徹底安靜了。

※　※　※

顧深深住院第七天，蘇晨為顧深深做了例行檢查，卻意外發現顧深深本就沒大礙的病情竟沒有任何好轉——顧深深依然處於完全失聰的狀態。

為了逐步檢查是否為其他部位的疾病，蘇晨還召集了其他科室的專家進行會診。結果顯示問題確實在耳朵，檢查結果和一週前一模一樣，並且無大礙。然而為何藥物不起作用，暫時還不得而知。

在醫院休息得十分充足的顧深深臉色也紅潤了許多，她精神十足，敲開了蘇晨的辦公室，卻見一群醫生面色嚴肅地討論著什麼。

「找我嗎？」蘇晨問道。

顧深深點頭說：「我想問問耳朵什麼時候能好，我什麼時候可以出院。」

蘇晨和幾位醫生面面相覷，不知該如何作答。

「我的身體怎麼了？」顧深深受這莫名緊張的氣氛影響，自己也變得不安起來。

蘇晨在白紙上寫道：『妳的耳朵還在治療期，我建議妳繼續住院觀察。』

顧深深失落地回到病房。

大四一開學，她就收到了offer，這幾天她原本打算回校收拾行李，過幾天去公司報到。再這麼拖下去，工作十之八九會泡湯。

蘇晨和醫院幾位五官科專家商量後，決定向研究所尋求幫助。他們深信一定有藥物可以改善顧深深的病情。

於公於私，蘇晨向盛承淮發出邀請，希望可以得到他的幫助。若是以前，盛承淮絕不會和仁民醫院有一絲聯繫，但是他現在還沒弄清楚顧深深到底是怎麼回事，為什麼不記得自己曾經救過人。於是順著這臺階，他答應了這次的合作。

之後幾週，顧深深每天做一次檢查，以三天的頻率更換藥物，然而經過半個多月的治療，她的聽力仍舊沒有改善。

關皓心急如焚，每天都要在醫院和警局以及蘇晨的辦公室來來回回。蘇晨有時被他煩得沒辦法，乾脆盡量不回辦公室。

盛承淮對顧深深的情況十分費解，不管用什麼樣的藥物對她的身體都沒有產生一絲作用。

『妳按時吃藥了嗎？』盛承淮舉著白板問道。

顧深深雖然對盛承淮很有好感，但他懷疑她偷偷把藥扔掉，讓她很無奈，「我真的按時吃藥了，拜託，能不能不要讓護理師盯著我吃藥？我很有自覺的。」

盛承淮遞上睡前藥，順便也把水倒好，示意她該吃藥了。

顧深深賭氣將一大把藥全塞進嘴裡，再灌上一口水，響亮的「咕嘟」一聲完成了吃藥。

她攤攤手說：「滿意了吧？」

『表現不錯。』

「你這誇獎一點也沒有誠意。」顧深深吐槽。經過這陣子的相處，她在盛承淮面前已經找回了一些智商，「好啦，我該睡了，你要唸床邊故事給我聽嗎？」

盛承淮關上床頭燈，看了她一眼就走了。

※　※　※

「真是一個安靜的夜晚……」顧深深感慨道。

打從那個高中生轉到醫院治療後，她就沒再聽過他的聲音，也不知道他怎麼樣了。從那天的最後一句話，她推測他的家人也許是認為他行為詭異，有心理疾病，所以他再也不敢對著空氣說話了。他畢竟才十七歲，也不知道該怎麼隱藏。

顧深深是不敢告訴別人她能聽到一個十七歲少年的聲音，因為醫生一定會認為她有幻聽或是有心理疾病。但是盛承淮似乎說過，如果她記起來曾經救過一個十七歲的男孩，一定要告訴他，然而現在這種情況，要怎麼說才能不被當成精神病？

不過……她真是很擔心那個孩子。

思索良久，顧深深還是決定試一試：「最近聽不見你的聲音，我猜想你大概有不能和我說話的原因，但我很擔心你，你如果還安好就咳嗽一聲。」

安靜了許久，顧深深終於聽到一聲低啞的咳嗽，心中的大石也放下了，「我知道你遇到了麻煩，不管怎樣，你都要好好保護自己。」

說完這番話，她竟覺得莫名傷感。假如她告訴盛承淮她聽到遠處的聲音，他會信嗎？這個世界看得見的不一定就是全部，但是人們往往只相信自己的眼睛。

這一夜，顧深深睡得十分不安穩，她在夢裡隱約聽到一個少年壓抑的嗚咽聲。她循聲而去，卻看不清是誰在哭。

迷迷糊糊中她聽到身邊有動靜，費力地睜眼，卻見有人往她的水杯裡放了什麼，等她清醒過來，房裡卻空無一人。

「難道也是作夢？」

顧深深拍拍自己的腦袋，分不清哪些是夢哪些是現實。她喝了杯熱水才覺得舒服了點，於是又淺淺地入睡了。

※　※　※

翌日。

走廊上的病人和醫護人員來來去去的腳步聲不知停歇，其中夾雜著孩子的哭鬧聲、尖叫聲，喧鬧嘈雜得讓人煩躁。顧深深享受了許久的清淨頓時被打破，她帶著一股濃重的起床氣睜開眼，重重地拍了一下床鋪喊：「安靜！」

門外的小朋友被這聲音怔住，安靜了幾秒，機警地前後看了看，並沒看到大人在斥責，又立刻恢復原樣，該笑的笑，該鬧的鬧。

顧深深打開房門，「死小孩，你能安靜點嗎？這裡是病房，要玩出去玩！」

那孩子眨眨眼睛，嘴一撇，「哇」的一聲號啕大哭。

顧深深關上門，捂住自己的耳朵，「太吵了，醫院怎麼能這麼吵？」

過了一會兒，她緩緩放下捂住耳朵的手，這才意識過來自己竟然聽得到聲音了！激動之下，她打了電話給盛承淮：「我聽到了！我的耳朵好了！」

盛承淮正在寫字的手頓住，面露欣喜地說：「恭喜。」

「總之這陣子讓你費心了，多謝了。」

盛承淮闔上病歷，走到窗前，思索著這一夜之間顧深深是如何康復的，並回答：「這是我的工作職責。」

「有沒有人說過你講話很官腔？」她吐槽道。這陣子一起經歷了爆炸、幫助她康復，就算沒有擦出愛情的火花，也該締結了革命的友誼。可是他講話還是一如既往不帶感情。

盛承淮正經八百地回答：「沒有。」

顧深深繞過病床，站在窗前聽著外面的嘈雜，覺得很安心，「我開玩笑的，只不過覺得你太少年老成罷了。」

「過獎了。」

「不是在誇你。」顧深深雖這麼說，嘴角卻是含著笑意，「我昨晚作了個夢，夢到有人往我的水裡投毒，結果我半夜起來喝了水，睡了一覺，耳朵竟然全好了。都說夢和現實是相反的，果然不假。」

盛承淮叮囑：「還是要多注意休息，按時吃藥，下午我過去幫妳做個檢查，沒問題的話就可以出院了。」

「啊？出院？」她的言語聽來有些失落，「也是，沒事的話是該出院了，沒想到耳朵說好就好……」

顧深深本想多聊幾句，不過盛承淮似乎很忙，她只好戀戀不捨地結束通話。掛了電話，顧深深對著手機通訊錄上的「盛承淮」三個字痴痴地笑：聲音真好聽……

※　※　※

關皓聽聞顧深深耳朵康復，一下班就飛奔到醫院。

窗外天氣晴朗，雲展雲舒，窗臺上的百合在陽光下開得正好。病房內，關皓絮絮叨叨地和她說著小時候的趣事，這樣的畫面和諧美好，就連外頭的吵鬧聲她都覺得悅耳。

「妳知道妳小時候是怎麼欺負我的嗎？妳早餐帶的是三明治，我是雞蛋跟牛奶，妳非要和我換不可，偏偏我從小就懂事，於是我每天都把我的早餐讓給妳。」關皓擺出一副大哥哥的姿態，驕傲地說道。

顧深深忍不住被他得意的表情逗樂，「說得跟真的一樣。」

「就是真的啊！」關皓強調。

「你就別一本正經地胡說八道了，我吃雞蛋配牛奶會腹瀉，怎麼可能搶你的早餐？」

高中那時，顧媽媽也是本著營養第一的原則，早餐幫她準備兩個雞蛋、一杯牛奶，結果開學第一天她就「一瀉千里」，請了兩天假才養好腸胃。

「難道妳長大，體質變差了？」關皓詫異極了。

顧深深翻了個白眼說：「那你還不如說我基因突變算了。」

其實很多事情她自己也不明白。顧媽媽說她失憶前很不會念書，作業都是同桌同學幫著做，可是失憶之後，她的學習成績突飛猛進，大學入學考更是一舉拿下嵐城最好的大學；就連飲食習慣也變了許多，本來不吃芹菜的人餐餐離不開芹菜，從來不吃羊肉的人卻覺得羊肉很美味。

「就算變了，也是往好的方向變。」關皓笑嘻嘻地說道：「不過就算是變糟了，我也不嫌棄就是了。」

顧深深苦笑著說：「我媽說打從我失憶後，就跟變了個人一樣，但是我根本不知道我以前是什麼樣。」

「妳要是想知道，以後我每天和妳說一件小時候的事，直到妳記起來為止。」關皓說道。

她不解地問：「為什麼每天才說一件？」

「說多了就沒意思了。」

但事實上，關皓心裡想的是這樣他才有理由每天找顧深深，藉著幫她找回記憶這個正大光明的理由慢慢靠近她。

兩人聊到一半，護士來通知顧深深去做檢查。果不其然，盛承淮正在聽力篩查室裡等著她。經過詳細的檢查，顧深深的耳朵已經完全康復。

「妳可以出院了。」盛承淮給出最後的結論，「而且，根據妳現在的康復情況，也不需要再吃藥了。」

聽到這個結論，顧深深並沒有自己所預想的開心，反而想到以後見不到盛承淮，心裡有點失落。

「不是每天都問蘇晨什麼時候可以出院？現在可以出院了，怎麼還是不高興？」

「是關皓每天問才對吧。」顧深深小聲嘟囔：「那我明天就出院。」

「現在就可以出院了。」盛承淮提醒道。

顧深深無可奈何地嘆口氣。他是多不情願看到她？

「好，我現在就去收拾東西。不過出院以後，讓我請你吃飯吧。我看了黃曆，下週六是個不可多得的好日子，宜動土、宜嫁娶，總之萬事皆宜。」

「下週六沒空。」

下週六是盛承淮母親的祭日。

「那我再和你約時間。」

顧深深擔心他會拒絕，便不給他開口的機會，話音剛落就離開了聽力篩查室。

※　※　※

出院之後，顧深深就搬離了宿舍。因為畢業前就錄取了嵐城的公司，家裡把外婆留下的老房子整理好給她住，雖然不大卻溫馨，也替她節省了房租。

當年顧爸爸破產的時候欠下不少債務，這十幾年一直都在還債。雖然現在已經沒有債務了，但顧深深已經養成能省一分是一分的良好習慣。

況且這次住院，顧深深攢下的生活費也用得差不多了，好在公司人性化，延遲了她的報到時間，不然連工作都沒有就真的太淒慘了。

搬家事宜在關皓的幫助下比想像的順利許多，顧深深對此非常感謝，決定親自下廚慰勞壯丁，關皓卻一再阻攔。

「我們出去吃吧。」關皓一臉難色。

顧深深本著勤儉節約的原則拒絕了這個提議。

「要不然妳切菜，我做飯？」

顧深深狐疑地看著他說：「你今天扛行李扛得不累嗎？還是你懷疑我的廚藝？」

不用說，關皓就是懷疑她的廚藝。他記得很清楚，他國三、顧深深國一那年，她說要為他的高中入學考加油，便做了一頓飯。他本來滿心歡喜，覺得自己養的老婆終於知道賢慧了，結果他是哭著吃完那頓飯的。

「怎麼可能！」關皓對天發誓：「我懷疑誰也不敢懷疑妳啊。妳這廚藝，就是和米其林三星餐廳相比也絲毫不遜色。」

顧深深對他使了個眼色，「等著。」

關皓欲哭無淚。

然而一個小時後，他已經把盤子舔乾淨了……

「嘖嘖嘖，妳這廚藝啊，和當年簡直不是同一個人啊。」關皓感慨道：「妳都不知道，當年我是怎麼哭著吃完妳的蛋炒飯，那味道終生難忘。」

顧深深揮了揮拳頭說：「剛才還說沒懷疑我！」

關皓幫著收拾碗筷，「這都過去了不是嗎？做人啊，要往前看，就妳這廚藝還是有進步空間的。以後只要我有空，我就來幫妳試吃，如何？」

「我第一次看到有人把蹭吃蹭喝說得這麼清新脫俗。」顧深深毫不留情地拆穿他。

關皓訕訕地笑說：「不白吃白喝，我可以幫妳洗碗啊。」

顧深深才不樂意，「我一個人吃飯沒多少碗筷，不勞煩關大刑警了。對了，抓到人了嗎？」

關皓把碗筷都收拾到水槽，邊擦桌子邊說：「照妳的陳述，第一個進店的人嫌疑很大，但是這個人很狡猾，我們查了附近的監視器，都沒有拍到他的樣子。妳記不記得他有什麼特徵？」

顧深深仔細回想：「似乎是個左撇子，這個算嗎？」

「算。還有嗎？」

「沒了……他戴了口罩，穿的又是連帽衣，我根本看不清他的樣子。」顧深深自責道：「如果我當時細心一點，能發現他進店時拿的手提袋不見了，可能就能避開那次爆炸了。」

「這不怪妳。」關皓安慰道：「不過，最近妳也要多注意安全，畢竟凶手還沒歸案。」

「嗯，放心吧，家和公司兩點一線，不會有事的。」

※ ※ ※

顧深深正式上班後被工作占去了大半時間，每天忙得不亦樂乎，逐漸忘記爆炸案帶來的陰影。下班後，偶爾也以耳朵不舒服的藉口聯繫盛承淮，美其名曰「諮詢」。

這天下班路上，顧深深沒有直接回家，中途去了書店。雖然她本身學的是管理，但是她現在的工作是策劃，所以想買點專業書來學習。

傍晚六點多，火紅的晚霞鋪滿天際，一輪紅日將沉未沉；大地退去了白天的灼熱，微風送爽；夕陽將路人的身影拉得長長的，金色的光灑滿他們回家的路。

顧深深踏著晚霞的光來到書店。這個時間，店裡有許多剛放學的學生，熙熙攘攘，但大家都保持良好的秩序，沒有喧鬧，安靜地在書海中徜徉，能夠聽到的動靜唯有翻書的聲響。

顧深深循著書架上的提示找到了自己要的工具書。路過小說區，看到一個女孩正對著小說吃吃地笑，顧深深覺得好奇便看了一眼她的書——《霸道總裁的嬌妻》。

顧深深汗顏。依稀記得在醫院的時候，她用這本小說消磨過時光，還因此被盛承淮調侃了一回。

本著良心，她拿下書架上的另外一本書靠近那個女孩，小聲說：「妳手裡那本結局爛尾了，女主帶球跑了，這本比較好看。」

那女孩抬起頭，一雙格外清澈的眼睛，雖不是什麼傾世美顏，但是不知為何顧深深就是覺得她格外順眼。

女孩接過書說：「《美麗俏王妃》？哈哈，看封面還不錯的樣子，謝了。我是路遙，妳呢？」

女孩說的是「我是路遙」，而非「我叫路遙」，但是顧深深並沒有注意到這個細節。她覺得明明是第一次見面，「路遙」這個名字對她而言卻再熟悉不過，就像是認識多年的摯友。

「妳好，我叫顧深深。」她自我介紹。

路遙狡黠地說：「我知道。」

顧深深露出疑惑的表情，路遙指了指她胸口的工作牌。顧深深恍然大悟，不好意思地笑了笑。下班太匆忙，都忘記拿掉工作牌了。

「既然妳推薦我好看的小說，作為回報，我請妳吃飯吧。」路遙買完書後，對顧深深發出邀請。

顧深深對路遙有著莫名的熟悉感，便開心地答應下來，兩人並肩往一家日式拉麵館走去。顧深深一路上和路遙說說笑笑，竟沒發現身後有個身著黑色連帽衣的男人尾隨。

拉麵館人多嘈雜，顧深深挑了個角落的位置，相對安靜些。等餐的過程中，路遙拿出一副塔羅牌，故弄玄虛地說：「其實啊，我是一個塔羅師，不然我幫妳算算？不是我在吹牛，我算得可準了。」

顧深深很有興趣地點點頭問：「怎麼玩？」

「抽三張，分別是妳的過去、現在和未來。」路遙將一疊塔羅牌在顧深深面前擺開。

顧深深隨便抽了三張，遞給路遙。

路遙將三張塔羅牌從左至右一字排開，翻開最左邊的一張，上面是「狸貓換太子」。她說：「妳的過去曾經歷過生死之劫，因為那次劫難，妳重生了。」

顧深深想起自己讀國二時的遭遇，失憶的自己可不就仿若重生？但是在中國古代，「狸貓換太子」不是李代桃僵的意思嗎？

路遙翻開中間那張，上面是一個丘比特和一個美女。她說：「妳現在碰到了命中注定的戀人，但是如果妳不去爭取，他就會被別人奪走。」

此時顧深深腦海中浮現出盛承淮的臉。

路遙翻開最後一張，上面什麼也沒有。她面露難色，心想：早知道就不買山寨貨了，這空白要怎麼解釋？

顧深深好奇地問：「這一張是什麼意思？」

「妳的未來很難預測，最後的結局都在妳的手裡，妳的決定很重要。」路遙繼續胡謅：「妳要把握現在才能展望未來，急不來急不來。」

顧深深指著牌面說：「這不是一無所有的意思嗎？」

「欸，妳要相信我，我是專業的。」雖然顧深深的解讀接近牌面，路遙還是堅持自己的說辭，「留白，代表著無限可能。」

顧深深半信半疑。

這時候拉麵上來了，路遙趁機將塔羅牌都收起來，塔羅牌的預言便就此打住。

※　※　※

顧深深和路遙從拉麵館出來的時候，天色已暗，道路兩邊的路燈亮起，照亮來來往往的行人。暗處有個男人盯著顧深深，厚重的鏡片下是他陰鬱的雙眼。

路遙堅持送顧深深到家門口，顧深深無奈就隨她去了。

家門口昏黃的路燈下，顧深深看到一個挺拔的身影，「關皓！」

關皓看到顧深深，緊繃的神經終於放鬆下來，「下班怎麼沒回家？我打電話妳怎麼也沒接？不是說好最近要注意人身安全嗎？」

路遙用同情的眼光打量關皓，讓他有點不舒服地說：「這個人是誰？」

顧深深哭笑不得，覺得關皓未免太小題大做了，不過是在外面吃飯耽誤了點時間，「我下班去了書店，碰到了路遙，我們就一起吃拉麵。電話關靜音放在包包裡，我沒聽到。我沒事，你看……而且路遙送我回來，你擔心什麼？」

關皓帶著狐疑的眼神看了路遙一眼，繼而關切地囑咐：「以後要是想在外面逛逛，就打電話給我，我陪妳。」

「不用，我這麼大的人，又不會丟。」顧深深說道：「路遙，我的新朋友，認識一下吧。這是關皓，我的青梅竹馬。」

關皓客氣地打了聲招呼，而路遙繼續用同情的目光鎖定他，兩人四目相對，氣氛微妙。

「要不要……進來喝杯茶？」顧深深打破僵局。

關皓和路遙異口同聲說：「要。」

顧深深笑了笑，開門去了。關皓和路遙慢悠悠地跟在後面，有意無意地和顧深深拉開距離。

路遙打破沉默：「你是個好人，但是你和我家深深不合適。」

「我家深深」——關皓琢磨著這四個字，有點不是滋味。這才剛認識多久，就已經是「我家深深」了，久了還得了？

「你別這麼看著我，看得我全身起雞皮疙瘩……」

關皓沒弄明白為什麼路遙用憐憫的眼神打量他，明明是第一次見面。關皓不知道路遙的憐憫在於她曉得顧深深命中注定的戀人絕不是他。

「我是個塔羅師，我的測算向來靈驗。」路遙說道：「如果你不信，我也沒辦法。」

關皓對顧深深的心思是從小就種下的，他並不會因為路遙這一番話而動搖。塔羅牌預言他向來不信，他只信科學。

「你們倆在磨蹭什麼？進來啊。」顧深深朝門口喊道。

「來了。」

※　※　※

不大不小的客廳，正對大門的位置放著一個淺藍色布藝沙發，牆上有一些舊相片，溫馨而古樸。矮茶几上擺著三杯果汁，玻璃杯在燈光下折射出美麗的光彩。

「我想喝茶……」路遙很可憐似的看著顧深深。

茶葉這種東西，路遙只在書上見過。她所處的環境因為科學技術高速發展，大家的生活節奏加快，沒人會把時間浪費在泡茶這種事情上，想喝茶只有即溶茶。

顧深深拿起柳橙汁說：「晚上喝茶會失眠，喝果汁有助睡眠。要不是天氣熱，我就幫你們熱牛奶了。」

七月的嵐城已經進入盛夏，顧深深今天已經熱到穿了無袖連衣裙套裝。

路遙嘴角抽了抽，「那我選果汁。」

「不管喝什麼我都可以。」關皓笑容滿面地說道。

路遙對他賞了個白眼說：「那你喝毒藥吧。」

關皓開玩笑：「如果是深深讓我喝的，就算是毒藥我也喝得下去。」

「果然仗義。」顧深深重重拍了一下關皓的肩膀，關皓被一口果汁嗆得直咳嗽。

路遙在一旁幸災樂禍：「活該。」

顧深深想起了自己搬家的時候，關皓買了很多小點心給她，就想拿出來給路遙嚐嚐，便去了廚房。顧深深一走，關皓和路遙面面相覷，客廳靜得能聽到外頭的蟋蟀叫聲。

「我和深深有那麼不配嗎？小時候大家都說我和她有夫妻臉，雙方父母還總開玩笑說要在我們小時候訂婚約。」關皓率先打破沉寂的氣氛。

「唔……這不是沒訂成嗎？」

他篤定地說：「總有一天會成的。」

「我只能說，自求多福。」路遙言盡於此，說得太多，她就暴露自己了。

「你們倆在聊什麼？」顧深深端著幾碟點心回到客廳。

關皓搶著回答：「聊妳小時候的趣事。」

路遙也不戳穿。

「那正好，我也聽聽。」顧深深往嘴裡送了一個麻糬，「我媽說我小時候很皮，經常欺負小朋友，到底是不是真的？」

關皓哈哈大笑說：「伯母說得對，妳小時候就是個小霸王，而且還敢和比自己年紀大的男孩子打架。有一次，他們人多，妳沒打過，被推了一把，結果摔在地上，左肩被地上的玻璃割了好大一道口子，縫了幾針。後來妳嫌疤痕醜，好久都不願意穿無袖衣。」

顧深深下意識看了看自己的左肩，不由得怔住——左肩沒有疤痕。

關皓也愣了，「疤呢？」

路遙也沒想到這件事，但是她立刻就反應過來，說道：「現在醫學這麼發達，去疤也不是什麼難事。女生肩膀上留著疤，穿衣服不好看。」

「妳轉學前，我們都在一塊，我怎麼不知道……」關皓喃喃自語，「不過也是，女生留個疤是不好。」

顧深深若有所思，關皓的話提醒了她，這疤痕到底是怎麼沒的？出事前疤痕應該還在，為什麼出事後就沒了？難道是出事那陣子去掉的嗎？但是為什麼她沒有印象？

當年，她最早的記憶是在被員警找到的那一瞬間。她在海邊醒來，一堆陌生人圍著她，其中還有兩個自稱是她父母的人。可是，所有人她都不認識……

如果記憶是從這裡開始，到底為什麼她不記得她見過左肩的疤痕？

「不要想了，就算失憶，人生也不會因此悲劇，所以記不起來也沒關係。」路遙寬慰道。

顧深深一動也不動地看著路遙說：「妳是怎麼知道我失憶的……」

路遙驚慌失措，一不小心竟然說出來了，只好補救：「在拉麵館的時候我幫妳算塔羅牌算出來的，妳知道，我很通靈的。」

顧深深恍然大悟，關皓卻警覺地看了路遙一眼。路遙覺得再待下去可能會被關皓察覺到什麼，便以「時間晚了」為藉口離開了顧深深家。路遙走後，關皓也不便多待，便自覺地回家了。

夜色漸濃，顧深深站在天臺看星空。她覺得星星既遠又近，就像自己的過去，明明是屬於自己的一部分，卻什麼都記不得。

第三章　應是故人來

週六，一個明媚的早晨。陽光隨意地灑落在院子，院子裡的牽牛花順著牆爬上窗臺，喚醒了睡夢裡的她。

愛睡懶覺的顧深深極為難得地起了個大早，關上鬧鐘，睡眼惺忪地伸了個懶腰，開始了一日之計。

桌上的檯曆，七月十五日——週六，被紅筆圈了出來，旁邊寫著：桃源村、墓園。

整個嵐城只有一個墓園，位於君山半山腰，視野開闊，風水極佳。君山腳下有個桃源村，是處旅遊勝地，但由於開發程度低，遊客不多。

顧深深今天要去的便是這兩處，此舉是為了驗證她住院期間的幻聽是否真實發生過。她記得那個孩子說他被關在墓園附近，後來經她的指引去了桃源村求助，假若這些真的發生過，那一定可以找到那個地方。

顧深深為自己做了點小米粥，又下樓買了肉包子和油條，就著包子、油條，簡單地結束了早餐。然後她換上一身休閒衣服，揹上一個運動包便出門了。

桃源村位於郊區，顧深深坐車前往花了一個多小時。正如網上背包客所說，這裡是名副其實的世外桃源。

嵐城是個海島，少有小橋流水的精緻，但桃源村卻有一派江南的婉約，流水潺潺，石板橋下生青荇；石頭厝錯落有致，阡陌交通，雞犬相聞，炊煙嫋嫋；古樸的建築風格，歷史久遠的古樹，格局分明的農田，桃源村自有一副悠然自得的模樣。

顧深深進入村莊，沿著石板小路深入，偶見挑著簸箕、扛著鋤頭的村民，便上前詢問衛生所的詳細位置。一路上在村民的指引下，她很快就找到了地方。

桃源村的衛生所一派古樸的風格，石頭壘起的房子，青色的瓦片，原木色的大門。若不是門上的紅色十字，顧深深根本就不會把這房子和衛生所聯想在一起。

她小心翼翼地進門，整個衛生所便一覽無遺。左邊有一張白色桌子，上面放著血壓計、聽診器、處方箋等物，椅子上放著一件發黃的白袍。桌子後面是一個木櫃，零零散散地放著藥品。進門的右手邊是一個半透明的房間，疑似注射室；角落是一個紅花白底漆的臉盆，裡面有水，盆底的大紅花在水裡搖曳生姿。

「有人在嗎？」

顧深深話音剛落，身後就傳來一道洪亮而年邁的聲音：「什麼症狀？」

顧深深轉身，只見一個年過古稀的老人進了門，手裡還拿著一把青菜。他將青菜放在門邊，洗了手，一邊穿著白袍一邊詢問：「是感冒還是水土不服？」

顧深深這才反應過來，這個老人家就是衛生所的醫生，「醫生，你好，我沒有不舒服，我是來打聽個人。」

老村醫穿衣的動作一頓，臉上的表情嚴肅了幾分，「妳要打聽誰？」

「一個受了槍傷，十七八歲的高中生，男孩子，有印象嗎？」顧深深提供了自己知道的全部資訊。

老村醫面色凝重地說：「受了槍傷怎麼會來我這裡治療？小姑娘莫要胡說。」

顧深深不甘心，換了方式問：「那有沒有一個受了傷暈倒在村口，被村民救下的男孩子？」

「沒有。」他一口否認，「我這裡只是小小的村衛生所，平時幫大家開點感冒藥還行，受重傷的病人我這裡治不了。」

顧深深感到失落，「那……」

「妳是不是來看病的？不是的話，就不要打擾我工作了。」他打斷了顧深深的話。

顧深深看了看門口的那把青菜，覺得老村醫說工作是假，覺得煩才是真，不由得有點受傷，只好禮貌地道了謝，離開了衛生所。

※　※　※

路邊不知名的小野花開得豔麗，在和煦的微風中搖擺。陽光明媚的天空下，雲展雲舒。顧深深望著天，覺得有些受挫。都還沒去墓園就已經被否定了，難道她聽到的只是自己的幻覺？

「還要不要去墓園……」顧深深小聲嘀咕，「唉，尋求真理的道路總是曲折啊。」

「妳聽說了嗎？前陣子蘇老醫生家的小孫女留學回來了，在嵐城最大的醫院上班呢，她真是好命啊。」提著一筐白菜的村婦和同行的人說道。

顧深深心想：她是好命，我就命苦了。我耳聾的時候難不成是精神分裂了嗎？錯以為自己救了一個受了槍傷的高中生？

手裡抱著西瓜的村婦接著說：「可不是？要不是她救了有錢人家的少爺，小晨爸媽都沒了，哪有錢出國留學？這叫好人有好報，救人一命勝造七級浮屠。」

「蘇老醫生家的小孫女」、「小晨」、「在嵐城最大的醫院上班」，顧深深將零碎的資訊拼湊起來，這幾個村婦說的該不會是——蘇晨？

那有錢人家的少爺，豈不是她要找的人？

顧深深小跑步追上那兩名村婦，氣喘吁吁地問道：「兩位姊姊，我想打聽個人，蘇老醫生家的孫女是叫蘇晨嗎？」

提白菜的女人掩面而笑，「我都這把年紀了，喊什麼姊姊，小姑娘嘴真甜。那蘇老醫生家的孫女可不就是蘇晨嗎？從小就會讀書，懂事，長得還漂亮，也不知道誰有福氣能娶她。」

顧深深若有所思。蘇晨和盛承淮是舊識，那蘇晨爺爺救下的孩子難道是盛家的孩子？她瞬間被自己「強大」的推理能力所折服，為了驗證自己所想，故作疑惑地說：「我聽說蘇老醫生那時候在村口撿到一個受了槍傷的孩子，也不知道最後有沒有救活。」

「妳這消息就不靈通了吧，那孩子是村口大牛家撿的。」說話的是抱西瓜的村婦，「那孩子當時滿身都是血呀，要不是大牛力氣大、跑得快，把他送去了衛生所，再流一兩個小時的血，這命怕是撿不回來了。」

顧深深別有深意地「噢」了一聲。這個蘇老醫生撒起謊來倒是臉不紅眼不眨，可惜啊，他低估了村民的傳播力。

「不過，蘇老醫生前陣子才救了人，蘇晨怎麼四五年前就去留學了？」

「哪是前陣子？都過好幾年了。我算算，當時小晨還在讀高中，都有個八九年了。打從蘇老醫生救了那孩子，小晨就再也沒有操心過學費了。」抱西瓜的農婦反駁道。

「八九年前？」顧深深震驚不已，難道自己弄錯什麼了嗎？「妳確定是八九年前嗎？被蘇老醫生救下的孩子叫什麼名字？」

提白菜的女人搖搖頭說：「我們哪知道他的名字？妳要是好奇，可以去問問蘇老醫生。」

顧深深尷尬地笑了笑。她這不是剛從衛生所出來嗎？老村醫要是願意告訴她，她也不至於頂著烈日和她們兩人話家常。

「妳們的消息都沒我靈通。」抱西瓜的農婦得意揚揚，「他姓——盛，是嵐城的大戶人家，小晨工作的那家醫院就是他有錢的老爸開的吧？」

果然是盛家的孩子，可是盛承淮是——獨生子！

顧深深恍然大悟。她終於知道為什麼盛承淮在醫院的時候問她是否救過一個高中生，原來這件事果然和他有關。她心裡閃過一個不可思議的念頭：我聽到的聲音難道是來自過去？

「那個孩子叫什麼名字？」顧深深覺得真相已經呼之欲出。

那兩個農婦都搖搖頭，其中一個說：「不清楚，這個妳得問蘇老醫生，整個桃源村就他和盛家人最熟。」

顧深深有點失望。和她們兩人又聊了會兒，希望找出一點有用的資訊，但那兩人的話題始終繞不出「小晨那麼優秀，什麼樣的男生配得上她」。她想可能她的父母和親戚這時候也在聊「深深都畢業了，也不知道什麼時候結婚」這類話題。

於是，她向那兩個村婦道別，出村往君山方向去。

或許是為了方便去墓園祭拜的群眾，上山的路修建得還算平坦。沿途風景宜人，鳥語花香，選擇步行上山的顧深深也因此少了幾分疲憊。

越往高處，視野越發開闊。她俯瞰整個桃源村，山水環繞，青山綠水，霧氣繚繞，隱隱有遠離世俗之勢。

顧深深看了看錶，不過十一點左右，太陽卻已將大地烤熱。她壓了壓帽簷，決定加快腳程。低頭間看到自己的鞋帶鬆開，便蹲下繫緊。這時，一輛越野車奔馳而過，掀起一陣塵土，嗆得顧深深直咳嗽。

顧深深起身，望著絕塵而去的車輛，隱約看見了車牌：「嵐Ｋ１０２×××」。

她覺得這車牌似乎有點眼熟。

※　※　※

正如顧深深所看到的，這輛車的主人是盛承淮。今天是盛承淮母親的忌日，所以他來墓園拜祭，打算回程的時候順便去桃源村探望故人。

盛承淮一身黑，將手裡的波斯菊放在墓前。墓碑上照片裡的女人有著溫柔的微笑，似水的目光，仍舊是他記憶中的模樣。

這個女人正是盛承淮的母親、盛言的妻子——簡如卿。

記憶如倒帶般將他帶回十年前，記憶中的他還是個青澀的少年。

盛承淮曾經是別人口中品學兼優的好孩子，他卻沒有別人口中那麼快樂。他大部分時間都是和簡如卿一起度過，對他的父親來說，工作永遠比家人重要。即便是他生日，和他一起吹蠟燭的也只有母親。

盛承淮本來就缺憾的人生因為一場車禍意外失明，之後他便休學在家。盛承淮自小心氣高，沒想到自己會發生這樣惡夢般的意外。出事後的幾個月都鬱鬱寡歡，簡如卿便辭了工作，全心陪伴他。

然而，這麼一個溫文儒雅的母親卻將生命投進了冰冷的河水。

二〇〇八年，盛承淮生日當天，他像往常一樣在家聽著廣播劇，等著簡如卿取完蛋糕回家一起慶生。但是他卻等來了盛言的電話，盛言告訴他，簡如卿投河自盡了……

盛承淮手裡的電話掉落在地，發出清脆的響聲，他的大腦一片空白。等他在醫院觸摸到簡如卿冰冷的遺體時，他已經不知道該如何表達自己的情緒了。

他就靜靜地拉著簡如卿的手，一言不發，不哭不鬧，安靜得像個孩子。然而一旦有人上前試圖把他們分開，盛承淮便會露出一副吃人的模樣，誰也不准靠近。

不吃不喝的盛承淮終於撐不住，暈倒在簡如卿的身邊。在他昏迷期間，盛言將簡如卿的眼角膜移植給盛承淮，之後將自己的妻子火化並舉行葬禮。

一週後，盛承淮恢復了光明，同時他也錯過了簡如卿的葬禮。

盛承淮在簡如卿的墓前憤怒地打了盛言一拳，並說：「如果不是你，我媽怎麼可能自盡？你就是殺人凶手！」

盛言沒有辯解。

之後，盛承淮和盛言的關係愈發惡劣，每當盛言想和他好好談談，他都以冷漠的態度拒絕。處於人生低谷的盛承淮獨自消沉了好幾個月，直到發現簡如卿拍給他的生日影片，他才重新正視自己的人生。

「今天是你十六歲生日，趁著你去公園散步的時間，我偷偷錄了這個影片。有一件事情，本來我想等到你成年後再告訴你，但是現在我必須向你坦白。正如你前幾天聽到的，我和你爸其實已經協議離婚了。儘管我很愛他，但是我也有不得不和他分開的理由。不管撫養權在誰的手裡，你都是上天給我最好的禮物，我希望你長大後可以像你爸一樣，成為一個有醫德仁心的醫生。我親愛的兒子，生日快樂，快收拾行李和我一起出去旅行吧。」

簡如卿過世之後沒有流過一滴眼淚的盛承淮對著影片裡的笑臉泣不成聲……

一陣哭聲將盛承淮從記憶中抽離。他閉眼，深吸一口氣，調整好自己的情緒。他看著不遠處悲痛的死者親屬，心裡無限哀傷。如果可以選擇，寧可生離，不願死別……

※　※　※

登山半小時後，顧深深到達墓園，放眼望去都是墓碑，除了墓園路口的警衛室，哪有房子的影子？與其自己毫無頭緒地找，她選擇去問警衛。

「啊……妳說房子啊？墓園旁邊的小樹林裡有一個小木屋，原來是守林人住在那裡，後來這裡開發做了墓園，那片林子就沒人看了，屋子也就荒廢了。」警衛如是說。

顧深深道了謝便進入林子，果然在林中找到一間木屋。她猜想，這裡就是案發現場了。

顧深深在門外看著木屋，有人在林中窺視著她，她卻沒有發現異常。那個人左手上的匕首在斑駁的光影之下閃著寒光。

她「嘎吱」一聲推門而入，陽光斜斜地灑進木屋，粉塵在陽光下飛揚。她小心翼翼地走進去，在厚重的灰塵上留下清晰的腳印。

屋內陳設十分簡陋，一張床、一套桌椅，角落有一捆繩索，便沒有其他東西。

床上有一些暗黑色的痕跡，顧深深猜測應該是血跡。她用食指劃過木桌，桌面上的灰塵足有牛皮紙那麼厚，確實像是荒廢多年的模樣。

種種跡象都驗證了村民所言，綁架事件是發生在八年前，而不是一個月前。

「難道我聽到的聲音，真的是來自……八年前嗎？這怎麼可能？」

顧深深沉浸在思考中，百思不得其解。

※　※　※

一輛越野車駛進桃源村，在衛生所門口停下。盛承淮從車裡下來，提著禮物進了衛生所。蘇老醫生正在整理藥櫃。儘管這裡沒有多少藥品，他還是習慣將這裡打掃得乾乾淨淨，物品擺得整整齊齊。

「蘇爺爺——」盛承淮喊道。

蘇老醫生轉過身來，臉上笑出了一朵花，「承淮來啦。」

盛承淮將禮物放在一邊，上前禮貌地問了好。

「以後回來不要買東西了，浪費錢做什麼？我好久沒見你了，讓我瞧瞧，最近有沒有結實一點？」蘇老醫生左瞧瞧右看看，「不錯不錯，看你這麼健康長大我就開心了。」

盛承淮微笑著說：「您好不容易救了我的命，我當然要好好地活下去。」

「好好好，你們都好好的，我就放心了。最近小晨回國了，你們有見到了嗎？」蘇老醫生問道。

盛承淮點點頭說：「在醫院碰到過幾次。」

「小晨出國這些年，每次打電話回來都沒少問你的近況。」蘇老醫生感慨，「真是女大不中留喔。」

盛承淮對蘇晨這件事沒有表態，只是扯開了話題：「蘇爺爺，中午我能在你這裡蹭個飯嗎？我好久沒吃柴火燒出來的菜了。」

換作往常，蘇老醫生早就樂呵呵地回老宅去準備午飯了，可是今天顧深深的到來讓他有些擔心。他不知道盛家在外頭有什麼恩怨，他只希望盛承淮能平平安安。

「你以後還是少來我這裡的好。今天有人來問你的事，我裝傻敷衍過去了，你自己要多加注意啊。」

盛承淮臉色一沉。凶手終於忍不住了嗎？

「是個一百八十公分，偏瘦的男人嗎？」

蘇老醫生果斷地搖頭，「是個小姑娘，一百六十五公分左右，長得清清秀秀的。不過，現在的壞人長得都不像壞人。」

一百六十五公分、長相清秀的女生。盛承淮思索了片刻。難道是那個聲音的主人？

「她往哪裡去了？」

「聽隔壁的劉大嬸說，那個女孩往墓園的方向去了。」蘇老醫生回答。

盛承淮想起驅車上山時蹲在地上繫鞋帶的那個身影，他立刻和蘇老醫生道別，往墓園趕去。他按捺住心裡的激動。這麼多年了，那個人終於出現了。

他一路疾馳折返墓園，但正午時分的墓園只有零零星星幾個人，根本沒有他要找的人。他當機立斷往小樹林去。他猜想她來墓園，一定會去找那個小木屋。

盛承淮趕到木屋的時候，門是開著的，但是裡面沒有人。他心細地發現桌上有被擦拭過的痕跡，更加篤定了心裡的想法。

「救命啊——」

喊叫聲打破了小樹林的靜謐。

盛承淮心裡一驚，循著聲音飛奔而去，卻看到——顧深深！

「我不知道你說的東西，你不要追著我了！」

她似乎傷到了腳，一瘸一拐地跑著。一個左手持匕首的男人快走幾步便追上了她，明晃晃的刀光昭示著他的凶行。

盛承淮看著男人的背影，感到無比熟悉，但是形勢緊迫，不容他多想。他衝上前去，握住歹徒正欲行凶的手。那人一驚，轉身看他。

盛承淮看到一個黑色人臉面具。這個面具，他再熟悉不過了！

他狠狠地將拳頭砸在這個人臉上，「你還記得我嗎？」

這個人就是當年的綁架犯！這個毫無表情的面具下藏著一個罪行昭著的逃犯！

面具不堪重力，裂成兩半，歹徒捂著裂開的面具扭頭逃離。

盛承淮緊追不捨，但對方似乎對這裡的地形甚為熟悉，沒一會兒便追丟了人。他想到顧深深還在小樹林裡，顧忌她的安全，便返回小樹林。

※ ※ ※

正午的陽光透過茂密的樹葉斑駁地灑落滿地，樹枝上的夏蟬不停鳴唱，偶有鳥聲附和，一派祥和安逸，完全無法想像不久前這裡發生過一場惡鬥。

顧深深扭傷了腳，只得靠著樹幹等盛承淮。她想到盛承淮出現的那一瞬間，不由得發怔。不得不承認那一刻的他彷彿踏著光而來，拯救了瀕臨絕望的她。

但是，為什麼盛承淮會出現在這裡？

「妳為什麼會在這裡？」

問出這句話的是返回原地的盛承淮。

顧深深弱弱地說道：「我也想問你……」

盛承淮便沒多問，因為答案已經在他心裡。他在顧深深面前蹲下，「這裡不宜久留，妳上來，我送妳去衛生所。」

「你要揹我嗎？」她問道。

盛承淮回了一個「嗯」。

顧深深竊喜，順從地趴在他的背上。

「面具人是不是在找什麼東西？」他問道。

顧深深「嗯」了一聲說：「他一直問我東西在哪裡，如果我不說就要殺了我，可是我不知道他在找什麼。」

盛承淮若有所思。

顧深深從斜後方偷看他的側臉。睫毛很長，鼻子很挺，無論怎麼看都覺得這張臉完美無缺。

「你又救了我一次。」

「嗯。」

顧深深打算對他坦白，就算被當成精神病，她也要問清楚事情的真相，「剛才你問我的問題，其實我是來……」

「我知道。」盛承淮打斷了她的話。

「啊？我什麼都還沒說。」顧深深詫異地說道：「可是，你是怎麼知道的？」

「我剛才去過衛生所了。」

顧深深恍然大悟，原來自己已經暴露了，「你猜到是我，所以上來找我嗎？可是你是怎麼猜到的？」

「因為不管過多少年，我都不會忘記妳的聲音。」

「真的是你！」顧深深一激動便跳到地上，本就扭傷的腳作痛，差點跌倒。好在盛承淮扶住了她，「為什麼我會聽到過去的聲音？」

「過去的聲音？」盛承淮不解。

「你記得一個多月前的便利商店爆炸案嗎？我在爆炸中耳朵受傷，一直處在耳鳴的狀態。我是在那個時候聽到了你的求救，如果對方真的是你，那你當年聽到的我是未來的我；而我聽到的你是過去的你，我們之間差了八年的時光。」

聽完這番話，盛承淮不可能不驚訝，但算不上震驚，因為他早有懷疑，只是沒想到懷疑成真，「真虧妳能夠理清楚這些。」

「欸——」顧深深歪過腦袋。他這話是什麼意思？「你是在嫌棄我傻嗎？」

盛承淮蹲下身子檢查她的腳踝，腫得有些厲害，「妳說過人生沒什麼是不能靠吃來解決的，託妳的福，我以後要是在研究所混不下去了，應該可以改行當廚師。妳也算是我人生導師了，我怎麼敢嫌棄妳？」

顧深深本來因為真相而感到恐慌的心，藉著他的玩笑話和緩了不少。

她重新回到盛承淮背上，靜靜地理順整件事情：她聽到的那個聲音應該是來自過去，這就解釋了為什麼當她去內科二十八號床的病房找人時，發現他並不在那裡，因為他存在於八年前的時空。那麼現在只存在最後一個問題：她是如何聽到八年前的聲音的？

「你說，為什麼我可以聽到你的聲音？」顧深深自己想不明白，只好求助於盛承淮。

「這世界上有很多用科學解釋不清的現象，所以從醫學的角度來看，我給不了妳答案。但是，既然我們可以在聲音裡相遇，那自然有相遇的意義。以後的意義我不清楚，但是目前我很篤定我們相遇的第一個意義是——妳拯救了我。」

這些話明明只是在表示感謝，但在顧深深聽來，卻如情話般動人。

「妳的腳沒有傷到骨頭，但是要走路的話大概要養傷半個月。我先送妳去衛生所做緊急處理，下午送妳去醫院。」盛承淮說道。

盛承淮磁性的聲音讓顧深深安心了一些。不管當時的過程如何驚悚，至少她救了他，這個結果是再好不過了，「謝謝。」

謝謝你還活在這個世上，謝謝你讓我遇見你。

第四章　剪不斷理還亂

明晃晃的陽光將大地烤熱，蘇宅門口的美人蕉沒精打采地垂著頭，幾隻水鴨子躲在底下乘涼，偶有蜻蜓飛來輕點花蕊，夏日的午後一貫慵懶。

屋內的四個年輕人卻是面面相覷，顧深深眨了眨眼睛，疑惑地向關皓使了個眼色，關皓卻盯著盛承淮手上的動作，沒有看到顧深深的暗示。

同時，蘇晨也不可置信地看著盛承淮將顧深深的小腿握在手裡，輕輕地為紅腫的位置擦藥。她認識盛承淮八年，看著他從一個青澀的少年長成一個內斂的男人，卻從未見過他對誰如此溫柔。她本以為遲早有一天，她會等到他的。

關皓終於忍不住了，上前握住盛承淮的手腕說：「讓我來吧，我家深深已經給你添了不少麻煩了。」

盛承淮頭也不抬，「倒也不是太麻煩。」

「我來吧，你們倆一個整日埋頭科學研究，一個只會抓賊，治療這種事情還是交給我這個外科醫生吧。」蘇晨強打起精神，笑著說道。

盛承淮起身，將位置讓給了蘇晨。

「妳怎麼會弄成這樣？」關皓本來是去顧深深家裡接她吃午飯，但是按了許久的門鈴都沒人開門，便打了電話，顧深深卻說她來君山散心，「大熱天，妳去山上散什麼心？就算散心，能散成這樣？」

顧深深這才想起正事，面色凝重地說：「我今天好像碰到便利商店的那個人了……」

「妳說什麼？」關皓一臉正色。

顧深深長話短說：「雖然他今天戴了面具，但是看身形，應該是他，而且他是左手拿刀。你記得嗎？便利商店爆炸事件的嫌疑人就是個左撇子。」

沒等關皓反應，盛承淮卻問道：「妳是說，今天襲擊妳的人就是便利商店爆炸案件的凶手？妳確定是同一人嗎？」

「九成把握。」顧深深相信自己的判斷。

盛承淮若有所思。他本以為便利商店爆炸事件是個偶然，但現在看來，這個綁架犯的目標不只是他，還有顧深深。但是綁架犯為什麼要置顧深深於死地？綁架犯應該不知道她的存在，難道她和多年前的綁架案之間有其他什麼關聯嗎？

「該死，都怪我沒好好看著妳，才讓那個傢伙有可乘之機！」關皓自責不已。

顧深深寬慰道：「你怎麼把錯往自己身上攬？明明就是我自己不小心。」

「深深，妳等著，我一定要親手把那個傢伙逮捕歸案！」關皓氣憤地說道：「妳仔細想想，有沒有和誰結過仇？我一個個調查。」

顧深深搖搖頭說：「沒有，一個可疑的我都想不到。」

「或許是妳失憶之前碰到的人或事情？妳國二那年發生意外，醒來之後就失憶了，大學二年級打工的照相館被砸，大四打工的便利商店爆炸，今天在墓園又遭到襲擊。既然便利商店和墓園案件是同一個人所為，是不是也存在這幾起案件的嫌疑人都是同一個人的可能？」盛承淮條理清楚地做出分析。

「不會吧……可能只是我的運氣比較背的關係。」顧深深從未將這些事情連起來思考。

關皓十分贊同盛承淮的觀點，「盛承淮說的也是有可能，我會把這幾起案件合併調查，看看有沒有什麼線索。不過……盛承淮，你是怎麼知道這些的？」

經關皓這麼一問，顧深深才恍然，照相館被砸案件她並沒有跟盛承淮提過，他是怎麼知道的？顧深深抬頭看著他，企望從他臉上讀出點什麼。

但是，盛承淮無比淡定地解釋：「顧深深住院期間，我看過她的醫療紀錄。」

顧深深和關皓恍然大悟，唯獨蘇晨別有深意地看了盛承淮一眼。

※　※　※

顧深深的腳傷好點後，她搭盛承淮的順風車回嵐城。蘇晨休假回來看蘇老醫生，所以要週日下午才離開，令人意外的是關皓竟然厚著臉皮留下來，說是要嘗嘗農家樂。

當著大夥的面，蘇晨也就隨他去，並在蘇家老宅幫他收拾了一間房。

待顧深深和盛承淮離開後，蘇老醫生去了衛生所，老宅只剩蘇晨和關皓。

蘇晨要準備晚飯，關皓就在旁邊幫她。儘管蘇晨更喜歡一個人幹活，但是關皓像尾巴一樣跟著她。

蘇晨正洗著白菜，關皓卻湊上去擠開蘇晨並說：「女孩子怎麼能碰涼水？這種粗活我來做，妳去嗑點瓜子吃點水果。」

蘇晨望望窗外的太陽，這種天氣難道能拿熱水洗菜嗎？簡直莫名其妙。

她也不搭理關皓，自顧自地開始切蘿蔔，關皓立刻搶了她的刀，「妳這雙手是拿手術刀的，怎麼可以用菜刀？」

「你覺得外科醫生平時都不用吃飯嗎？我不用菜刀，要空手劈蘿蔔嗎？」蘇晨冷冷說道。

關皓俐落地把白蘿蔔切好並說：「我的意思是妳休息，我來幹活。妳隨便指揮，我保證完美地完成任務。」

蘇晨面無表情地隨手挑起了四季豆，關皓放下菜刀，將一大把四季豆拿到自己面前，「妳的手指是用來把脈的，挑四季豆這種事情就讓我做吧。」

她深吸一口氣，在心裡說服自己不要和關皓計較，「我是西醫，我不用把脈，謝謝。」

關皓碰了一鼻子灰，「好吧，那……讓我幫忙總可以吧？」

蘇晨忍不住問道：「你到底留下來做什麼？」

「當然是有重要的事情要單獨跟妳說。」他心虛地摸摸鼻頭。

蘇晨沒好氣地反駁：「有什麼事情比查案更重要？」

「當然有。」關皓漫不經心地洗著大白菜，「和查案同等重要的，那就是——顧深深。」

蘇晨開門見山：「你要和我說什麼？」

洗著白菜的關皓說：「我知道妳喜歡盛承淮。」

蘇晨正在挑四季豆的動作一頓，隨即恢復正常，「那又如何？」

「我喜歡顧深深，我和她是青梅竹馬，從小就喜歡她。雖然她似乎和以前不太一樣了，但是只要是她，我就可以一直喜歡下去。」關皓洗完白菜，將白菜放在一旁瀝水，和蘇晨一起挑四季豆。

「你喜歡誰，和我有什麼關係？」蘇晨反問。

他放下手裡的四季豆，握住蘇晨的手，「當然有關係。妳喜歡盛承淮，我喜歡顧深深，但是他們兩人最近的關係近了許多。尤其是經過今天，也不知道在山上發生了什麼，盛承淮看深深的眼神都不對勁了。所以我們應該結成統一戰線，抵禦外敵！」

蘇晨不悅地擰著眉，掙開了關皓的手。她也發現盛承淮對顧深深有些不一樣，但是感情是自己的事情，她不需要盟友，「我不需要這麼卑劣的手段。」

關皓撇撇嘴說：「這叫戰術。在追求的過程中，我們互相幫助，可以事半功倍。」

「我不需要，你找錯人了。」

「如果妳不答應我，我會一直跟著妳，直到妳答應為止。」關皓開始耍賴。

蘇晨有些動氣。她平日性子冷，就算對自己喜歡的人也不會有太多情緒起伏，但打從認識了關皓，她覺得自己的脾氣越發急躁了，「隨便你！」

「那我就當妳答應了！」關皓興高采烈地說道。

女生說「隨便你」的時候，大多是「我不高興，我不同意」的意思，但是關皓顯然沒有聽出來。

蘇晨：「……」

她放下手裡的四季豆，把手洗乾淨，隨口找了個理由結束這個話題：「我去衛生所幫爺爺，你做飯。」

「去吧，妳的盟友——我，一定會幫妳準備豐盛的晚餐！」關皓極為難得地聽從了蘇晨的使喚。

蘇晨無奈，嘆了口氣便走了。

關皓繼續投入挑四季豆的事業中，嘀咕著：「不過，這裡的衛生所很忙嗎？」

夕陽西斜，金色的光籠罩著院子，院裡的花花草草在餘暉下顯得溫柔動人。一輛越野車緩緩地停在院子門口，車門打開，下來一男一女。一人霽月清風，一人眉清目秀，畫面十分和諧。

但是和諧的氣氛僅僅持續到顧深深開口前。

「欸欸欸——疼疼疼，攙著我，我家院子門檻比較高。」顧深深在家門口一邊扶著牆一邊扶著盛承淮，「這樣，你扶著我，我單腳跳過去。」

盛承淮看看門檻，再看看她剛剛在醫院包紮好的腳踝，並沒說話。

顧深深以為他不相信她可以跳過去，便解釋：「我高中的時候跳遠一直是滿分，就這點高度難不倒我的。啊——你做什麼？」

只見盛承淮攔腰抱起顧深深，進了屋內……

隔著單薄的夏衣，顧深深甚至能感覺到他的體溫，再微微貼近一點，便能聽到他的心跳。她一時間慌了神，臉紅到了耳根。

到了屋內，盛承淮就將她放下，環顧四周後說：「妳的臥室在二樓？」

顧深深從粉得冒泡的氣氛中抽離，點點頭。

「那妳打算怎麼上下樓？」盛承淮嚴肅地問道。

上下樓？她並沒有考慮過這個問題，「啊？應該……總有辦法的吧。」

「妳坐著等我一下。」盛承淮將她扶到沙發上。

顧深深乖乖地點頭，看他在一樓轉了一圈，又上了二樓。不久，他走下樓梯說：「一樓有個空房間，我幫妳收拾一下，妳住一樓。這陣子上下班，我來接送妳；至於妳平日的起居，我也不好頻繁地來，妳可以叫個朋友來陪妳一陣子。畢竟凶手還沒歸案，妳最好不要一個人待著。」

「啊？」

顧深深這才反應過來，盛承淮是在操心她的起居，心裡不由得泛起一絲幸福感，突然覺得這腳傷得太值得了，便痴痴地應了聲「好」。

「我先做飯，晚飯後我收拾房間。這期間，妳可以聯絡妳的朋友，等妳朋友到了，我再走。妳喜歡吃什麼？」

打從聽了顧深深當年的安慰，這幾年，盛承淮的廚藝日益精進。不過，當他打開冰箱的一瞬間……

「只有胡蘿蔔和雞蛋。」盛承淮無奈地說了。

顧深深看著偌大的冰箱只有一根蘿蔔和兩個雞蛋，頓時感到滿屋子的尷尬。為了保持自己在他心中的良好形象，她趕忙補救道：「那什麼……我本來準備今晚去超市採購的，欸……我喜歡麵食，煮麵吧，家裡還有很多麵條。」

事實上，顧深深覺得就算是煮麵，這食材也過於簡陋。但是，盛承淮卻淡然同意她的意見，從冰箱取出僅有的食材開始處理。

顧深深一蹦一跳地進了廚房，打開在她身高之上的儲物櫃，從最裡面翻出了雞蛋麵，卻不慎撞倒了櫃子裡的一罐紅豆罐，眼看就要砸在她的腦袋上，好在盛承淮眼疾手快，接住了掉落的儲物罐。

顧深深抬頭，發現她和盛承淮保持著一種尷尬的姿勢，自己就像是被他圈在懷裡。她在兩人形成的狹窄縫隙間轉過身，正對盛承淮，艱難地將雞蛋麵遞給他，「麵條……」

盛承淮將紅豆放回儲物櫃，接過麵條，轉身繼續切胡蘿蔔。顧深深藉口打電話給朋友，兩頰緋紅地跳出廚房，沒有察覺到盛承淮發紅的耳朵。

月上樹梢，涼風送爽，群星閃爍，嵐城的夜寧靜而美好。

老房子裡燈火通明，餐桌上的麵條色澤誘人。盛承淮把胡蘿蔔切絲煮麵，雞蛋打散，煎成厚蛋燒，切成小塊鋪在麵上。明明食材簡單，卻不知如何調製的，竟然如此美味。

但顧深深覺得比晚餐更秀色可餐的是餐桌對面的盛承淮。他做飯的樣子縈繞在她的腦海中，久久不能散去。

「不好吃嗎？」盛承淮見她發呆的樣子，便如此問道。

顧深深笑道：「好吃，果然沒有辜負我的期望。」

只要眼前人是你，我就甘之如飴。可是……

「你現在做這些是因為我救過你嗎？」這個問題在顧深深心口徘徊了一天，她卻遲遲不敢問出口。

盛承淮的動作一頓，將筷子輕輕放下。其實關於這個問題，他自己也沒想清楚。與其說顧深深是救命恩人，不如說她像老朋友。他對顧深深的熟悉感遠勝過身邊的任何人，至於原因，他也沒想明白。

「是，也不是。」

顧深深細細琢磨這四個字，覺得這大概是最理想的回答了。他若說是，她會失望；說不是，誰信呢？現在這樣再好不過了。

盛承淮向來不喜歡拖泥帶水，坦誠地說道：「我總感覺我認識妳許久了，久到在妳救我之前。而且和妳相處很自在，吃飯很自在，說話很自在，走路很自在。」

顧深深痴痴地看著他。這話的意思是，他對她有好感嗎？

院子裡的蟋蟀此起彼落地鳴唱，和夜色應和成詩。一隻大黃狗踱著步子從院門口經過，院子裡昏黃的燈光灑在牠身上，讓牠平添了一份憨厚。一個國中生騎著自行車經過巷子，留下一串清脆悅耳的車鈴聲。

這個夜晚，成了顧深深人生中難忘的篇章。

※　※　※

桃源村的夜沒有霓虹閃爍，只有百家燈火；沒有汽車鳴笛，只有鄉間犬吠，寧靜得好似整個村莊都沉睡了一般。

關皓平時為了破案，作息不規律，晝伏夜出是常事，加班熬夜更是家常便飯。現在突然沒工作可以早點休息了，竟一點睡意也沒有。

他打了電話給顧深深，確認盛承淮安全送她到家，「晚上叫朋友去陪妳，不要自己待著。」

『盛承淮交代過了，我已經聯絡朋友，她等一下就到。你不要總是惹蘇醫生，要好好相處，她是個很好的人。』在醫院的時候，關皓就沒少招惹蘇晨，好在蘇晨是個內斂的人，就算動怒也不和他爭論。

關皓笑了笑說：「今時不同往日了，我絕對會和她好好相處的。」

顧深深對此深表懷疑。

「真的，比鑽石還真。」關皓保證。

顧深深狐疑地說：『難道……哦——我知道了，沒想到你這小子終於開竅了。好好加油，我支持你！』

「你知道什麼了？」關皓心想：我這才拉攏了蘇晨，深深這麼快就猜到了？糟糕！電話那頭的聲音頗為得意：『是不是覺得我很機智？不要誇我，我會得意。以後如果有用得著我的地方，隨你使喚！我保證我一定會是你人生中的最佳神助攻。啊，門鈴響了，可能是路遙來了，我去開門，等我回來再細說。』

顧深深說完便掛了電話，關皓對著「嘟嘟嘟」的手機一臉莫名其妙。神助攻？可是他的神助攻不應該是蘇晨嗎？

最後那句是說什麼？

「路遙？路遙！」

關皓警覺地回撥，嘴裡嘟囔：「都跟妳說路遙有問題了，怎麼還找路遙？」

但是電話始終沒人接聽，於是他傳了訊息給她：『路遙很可疑，不要和她走得太近。今晚睡覺把門窗鎖好，要她明天不要來了。我明天回局裡申請女警二十四小時保護妳。』

傳完訊息他才安心地躺下，無奈床板太硬，他又沒有多少睡意，在雕花大床上翻來覆去難以入眠，便乾脆起身去院子裡走走，看看花看看月，好醞釀些睡意。

巧的是蘇晨正捧著一杯熱茶，坐在院子裡不知在發什麼呆。

關皓看她出神的模樣便起了捉弄的心思，拍了她的左肩，然後快速地躲到她的右側。不料，蘇晨壓根沒有轉身。

蘇晨淺啜一口熱茶，冷冷地說了句：「幼稚。」

關皓這才覺得自己的行為似乎孩子氣了些，尷尬地摸鼻頭，搬了凳子在她身邊坐下，「妳在看什麼？」

「月亮。」

他也抬頭看看。淺淺的一輪月牙掛在夜空，月色朦朧，眾星圍繞。雖比不上滿月時來得皎潔，但也自有一番情趣。然而他想到剛才惡作劇沒成功，便故意說：「月牙有什麼好看的？」

蘇晨也不生氣，只是微微失落地說：「在星星眼裡，不論陰晴圓缺，月亮都好看，否則星星為什麼要一直望著它？」

「我怎麼就沒看出來星星望著月亮？妳賞個月怎麼還賞出情懷了？」關皓顯然沒聽出她的弦外之音。

蘇晨苦笑道：「這情懷不要也罷。」

她喜歡盛承淮喜歡了八年，大家都覺得他們關係親近，無奈事實卻和這星月一般，看起來近，實則光年之遠。

關皓終於讀出點她的心思，問道：「妳是怎麼認識他的？又是怎麼喜歡他的？」

「他高二那年被人綁架，受了重傷暈倒在村口，被大牛哥送來衛生所，爺爺全力搶救他。當時，我沒見過受傷這麼重的患者，嚇壞了，手忙腳亂地在一旁幫忙。好在他求生意志強，挺了過來，堅持到救護車到。後來因為我爺爺的救命之恩，盛承淮對我很好，也常來看我爺爺，盛伯父也因此讓我轉學到盛承淮所在的高中，後來又資助我學醫，送我出國留學。」蘇晨說起盛承淮的時候眼裡帶著愛意，柔軟而皎潔，如這月色一般，「至於為什麼喜歡，大概是因為他是我見過意志力最堅韌的人吧。你不知道他在病床上是如何平靜地向員警描述受虐待的每一個細節，我聽得都哭了，他卻條理清晰地做完筆錄。不論是哪一方面，他都表現得很好。對我而言，盛承淮是我人生的燈塔，我從十六歲起就以他為方向前進，即便是我成年了、獨立了，我的目光還是習慣性地跟著他。」

關皓沉默，不知該如何安慰她，只是覺得她白淨的側臉分外惹人憐惜。

蘇晨憋了多年的心事傾吐而出，頓時覺得舒暢多了，「不用可憐我，我知道自己想要的，不會讓自己留下遺憾。不管結果如何，我都能平靜地接受。」

「妳想多了，我哪有多餘的心思同情妳？」關皓說道：「雖然盛承淮目前不喜歡妳，但是他擁有妳和他全部的記憶；而我和深深一起成長的點點滴滴，她全都不記得，我的一腔喜歡在失憶的事實面前顯得多麼可笑。」

蘇晨起身並說：「喜歡是這世界上最純淨的感情，它不可笑。晚安，關皓。」
「晚安，蘇晨。」
銀白色月光灑在院裡，也灑進關皓的心裡，他卻還不自知。

※ ※ ※

另一邊，顧深深掛了關皓的電話，一蹦一跳地往門口去，卻被盛承淮攔了下來。
「我去開。」
他大步上前，開了門。顧深深探出腦袋看，來人果然是路遙。
路遙呆呆地看著盛承淮，他的臉和路遙記憶中的那張照片慢慢重疊，最後清晰地成為眼前這個人。她在心裡不住地感慨，顧深深命裡的劫終究還是出現了。
「妳要喝熱牛奶嗎？」送走盛承淮後，顧深深問路遙。
路遙卻不知在想什麼，有些失神，「妳剛才說什麼？」
顧深深晃了晃手裡的牛奶說：「要喝嗎？」
「這種天氣，我喝冰的。」嵐島的夜晚還算涼爽，但是再涼爽也是盛夏，「我來吧，要是妳的腳傷加重，盛承淮不就會吃了我？」

顧深深並沒有停下手裡倒牛奶的動作，「這點小事，妳說得也未免太誇張了。再說，盛承淮不是妳想的那種個性，他對人啊、事啊，都淡淡的，沒什麼情緒起伏，對我也不例外。」

路遙狡黠一笑說：「等著看吧，他逃不過妳的手掌心的。」

路遙拿過顧深深手裡的奶鍋，放在爐子上，「作為一個塔羅師，我可以負責任地告訴妳，放手去追吧，他遲早要栽在妳的手裡。」

顧深深沒控制住心裡的歡喜，「真的嗎真的嗎？妳也覺得我有希望？」

「你們倆啊，命中有緣。」路遙點點頭。

顧深深有些擔憂地說：「我約他吃飯，他沒有答應。而且他對我也不怎麼笑，感覺不管是對我還是對別人，根本沒有區別。」

「那是因為他還沒意識到，妳就是他這輩子的愛情。」路遙頗為感慨地說了。

顧深深立刻陰轉晴，嘴角抑制不住地上揚，「這話說的……妳以為我會相信嗎？嘻嘻，妳這個月的小說我承包了！」

「唉……要是某人知道妳這麼開心，一定會氣憤地把我這個罪魁禍首砍成兩半。」路遙喃喃自語。

「妳說什麼？」

「喔，我說拿兩個杯子給我，牛奶熱好了。」路遙岔開話題。

小陽臺上，顧深深和路遙各自窩在搖椅上，一人一杯牛奶，對著朦朧月色談天說地，好不愜意。

路遙有些惆悵地說：「妳會不會懷念失憶之前的日子？」

「出事前的事情，我都忘記了。既然是忘掉的事情，怎麼懷念？」顧深深覺得路遙的這個問題有點莫名其妙，「妳對我失憶前的生活很感興趣嗎？」

「好奇。」路遙說道：「好奇妳以前是怎樣的人，遇到了什麼樣的人，過著怎樣的生活。妳作為本人，一點也不好奇嗎？」

顧深深有點失落。怎麼可能都不好奇？「聽我媽說了一些，覺得很陌生，好像她說的人不是我一樣。」

「這就對了！」路遙下意識反應道。

「啊？」

路遙抿了抿自己的嘴巴，恨死自己口無遮攔的個性，「我是說，這就是妳的不對。不管妳以前是什麼樣子，現在的妳是什麼樣子，在伯母的眼裡，妳就是她最寶貝可愛的女兒，妳怎麼能說以前的自己像個陌生人呢？」

「妳說得對！不管以前發生了什麼，我都會好好生活的！」顧深深精神為之一振地說：「畢竟我的未來又多了一個目標，我要更努力才行！」

路遙鄙視地看著她，「這雞湯聽起來有點勵志，但是妳別以為我不知道，妳的目標不就是盛承淮嗎？」

顧深深轉轉眼珠子說：「跟我說說妳的『雞湯』吧。」

「我沒有雞湯，但是我有一個哥哥。」路遙嘴角忍不住揚起微笑。

顧深深打斷她：「等一下，讓我猜猜，妳的哥哥是不是叫路馬力？」

路遙發怔，這句話……如此耳熟，依稀記得當年她也是這麼問的：「路遙路遙，妳叫路遙的話，妳的哥哥是不是叫路馬力？」

路遙記憶中的顧深深還是那個莽撞衝動的小女孩。

「猜錯嘍——我哥哥不叫路馬力。『遙岑遠目，獻愁供恨，玉簪螺髻』。我哥哥叫路遠。」

「遙岑遠目，原來是這樣。你們家好詩情畫意。」顧深深不由得感慨，「我之前以為我叫顧深深，是因為『庭院深深深幾許』，結果我媽說……只是因為『深深』二字比較順口……」

「哈哈——」路遙毫不客氣地嘲笑了她，「路遠要是在這裡，他一定會說妳傻。」

顧深深歪著腦袋不明所以。她和路遠……認識？

在顧深深探究的目光下，路遙心虛地解釋：「我是說，假如妳和我哥認識，他一定會這麼說妳的。」

「喔——他是怎樣的人？」顧深深好奇地問。

「他啊……看似嚴苛，但待人溫柔；嘴巴很壞，心腸很好；長得好看，而且專一；不論做什麼，都是佼佼者。」路遙徐徐道來，「我覺得當他的妹妹很幸運，但是他卻是不幸的，因為我這個不稱職的妹妹把他喜歡了十幾年的女孩弄丟了……」

路遙的聲音十分憂傷，顧深深能感覺到她心裡的自責，於是轉移話題：「最近關皓買了新的小說給我，妳要不要看看？」

聽到有小說，路遙立刻陰轉晴，跟小雞啄米似的點點頭。於是，兩人的「基地」便從陽臺轉移到臥室。

房間的燈明亮耀眼，顧深深和路遙趴在床上，津津有味地共讀一本小說。

「兩個。」路遙說道。

顧深深立刻領會，兩個棉花糖塞進路遙的嘴裡，默契好得好似多年老友。

「我要翻頁了。」

「翻。」

顧深深和路遙兩人花了兩個小時將這本書看了大半，要不是盛承淮打電話來，她都要忘記睡覺的時間了。

熄了燈後，兩人肩並肩躺著，腦子裡全是小說的情節，毫無睡意。

路遙隨手摸了床頭櫃上的堅果往嘴裡一塞，發出清脆的喀喀聲，「我覺得反派有點腦殘。他高富帥，為什麼非要喜歡女主角那種腦殘呢？讓女主角和男主角湊一對腦殘不是挺好的嗎？」

「妳怎麼又吃東西了？等一下要記得刷牙。」顧深深提醒，「瑪麗蘇小說嘛，終歸就是所有男人愛女主角，所有女配角恨女主角，反派如果不愛女主角，那他就當不了男二了。」

「瑪麗蘇是什麼意思？」路遙好奇地問。

顧深深側身鄙視地看了她一眼說：「妳看的那些小說不都是瑪麗蘇小說嗎？」

路遙撇撇嘴，「妳不懂我的憂傷。在我那裡啊，根本沒有這種小說。」

「那妳都看什麼書？」多次聽路遙說起家鄉，但是顧深深覺得路遙的家鄉和她所知的任何一個地方似乎都不契合。

路遙掰著手指開始細數：「科技科教、醫學科教、語言科教、社會科教……毫無娛樂性的各種科教書籍。」

「真是神奇國度……妳家到底在哪裡？」顧深深忍不住發問。

路遙認真思考了一下，該怎麼說呢？

「科技高度發達、文明高度發達的一個地方，離嵐城很遠又很近。對了，過陣子我回去，可能要好幾個月以後才能來，我要回去賺點交通費。」

「我快發薪水了，我支援妳！」

路遙無奈地嘆口氣說：「妳幫不上忙的……交通費不是一般地貴。」

「有多貴？」顧深深問道。

路遙嚴肅地回答：「大概是地球到月球的費用吧。」

顧深深噗哧一笑：「真會開玩笑。」

「我認真的喲……」

「好，妳是認真的。」顧深深配合著路遙。

路遙一臉無奈。她真的是認真的，沉默了一會兒，她突然有感而發：「妳不知道，這樣的情景我懷念了多久。」

顧深深一臉莫名其妙。

「我曾經一度以為我做錯了，但是看到妳過得這麼幸福，我又覺得我的選擇是對的。不管過去是怎樣的，我都希望妳的未來和現在一樣幸福。」路遙知道顧深深不能理解，畢竟她失去了那段回憶，與其說是說給顧深深聽，不如說這是路遙這十來年的自白。

「深深……」

「嗯？」顧深深輕輕回應。

「我睏了……」

顧深深不由得微笑說：「晚安。」

「晚安。」

月色朦朧，院裡的小蒼蘭在微風中輕輕搖曳，散發出陣陣清香，伴著兩個恬靜的女孩進入了夢鄉。

※　※　※

隔天，又是豔陽高照的天氣，碧空如洗，萬里無雲，對於夏天來說，這樣的天氣……不算舒適。

這是嵐城一年中難得的高溫天，顧深深本要去超市的念頭被明晃晃的陽光打消了。路遙卻很喜歡這樣陽光燦爛的日子，興致勃勃地慫恿顧深深一起出門。

顧深深擰著眉拒絕了路遙的邀請：「就算今天盛承淮還要來做飯，我也堅決不出門買菜。」

「太陽不厲害。」路遙指著院子裡的陰影說：「看，還有陰涼的地方。」

顧深深自然不會上當，「現在才十點，等回來的時候，我們會被烤熟的。」

不論路遙怎麼裝可愛，顧深深都不為所動，她只好放棄，「好吧，那我出門逛逛，順便去超市買點什麼，把冰箱填滿。欸……妳別勸我了，我知道，高溫預警嘛。但是我真的很喜歡紫外線，妳就讓我出去曬曬吧。」

顧深深拗不過她，只好往她懷裡塞了一把陽傘。

看著路遙蹦蹦跳跳離開的背影，顧深深有點匪夷所思：「喜歡紫外線？」

路遙剛走不久，關皓就進門了。顧深深慶幸他們沒有碰上，否則照這兩人的個性，非要吵一架不可。

關皓輕車熟路地幫自己倒了水，然後為顧深深洗了水果。

顧深深坐在沙發上和關皓一起啃蘋果，口齒不清地讚嘆道：「好甜好脆。」

「必須又甜又脆啊，這是蘇老醫生自己種的。妳再試試那個李子，特別棒，酸甜適中，妳一定會喜歡。」關皓強烈推薦李子。

關皓離開桃源村前，蘇老醫生帶他去自己種的果園摘了許多水果。蘇晨很無奈，她不知道為什麼爺爺對關皓格外熱情，還囑咐他有時間就來玩。關皓自詡這是他的人格魅力。

「你說你在蘇家蹭吃蹭喝也就算了，還外帶，害不害臊？」顧深深調侃道：「嘖嘖嘖，簡直令人髮指。」

關皓把水果盤挪到自己面前，「那妳別吃了。」

「進了我家就是我的了。」顧深深把水果盤挪回來。

關皓順勢接了一句：「我也進了妳家，那我也是妳的，妳以後要養我。」

顧深深送了他一個白眼，「醜拒。」

被醜拒的關皓：「……」

兩人互損之後，關皓才想起正事，「路遙呢？」

「去超市了。」顧深深啃完蘋果換上李子，果然比平時買的好吃。

關皓正色道：「我不贊同讓路遙陪妳，我覺得她各方面都很可疑。上次見面後，我回局裡就查了她的資訊，但奇怪的是一無所獲。她從哪裡來，怎麼那麼清楚妳的過往，這些妳都沒有懷疑過嗎？」

「不可以在別人背後說壞話喔。我也覺得路遙有些奇怪，但是我能感覺到她對我絕對沒有惡意。相反地，初見面的時候我對她就很熟悉，經過這陣子的相處，我更加確定了。」顧深深分析道：「昨晚她告訴我，我和她去吃拉麵那天，其實有人一直偷偷跟著我，所以她堅持送我回家。我覺得如果她對我有什麼壞心，不至於這麼在乎我的安危。」

「暫且先相信她吧。」關皓對路遙仍舊充滿了疑慮。

這時門鈴響起，關皓前去開門。顧深深正疑惑著路遙才剛出門怎麼就回來了，結果卻看見關皓和盛承淮一前一後進了客廳。

深，有勞了。」

「你來啦？」想到昨天和盛承淮說的那番話，顧深深抿著嘴，羞赧地笑著。

盛承淮點點頭說：「要去研究所，順路來看看妳。」

「大週末的還要上班？挺忙的啊！」關皓毫不留情地拆穿他，「這麼忙還抽空來看我家深深，有勞了。」

顧深深狠狠地戳了關皓一下。關皓一開口，好好的氣氛都被破壞了。她指著盛承淮手裡的蛋糕說：「是要給我的嗎？」

「喔，對。」盛承淮把東西遞給她，「來的路上正好有蛋糕店。」

關皓忍不住小聲吐槽：「反正你去哪裡都順路。」

正如關皓所說，這世界上哪來那麼多「順路」。無非是想見一個人，天南地北都順路，不想見的人，近在咫尺也能視而不見。

半小時前，正在工作的盛承淮突然問了女助手一句：「女生喜歡吃什麼？」

女助手很少聽他說起和工作無關的話題，不由得一愣，但是看他表情極為嚴肅，便也認真地給了答案：「甜食吧，蛋糕、巧克力之類的。」

盛承淮若有所思地點點頭，然後脫下白袍離開了研究所。他在網路上找到嵐城評價最好的蛋糕店，「順路」買到蛋糕，又「順路」經過顧深深家。

顧深深起身接下蛋糕說：「我很喜歡這家的蛋糕，謝謝。」

關皓擠出一絲笑容說：「你先坐會兒，我幫你泡茶。」

關皓試圖彰顯他和顧深深親近的關係。

「不用了，我還有事，要走了。」盛承淮說道。

關皓終於露出開心的笑容，「那就可惜了。我送送你吧，走走走。」

顧深深：「……」

顧深深覺得關皓就是來搗亂的……

盛承淮對關皓不動聲色，但是想到關皓一直出現在顧深深的視線中，竟然有一絲不愉快，便說道：「和我聊聊那個嫌疑犯吧。」

關皓身為員警，立刻醒來，「好。」

於是兩人確認路遙馬上就到家後，便一起離開，留下一臉遺憾的顧深深。她昨晚還特地準備了幾個話題，結果一個都沒用上！

※　※　※

誠如盛承淮所言，他確實有重要的線索要告訴關皓。兩人找了一家幽靜的咖啡店，雅致的裝潢，清新可愛的小擺飾。除了盛承淮和關皓，店裡只有一桌客人，看穿著應該是高中生，幾個女孩正在寫作業。

「說吧。」關皓率先打破了沉默。

盛承淮面色凝重地說：「我會把我知道的都告訴你，但是你必須答應我，你以後有什麼也要告訴我，這是交換條件。」

「如果你的線索分量夠，我答應你。」關皓說道。

盛承淮調整了一下個人情緒，以盡量客觀的角度敘述他知道的所有事情：「九年前，我媽投河自盡了，當時警方判定是自殺，起因是夫妻感情不和。但是，我認為是他殺。從我媽留給我的影片就能知道，她已經規劃好了和我一起旅行。一個要輕生的人為什麼還要做這樣的規劃？退一步說，就算她有自殺的想法也不會選在那天，因為那天是我生日。」

「節哀。」

「那天深深出事失憶，而且被發現的位置就在河邊。」盛承淮給出自己的推論：「我懷疑深深是目擊者，之所以能平安活到現在是因為她失憶了。但是即便是失憶，對凶手而言，深深終究是個隱患，所以凶手才會一而再再而三地想殺她。」

關皓嚇得說不出話來。如果盛承淮的推論是正確的，那麼顧深深從國二之後的那些意外就都是……謀殺！

「那你八年前被綁架是不是也和這起案件有關聯？」關皓下意識地把自己私下調查的情

況脫口而出。

盛承淮沒有計較，只是淡然地點點頭說：「我很確定，綁架犯和企圖謀殺深深的是同一個人。如果深深真的是目擊者，那麼，這個人也是殺害我母親的凶手。」

盛承淮之所以將這些告訴關皓，是為了抓住殺害簡如卿的凶手！打從他意識到簡如卿的死是場有預備的謀殺後，這個執念就深深種在他的腦海中。

簡如卿剛去世的時候，他沉浸在巨大的悲痛中，以至於沒有意識到自己的母親一直是個意志堅韌的人，絕不會因為婚姻破裂而輕生。直到他發現盛言偷偷調查簡如卿自殺前的事情才意識到不對勁，他又反復看了錄影帶，開始懷疑簡如卿的死是場謀殺，便偷偷調查。

但是八年前，盛承淮被綁架，之後盛言禁止他接觸任何有關簡如卿的事情。盛承淮所有的調查都被盛言干擾，直到現在。

所以盛承淮決定和關皓合作。有了關皓，調查才會順利。

關皓正色道：「我不會辜負你的信任！」

說罷握住盛承淮的手，試圖用自己堅定的眼神向他傳達：我一定會找出凶手！

關皓覺得如果他和盛承淮不是情敵，應該會成為好朋友。

盛承淮嫌棄地抽回自己的手，「不要用這麼奇怪的眼神看著我。」

「真是……什麼叫奇怪的眼神？你看不懂我眼神裡的意思嗎？」關皓反駁。

盛承淮淡淡地說：「我們不是需要用眼神交流的關係。」

關皓氣得把杯子裡的果汁一口乾了，心想：為什麼深深和蘇晨都會喜歡這種男人？現在的女生都是什麼眼光？

兩人說話期間太過專注，以至於沒發現自己被圍觀了許久。幾個女生湊近說著悄悄話，似乎在商量什麼事情，不時朝盛承淮這一桌看去。

其中有個皮膚白皙、紮著馬尾、身穿格子襯衫裙的女生紅著臉頰，一臉糾結。待盛承淮和關皓聊完正事，她似乎也糾結完了。

她鼓足勇氣上前，紅著臉對關皓說：「從你進店到現在，我一直在注意你，我對你……對你一見鍾情。雖然我很喜歡你，但我知道性向是不可能扭轉的。你們很配……總之，祝福你們。」

說完，她將一隻熊玩偶塞進關皓懷裡就跑了，然後幾個女孩像做了虧心事一樣，慌慌張張地離開咖啡店。

關皓看看玩偶，再看看女孩遠去的背影，一臉莫名其妙。

「這是什麼意思？」關皓問盛承淮。

盛承淮起身離開並說：「字面上的意思。」

關皓追上他的腳步，「前半句我聽懂了，就是女孩喜歡我，可是後半句我怎麼就聽不懂？

你聽懂了嗎？」

「不懂。」

兩人離開咖啡店後分道揚鑣，盛承淮回研究所，闕皓找到新的調查方向回去警局。

第五章　該不該放棄

一場大雨將天空沖洗得蔚藍，晨間的陽光溫柔地灑滿大地，樹梢的小水滴慢慢消失。顧深深坐在副駕駛座上，趴在窗上感受夏日難得的涼意。

打從腳受傷之後，盛承淮就每天接送她。關皓對此頗有微詞，但無奈他案件多，工作忙，上下班不規律，所以常常是關皓到了顧深深家門口卻發現顧深深已經被盛承淮接走了。因為這樣，關皓總是找蘇晨抱怨，但是蘇晨通常只是聽著，並不發表意見。

「有彩虹！」顧深深驚嘆道。

盛承淮順著顧深深的指尖望向天空，果然見到七彩的虹橫跨雲端，猶如連接兩個世界的天橋。周圍的霓在雲霧中朦朧可見，伴著陽光，絢爛奪目。

「好久沒看到彩虹了。」盛承淮感慨道。但是，與其說沒看到，還不如說他失去了發現美的雙眼。因為母親的去世而重獲光明的他，已經失去了用心看這個世界的能力了。

顧深深點點頭說：「我也是。好漂亮啊，我要拍下來等路遙回來給她看。」

顧深深腳傷一直沒好，路遙在顧深深家住了半個多月便說有急事要回家。這一走，音訊全無。顧深深嘗試聯絡她，但好聽的女聲語音總是溫柔地提醒她：『您所撥打的使用者不在服務區，請稍後再撥。』

盛承淮不露聲色地問道：「妳和路遙最近有聯絡嗎？」

「聯絡不上。」顧深深苦惱地說：「也不知道她什麼時候回來，說好一起去剛開的甜品店嚐一下薑汁撞奶的。」

盛承淮若有所思。打從關皓告訴他路遙形跡可疑，他便加倍留意，發現路遙的言談舉止的確和普通人有別。

路遙經常說出一些他無法理解的詞彙，例如時空糾察隊、時空犯罪。而且路遙對顧深深的喜好十分了解，甚至有些顧深深自己都沒有察覺到的習慣，路遙都一清二楚。按照顧深深的說法，她和路遙認識不過數個月，數個月的時間，如何能讓路遙對顧深深如此了解？

但是看路遙日常和顧深深相處，卻又覺得她對顧深深極好，根本感受不到一絲惡意，故而盛承淮更加不解。

「對了，我今天會晚一點下班，下週有個產品發表會，所以今天要加班趕一下宣傳材料。」顧深深說道。

「好，結束了打電話給我。」

然而加班時間要比顧深深預計的長，晚餐也是在公司草草解決，等到可以收工回家的時候，已經是十一點半了。

空蕩蕩的辦公室裡迴響著壁鐘的滴答聲，冷清得讓她有些害怕。她看看辦公室的壁鐘，對著盛承淮的手機號碼糾結了一會兒，始終沒有撥打出去。盛承淮和她家在兩個不同方向，這一來一往少則四十五分鐘，多則一小時，她不忍心耽誤他休息。

於是，顧深深邊下樓邊傳訊息給盛承淮：『今天下班有點晚，正好有個同事和我順路，我搭便車回去就好，你早點休息喔。』

最後還挑了個哈哈大笑的表情放在句尾。

顧深深傳著訊息，低著頭走出大門，卻不小心撞到了人。剛抬起頭，「對不起」三個字都還沒說完，就發現眼前的人竟然是盛承淮。

這下尷尬了……

顧深深連忙低頭看了一眼手機，訊息已經發送成功了……

「妳的同事呢？」盛承淮一本正經地問道。

「這個……她有事先走了。」她訕訕地笑了笑，「你怎麼來了？」

盛承淮十分自然地回答：「來接妳。」

「既然這麼巧，那就走吧。」顧深深忍不住嘴角微揚。

盛承淮也忍不住笑出來。

剛上車，盛承淮的電話就響了。顧深深不經意看了一眼，來電顯示是蘇晨。

「結果已經出來了，但是報告的話，大概還需要一天時間。」

「嗯，到時候我聯絡妳。」

「客氣了。」

聽起來似乎是公事，但是能在這個時間點還自然地打電話和盛承淮聊工作的人，恐怕也只有蘇晨了吧。

對於蘇晨，顧深深一直很欣賞。蘇晨既漂亮又優秀，個性穩重內斂，做事情乾淨俐落，對工作嚴謹細心，在顧深深眼中，蘇晨已近乎完美。

當她知道蘇晨和盛承淮是青梅竹馬時，不是沒有過危機感，但是蘇晨並沒有表現出對盛承淮的好感，所以她並不以為意。

直到在蘇家老宅的時候，顧深深察覺出一絲不對勁。蘇晨對誰都冷冰冰的，唯獨對盛承淮有些不同。

那一天，由於顧深深腳傷需要處理，一行人便沒有急著離開桃源村。腳傷做了處理後，便在蘇家老宅吃了午飯。

那天中午是盛承淮掌廚，將就現有的食材簡單做了冬瓜花蛤湯，炒了幾個蔬菜，煮了一鍋白米飯。

不得不說盛承淮的廚藝很棒，明明菜色簡單到單調，顧深深卻覺得無比美味，尤其是炒菠菜，可能是蘇老醫生自己栽種的關係，格外新鮮美味。

但蘇晨卻無意間問了一句：「今天怎麼炒了菠菜？你不是不吃菠菜嗎？」

顧深深從中得到兩個資訊：盛承淮經常在蘇家老宅做飯，蘇晨對盛承淮的口味十分了解。

飯後，蘇晨問大家要喝什麼茶，唯獨沒有問盛承淮。但是茶端出來的時候，盛承淮那杯卻和大家不一樣，也就是說，她將盛承淮的喜好記在了心裡。

察覺到蘇晨的心意後，顧深深心裡自卑的小種子開始發芽，甚至覺得盛承淮和蘇晨站在一起格外登對。

「……可以嗎？」

盛承淮的聲音拉回顧深深的思緒，「欸……你剛才說什麼？」

盛承淮看了一眼窗外，「外面有那麼好看嗎？妳看了足足十分鐘。」

「外面的燈光……滿好看的，像星星……」顧深深尷尬地扯了個理由，然後迅速轉移話題：「你剛才問我什麼？」

「我說車子的後座有甜品，應該還溫溫的，妳要是餓了就先吃點。」盛承淮朝後面示意。

顧深深伸手去拿，發現竟然是她早上提過的那家甜品店的薑汁撞奶，不禁心頭一暖。打開嚐了一口，果然口感順滑、奶香四溢、薑汁味濃，便舀了一勺遞到盛承淮嘴邊說：「你嚐嚐。」

話音剛落，她就意識到只有一個勺子……

顧深深剛要收回手，盛承淮卻一口吃掉勺子裡的甜品，她震驚得忘記收回自己的手。

盛承淮卻淡然評價了一句：「薑味很濃，更適合冬天吃。」

顧深深默默收回勺子，呆呆地直視前方，假裝什麼都沒發生，但是臉頰的緋紅出賣了她的演技。

她的腦海中只有四個字來回飄蕩：間接接吻……

顧深深不知道她是怎麼吃掉剩下的甜品的，每吃一口，她都覺得是在間接接吻，越想越覺得羞赧。

那天晚上，顧深深的夢是薑汁味……

※　※　※

週末兩天，好在盛承淮不需要來接送，顧深深這才恢復正常。

陽光晴好，她把被單洗得乾乾淨淨晾在陽臺上，在陽臺上卻看到關皓在樓下對她招手。他手裡拿著吃的，她便一蹦一跳下樓去開門。

然而……

「薑汁撞奶……」顧深深欲哭無淚，好不容易忘記的事情又一次在腦海中浮現。

關皓打開包裝說：「是啊，這家是新開的，聽同事說很好吃，我就帶了一份給妳嚐嚐。妳試試，我買的是冰的，應該很爽口。」

於是她在關皓的注視下吃了一口。明明是冰的，她卻吃出了滾燙的感覺。

「妳的臉怎麼紅了？」關皓不明所以。

「因為天氣熱……」

關皓點點頭說：「今天是挺熱的，妳該裝個空調了。」

顧深深此時的心思並不在裝空調上，而是怎麼把這份薑汁撞奶不動聲色地吃完。

「對了，我想問你一件事。」顧深深猶豫著說。

關皓往嘴裡扔了一顆堅果，「妳說，我保證知無不言。」

「蘇晨和……」顧深深話到嘴邊又不知道該怎麼說出來。她和盛承淮又不是什麼明確的關係，她也沒有立場去探究他的過去，就這樣直接問蘇晨和盛承淮的關係似乎有些不妥，

「你最近還和蘇晨唱反調嗎？」

關皓愣了一下，隨即反應過來。他平時神經大條，吵吵鬧鬧，但是對顧深深的任何微小變化都能一眼看出，例如現在。

「妳想問蘇晨和盛承淮有沒有交往過是嗎？」

顧深深詫異地看著他說：「你看出來了？」

關皓點點頭。

「有這麼明顯嗎？」她不甘心地問道。

關皓搖搖頭，言語中有一絲無奈，「換個人的話，我就看不出來了。因為是妳，我才知道妳心裡的想法。他們沒有交往過。」

「果然青梅竹馬就是和旁人不一樣！」顧深深興奮得重重拍了一下關皓的肩膀說道：「除了我爸媽，這世界上最了解我的人就是你！」

關皓揉揉肩膀，收起自己所有的負面情緒，調侃道：「哪個女的力氣像妳這麼大？妳這是要嫁不出去的節奏！不過算了，要是妳三十還嫁不出去，我就勉強娶妳了。」

顧深深翻了個白眼，「溫柔善良、美麗大方如我，不可能到三十歲還單身，你還是操心你自己吧。想追人家蘇晨就好好追，別總惹她生氣，又不是小學生。」

顧深深覺得關皓小學的時候肯定有在喜歡的女生的鉛筆盒裡面放過毛毛蟲，或者揪過女孩子的馬尾辮。

關皓聽到自己正在追求蘇晨這一「事實」，差點沒被堅果噎死，「我什麼時候追求蘇晨了？我追的明明是⋯⋯」

「妳」這個字被他吞了回去，伴著巴旦木的清香和乾澀，彷彿他對顧深深不可說的心意。

「是什麼？你說你，年紀一大把了，也不知道怎麼追女生，一看就知道沒談過戀愛。」

顧深深遞給關皓一杯果汁，繼續說。

他喝了一大口，心口舒暢了不少，「總之我沒有追求蘇晨。」

顧深深當然不相信，只是敷衍地「喔」了一聲。

「真的。」關皓強調：「蘇晨心裡有人，我心裡也有人。」

顧深深握著湯匙的手一緊，「蘇晨心裡的人……是盛承淮嗎？」

他有些失落。原本以為顧深深的第一個問題會是「你心裡的人是誰」，果然他還是比不過盛承淮。

「是。」

這個答案在顧深深意料之中，所以她並沒有太驚訝，但是關皓心裡也有人？

「欸，你心裡有人？你喜歡誰？我怎麼不知道？是我認識的人嗎？」

關皓揉亂她的頭髮說：「妳的反射弧真的超長。」

「髮型是女生的第二生命。」顧深深拍掉他的手，整理好自己的頭髮。

關皓無奈地說：「女生的第二生命是婚姻，傻不傻？」

她不以為然，「如果是不幸福的婚姻呢？也能算第二生命嗎？生命不長也不短，過得自在最重要。與其被不幸的婚姻束縛，還不如自由地生活。」

「這可不像妳會說的話啊。」關皓摸摸下巴回憶，「國一的時候，妳喜歡我班上的班長，妳說如果和這樣的人結婚，就算他不愛妳，妳也不介意。妳還寫了一首詩，叫作《我看見你就看到了天堂》。嘖嘖嘖，內容我到現在還記得，我唸幾句給妳聽啊……」

顧深深抓了一把堅果塞進關皓嘴裡，「瞎說，我怎麼可能說這種話？警告你喔，不許唸，不然以後都別來蹭飯了。」

關皓見她惱羞成怒的樣子，笑得跌進沙發。

※　※　※

關皓走後，顧深深就癱在沙發上發呆，外頭的夏蟬不知疲倦地鳴唱，她卻心無旁騖地想著蘇晨的事情。

顧深深覺得如果她是一個男生，從男生的角度來看，蘇晨符合她對女性所有的幻想，漂亮大方，工作好，學歷高；而自己不論身高、長相、學歷還是工作，每一點都比不上蘇晨，只要男生沒瞎，大部分都會選擇蘇晨吧？

盛承准視力良好，他的理想型是顧深深還是蘇晨？

顧深深越想越覺得盛承准喜歡蘇晨，甚至回憶起他和蘇晨平時講話的態度，都覺得格外溫柔。說不定他們私下相處的時候，盛承淮還會餵蘇晨吃東西。

然而事實上，盛承淮是無辜的，顧深深所有的「自以為是」都是她的猜想。

她越想越覺得生氣，起身去廚房找了一大杯冰水灌下去。她企圖轉移注意力便收拾廚房，但是沒過多久覺得有些委屈，便停止手裡的活，窩回沙發聽蟬鳴。時間不知不覺過去，日薄西山，金色的斜陽溜進屋裡，滿室悶熱。

但是顧深深已經感覺不到熱了，她的情緒開始變得失落，她覺得自己還沒開始就失敗了。心裡有太多的情緒發洩不出，於是她傳了訊息給路遙：

『妳什麼時候回來？我有事情要和妳說。』

『聽關皓說，蘇晨和盛承淮是青梅竹馬，我很羨慕。為什麼我沒有早點遇到他？』

『蘇晨那麼優秀，如果妳是男生，會選我還是蘇晨？如果我是男生，只要我沒瞎，我想我會選蘇晨。』

『我沒有信心能贏過蘇晨，她那麼好，我看我還是放棄算了。可能妳占卜不準，蘇晨才是盛承淮命中註定的人。』

『最近打了很多電話給妳都沒打通，說好的一天聯絡一次，變成了人間蒸發。等妳回來看我怎麼收拾妳！總之，妳看到訊息後要聯絡我喔。』

一個人的時光總是格外無聊，顧深深百無聊賴，就把自己所有的食材都拿出來，做了一桌子菜。但等燈光亮起，主人落坐之後，她卻感覺到從未有過的失落。
這份失落到底是源自盛承淮，還是源自無人共進晚餐，她自己也說不清。

※ ※ ※

昏黃的燈光，嘈雜的音樂，穿梭的人流，BE ONLY 酒吧一如既往地熱鬧，吸引著無數青年才俊聚集於此。
盛承淮站在門口，擰著眉打電話給關皓：「換個地方談。」
『我今晚有任務，不能換地方，你進來。』關皓說完便掛了。
盛承淮揉揉自己的太陽穴，告訴自己為了案子要忍耐。他穿過人流，盡量不和別人發生肢體接觸，但是一路上一直有人對他笑，也不知道是怎麼了。
關皓正在吧台喝酒，看到盛承淮走進來，起身招了招手。他本以為以盛承淮的臭脾氣會甩手走人，沒想到竟然進來了。
盛承淮板著臉問道：「執行任務？」
關皓「嗯」了一聲。
「邊執行任務邊喝酒？」盛承淮提出疑問。

關皓以眼神示意酒保，幫盛承淮要了一瓶酒。

「這你就不懂了吧，完美的潛伏就是要融入身邊的環境，讓嫌疑人完全看不出來這是一場潛伏。」

盛承淮瞟了一眼關皓面前的空瓶子說：「按照你這個喝法，任誰都看不出。」

「坐。」關皓對他的調侃不以為意，拍拍身邊的位子。

盛承淮無奈地坐下。

「喝一杯。」

盛承淮喝了一口。他並非不會喝酒，只是不喜歡喝酒。作為一個醫學研究者，他知道酒精對身體、對精神的損害有多大。

關皓似乎對盛承淮的表現很意外，「今天這麼乖？」

酒保意味不明地笑著朝他們看了一眼。

「好好說話。」盛承淮一本正經。

可是偏偏就是這麼一本正經，還是有人不斷來騷擾——

「帥哥，留個電話吧。」

「你好，這是我的電話。」

「這一杯請你。」

起初盛承淮冷處理，懂得察言觀色的就明白這是拒絕的信號，但是總有那麼一兩個白目的人不甘心地繼續糾纏。

於是……關皓擋在盛承淮面前說：「我的人。」

「不好意思……」那個痞氣十足的少年遺憾地離開。

盛承淮深吸一口氣說：「你能告訴我，為什麼……」

話未說完，關皓就一個箭步衝進舞池。

舞池中一個戴著金絲邊框眼鏡、穿著白襯衫的男人臉色慌亂，往門口逃竄。關皓被舞池的人群擠得無法脫身，急忙對盛承淮連說帶比劃：「抓住他！」

盛承淮揉揉眉心。從他踏進這個酒吧就是個錯誤，儘管心裡百般不願，他還是越過人潮將人攔住，一個過肩摔把眼鏡男制服了。

關皓終於離開了擁擠的舞池，掏出手銬將眼鏡男的雙手反扣在身後。

「讓你跑！還跑不跑啊？」關皓得意揚揚地說道。

眼鏡男翻了個白眼說：「我不是栽在你手裡，少得意。」

關皓拍了拍他的腦袋，「死鴨子嘴硬。」

眼鏡男冷哼一聲，不搭腔。

「你真的是來抓人的啊？」盛承淮說道。

關皓理所當然地回答：「廢話，不然你以為我沒事來ＧＡＹ吧做什麼？」ＧＡＹ吧？盛承淮終於知道為什麼這間酒吧這麼奇怪了，男男勾肩搭背，來搭訕的也都是男人，原來……

說好的談事情，現在多了個嫌疑犯，什麼都不好談。盛承淮問：「你現在打算怎麼辦？」

關皓拎著眼鏡男說：「先把他帶回警局，然後我們再出來。」

「我們？」盛承淮複述關鍵字。

「嗯，我們。」關皓把鑰匙扔給盛承淮，「你開車，我看著這傢伙。」

盛承淮把鑰匙扔回去，「警局你自己去，車你自己開，等你什麼時候能好好坐下來和我談了再聯絡我。」

「別這樣啊。」關皓對著盛承淮離開的背影喊道：「就我一個人，萬一嫌疑犯跳車跑了怎麼辦？」

盛承淮腳步一頓。

※　※　※

車窗上倒映著一個輪廓深邃的側臉，五官挺拔，如同雕刻；他的手指纖長，此時搭在黑色的方向盤上，骨骼格外分明。

正在開車的人是盛承淮，他抿著唇，似乎十分不悅。關皓和眼鏡男則是坐在後座，三人一路沉默。

最後，眼鏡男打破沉默，他扒著駕駛座的座椅，十分不解地問道：「你怎麼能和這個條子勾搭上啊？要不要我幫你介紹個金主？」

關皓重重地拍了一下眼鏡男的腦袋，「瞎說什麼？我看得上這個撲克臉？喔，不，我是說我超喜歡女人好嗎？」

「哼。」眼鏡男用一個語氣詞表示了他對關皓的無視。

「你說話啊，你喜歡什麼類型？」眼鏡男鍥而不捨地主攻盛承淮，他還抱著一絲希望拉攏盛承淮聯手對付關皓，然後趁機開脫。

關皓一眼就看出眼鏡男的小心思，坦然地說道：「你知道你是什麼罪名嗎？是販毒以及唆使未成年人吸毒，你知不知道你的行為造成了多大的社會危害？他呢，最討厭犯罪分子，所以就算他恨死我了，你都別指望他會救你。」

盛承淮看了一眼後視鏡，覺得後座的兩人實在是太吵了，幾個急轉彎把關皓和眼鏡男甩得暈頭轉向。

等關皓腦袋清醒了，盛承淮又一個急剎車，關皓的前額撞到前座的後背。關皓揉揉額頭說：「你這是在報復啊。」

「到了。」盛承淮解開安全帶。

關皓瞪了盛承淮一眼，拉著眼鏡男回到警局。

關皓處理完工作出來，見盛承淮果然還在車裡等著，不由得心情大好，趴在車窗上說：「找個安全的地方，我有重要資訊要告訴你。」

「我看警局門口就滿安全的，說吧。」盛承淮拒絕了關皓的提議。

關皓聳聳肩，上了車關上車窗。他收起玩世不恭的模樣，嚴肅地把自己查到的資訊告訴盛承淮。

關皓拿出一疊資料，盛承淮翻閱了幾頁，立刻明白關皓的用意。

關皓解釋：「正如你所看到的，你母親溺水和你被綁架正好時隔一年，所以你生日那天一定發生了什麼事情，才使得這天有特殊意義。下面一份是前幾年你生日當天，你父親經營的醫院的醫療紀錄。在你母親溺水前一年，有個孕婦不幸難產，母子都沒保住。」

盛承淮翻到最後一頁，是一個男人的調查報告：邢志彥，男，生於一九八〇，大學畢業，××企業白領，於二〇〇五年結婚，婚後感情穩定，二〇〇七年，其妻難產，母子雙亡……

「邢志彥……」盛承淮心裡五味雜陳。這個男人或許就是凶手，他找了十多年，終於……

盛承淮用冰冷的口氣問道：「他在哪裡？」

「沒人知道。邢志彥火化了自己的妻兒之後，就沒人再見過他了。他的岳父岳母也一直在找他，因為他妻子的保險金被他拿走了。」關皓回答。

「他的父母呢？這麼多年，他都沒聯繫過他的父母嗎？」

關皓嘆了口氣說：「可恨之人必有可憐之處，他自小父母雙亡，在育幼院長大，靠著自己努力考上大學，找了份高薪工作，娶了老婆，但是沒想到……對了，這個人是左撇子。」

盛承淮此時感覺不到邢志彥的可憐之處。他握緊手裡的資料，心裡只有滿滿的怨恨，「他這是在轉嫁自己的痛苦，他殺害了我媽，綁架了我！這樣的人，不值得同情。」

關皓拍拍他的肩膀以示安慰：「節哀。相信我，我會把他緝拿歸案的。我已經向上級申請，把溺水案、綁架案、便利商店爆炸案合併調查，用不了多久，他就會為自己所做的付出代價。但是目前有個很大的困難……我們沒有證據。你看到的那些，他可以解釋為巧合。」

「那就引他出來，以現行犯逮捕。既然他這麼想殺我，就一定還會有行動。」盛承淮不顧個人安危。

關皓卻理智地分析：「你冷靜點，還沒到這一步。我們有一個人證——深深。所以只要深深恢復記憶，指認凶手，就可以通緝邢志彥了。」

「我不想再等了。」盛承淮感到悲痛，「我等了十年，我不想再等下去了。深深國二就失憶，這麼多年什麼都沒想起來，想要恢復記憶的難度相當高，我不想給她那麼大的壓力。所以，我認為拿我當誘餌是最快的辦法。」

「你……」關皓有些無可奈何，「就算你引他出來，以現行犯抓了，那也只是謀殺你未遂的罪名，沒辦法數罪並罰，還容易打草驚蛇。你先聽我的，相信我，作為一名警察，我不會容忍有漏網之魚。過陣子如果一點進展都沒有，我就聽你的。」

盛承淮認真思索了片刻，點點頭。下車前，他輕輕道了聲謝。

關皓怔住，直到盛承淮走遠，他才反應過來，對著盛承淮的背影喊道：「你剛才說什麼？我沒聽到！」

月光將盛承淮的背影拉得長長的，他朝身後的關皓揮揮手，踏著月光走上人生新的方向。

※　※　※

調查緊鑼密鼓地進行，關皓忙碌起來，去顧深深家蹭飯的次數越少了。因為工作上的接觸，他和蘇晨的聯繫卻變得頻繁。

盛承淮則是一如既往接送顧深深上下班，每週送她去醫院複檢，但是她的骨折依舊沒有好轉。這讓他很疑惑，這種情況並不常見。第一次是顧深深耳鳴，藥石無靈；這一次還是顧深深，到底是治療的過程有問題，還是她的身體異於常人？盛承淮百思不得其解。

仁民醫院骨科候診大廳內，盛承淮剛剛拿到顧深深的CT報告單。

盛承淮捏了捏顧深深的腳踝，腳踝是消腫了，但是看檢查結果，骨折的位置一點也沒有癒合的跡象，不由得苦惱起來。

顧深深忍不住伸手撫平盛承淮擰著的眉心，嚇得他一抬頭，微涼的嘴唇碰到了顧深深溫熱的指腹。

她趕緊縮回手，氣氛變得沉默。

「對不起。」忽地兩人異口同聲。

聽聞對方的反應，兩人相視而笑。

不遠處，蘇晨落寞地看著他們兩人互動。她看了看手裡的藥袋子，轉身回辦公室。顧深深卻不經意看到她離去的背影，心裡突然一緊，不知道是因為盛承淮的笑容動搖了自己的心，還是因為自己猶豫不決而有愧於蘇晨。

如果她腳傷好了，盛承淮不再接送，就不會每天都見面，或許可以減少對他的喜歡。

「檢查報告怎麼說？我的腳好點了嗎？」

盛承淮坐回她的旁邊，對著燈光指著片子，盡量用最通俗的表達方式跟顧深深解釋：

「妳看到這裡了嗎？這是妳腳傷的位置，但是從片子來看，裂開的部分還沒癒合。」

顧深深自然是什麼都沒看懂，「欸……所以是？」

「妳的腳傷沒有好轉……」盛承淮遺憾地說道。

對於這個回答，顧深深既苦惱又慶幸……

兩人又是一陣沉默，好在電話的鈴聲打破了尷尬。

「不好意思，我接個電話。」顧深深從包包裡拿出手機，令她意外的是電話是路遙打來的。

『深深，妳在哪裡？』路遙急切的聲音從電話裡傳出，連盛承淮都聽得一清二楚。

顧深深喜形於色地說：「妳終於打電話給我了！我在醫院，妳回嵐城了嗎？」

『我回來了，在妳家，看妳不在就打電話給妳。妳什麼時候回來啊？不然我去接妳吧？』

顧深深看了一眼盛承淮，「不用了，我等一下就回去。妳等我喔，待會兒見……嗯……好，拜拜。」

「路遙？」顧深深剛掛電話，盛承淮就問道。

她點點頭。

盛承淮若有所思。路遙走得無聲無息，回來也甚是突然。

「我去取藥，取完藥我們就走吧。」

「嗯。」

※　※　※

八月的嵐城正值盛夏，正午的陽光灑滿整個海島。廣闊無垠的海洋中，嵐島猶如蔚藍天際中的一粒明珠，光彩奪目。

嵐島在開發過程中有一部分舊城區被保留下來，那些建築頗有韻味，沉澱著歷史，承載著生活，孕育著希望，顧深深的居所就在這裡。

外婆留下的舊房子經過顧深深的打理，煥發了新生機。院子裡的木鞦韆在微風中輕輕晃動，石桌石凳帶來夏日的一絲清涼，院子裡、窗臺上，滿滿都是紅花綠意。

路遙回來後先是打掃了院子，現在在廚房熬蓮子銀耳湯，聽到有車子的動靜便趕緊到院子裡開門，果然是顧深深回來了。

顧深深拄著拐杖，在盛承淮的攙扶下進了院子，看到整潔的院子不由得心曠神怡。

路遙以誇張的擁抱對顧深深表示歡迎，顧深深回以大大的笑容，盛承淮則是和路遙打了個招呼便識趣地離開了。

盛承淮走後，路遙擠眉弄眼地調侃顧深深：「我不在的這段時間，你們倆很有進度嘛，講話的口氣都比以前熟稔多了。」

「一言難盡。」顧深深嘆了口氣。

路遙把顧深深扶到沙發上，遞上一杯水，「不管是不是一言難盡，先把水喝了，再和我慢慢細說。」

顧深深接過水杯，卻沒有馬上喝。因為比起喝水，她更想把一肚子的話傾吐出來：「妳不在的這段時間，我和盛承淮之間發生了很多事情，我不知道我還能不能繼續喜歡他。」

路遙的眼光卻始終跟著水杯。她見顧深深把水杯隨手擱在茶几上，臉上的表情簡直像失去了整個世界般難過，「妳先喝水，然後慢慢跟我說。」

路遙把水杯重新塞回顧深深手裡，顧深深正要喝，卻想起蘇晨的事情而不吐不快。

「我發現了一件驚人的事情，蘇晨喜歡盛承淮，妳不知道這件事對我衝擊有多大。說實話，我和蘇晨相比，確實太多的地方不如她了。」

「欸……不是，水……」路遙見她要喝不喝，真想直接把水給她灌下去。

水？顧深深看看水。水就是正常的水啊，為什麼路遙要這麼在意？顧深深瞇起眼，故作狐疑地看著她，「說，妳是不是下毒了？」

路遙翻了個白眼，「下毒？我有錢買毒藥嗎？為了回來看妳，我花光了所有積蓄。我就是看妳剛從外面回來，擔心妳渴了，特意幫妳倒了水。看妳一直不喝，我心碎啊！妳知道，我這顆心啊，是玻璃做的。」

顧深深忍不住噗哧一笑，「妳瞎扯的能耐還真是一點都沒退步。」說完便一口氣將水喝光。

路遙的臉上露出如釋重負的神情。

顧深深晃晃杯子說：「好啦，我水喝了，妳總該坐下來好好聽我說話了吧。」

路遙跳上沙發，盤腿坐在顧深深旁邊，「洗耳恭聽。」

「蘇晨和盛承淮原本就是青梅竹馬，我沒有信心可以跨越她，讓盛承淮喜歡上我。」顧深深的神情難掩失落。

路遙敲了敲她的腦袋，「青梅竹馬是友情，不是愛情。而且，妳怎麼知道盛承淮不喜歡妳？搞不好他就喜歡妳這種類型。」

「怎麼可能？」顧深深搖搖頭，「我問妳，如果妳是男生，會選蘇晨還是選我？」

路遙遲疑了一下，昧著良心選了顧深深。

顧深深自然是不相信她的回答，「妳猶豫了三秒！以我們之間的友情，妳竟然猶豫了三秒，我們果然不是真愛。嗚嗚嗚……」

「愛，我最愛妳了。我每次大老遠來看妳，還不夠表現我對妳的愛嗎？」要不是為了顧深深的腳傷，路遙不會這麼密集地來回。

開過玩笑，顧深深認真說道：「今天在醫院，蘇晨看到我和盛承淮在一起，沒有上前打招呼，只是默默走了。那一刻，我突然覺得很愧疚，有一種搶了別人心頭愛的感覺。說實話，那一瞬間，我真的動搖了……」

「別這樣啊。」路遙急了，「妳千萬別放棄盛承淮。妳相信我，他就是妳命中註定的人，如果放棄他，妳會後悔來到這個世界的！」

顧深深對路遙的反應感到意外，「妳激動什麼？」

「我這是替妳激動！」路遙反駁，「再說了，妳放棄他，就是懷疑我作為一名塔羅師的能力！」

「這是兩碼事。」

「一碼事。」路遙堅持，「總之，不可以動搖，妳一定要追到盛承淮，一定要和他結婚！不和他在一起，妳活著有什麼意義！」

顧深深眨眨眼說：「那我難道要去死嗎？」

「和死差不多……」路遙信誓旦旦，「總而言之，沒有我的同意，妳不能隨便放棄，否則妳怎麼對得起我！」

她說完，壯士赴死般喝下一杯雪碧。

顧深深目瞪口呆。為什麼她放棄盛承淮對不起的人是路遙？難道不是應該對不起自己嗎？

※ ※ ※

一週後，顧深深進行了例行複檢，盛承淮坐在沙發上疑惑地看著片子。短短的一週時間，顧深深竟然痊癒了。

上一次碰到同類情況是顧深深耳鳴。耳鳴一夜之間康復尚且說得過去，但是骨折怎麼可能在一週內癒合？

「我覺得這幾天走路都不疼了，是不是骨折好了？」顧深深在家裡來回走了幾趟，覺得腳似乎沒大礙，回到客廳問盛承淮，「最近麻煩你不少，等我好了，你就不用天天接送我了。」

盛承淮原本準備告訴她骨折痊癒的事，但是聽到她那最後一句話，突然有種不愉快，於是到了嘴邊的話變成了：「有好轉，還沒痊癒。」

「我還以為完全好了……還要多久才能好？」顧深深很糾結。這腳不好，就得天天面對盛承淮，就算想放棄也捨不得啊。

「一兩個月。」盛承淮隨口說了個時間。

顧深深簡直要哭了，放棄果然不容易……

盛承淮假裝看片子，餘光瞄了一眼顧深深，發現她一臉失落，突然覺得今天天氣有點糟。

「唔，怎麼突然起風了？」

窗戶被風吹得「嘎吱」作響，陽臺上的衣服隨風飄揚，伴著剛洗過的清香。

「感覺要下雨了，不知道路遙有沒有帶傘。」顧深深嘟囔道。

路遙一大早就去書店看小說了，連午飯都沒回來吃。

說起路遙，她就好像在顧深深家裡紮了根似的，不論闕皓怎麼暗示、明示，她就是賴在顧深深家不走。而盛承淮對路遙的疑心也漸漸加重。

盛承淮提醒：「書店有雨傘可以外借。」

「對喔，我這智商……」顧深深不好意思地理了理瀏海，「我去二樓收一下被單，你坐，我等會兒就下來。」

「一起。」

「啥？」顧深深覺得自己幻聽了。盛承淮說要一起？

顧深深沒聽錯。盛承淮跟著她上樓，去了陽臺，認真嚴肅地陪她收被單。

她負責把被單、枕套、床單從晾衣繩上取下來，盛承淮在一旁收著，這感覺實在太難以形容了。

「要放哪裡摺？」盛承淮問道。

顧深深看著抱著被單的盛承淮，有點恍然。什麼時候這個神壇上的男人如此居家了？等她發完呆，才發現盛承淮正目不轉睛地看著她——等答案。

「啊，在客廳摺，二樓客廳沒什麼傢俱，平時都在這裡摺被子。看電視也是，不過電視是很早以前的，沒怎麼用就是。你要不要看電視？要不要喝杯咖啡？」

顧深深被他的眼神弄得手足無措。

「好。」盛承淮將被單等物放在沙發上。

顧深深逃也似的下樓，去廚房翻出了在超市買的特價三合一咖啡，泡了兩杯咖啡。等她端著咖啡回到二樓，被單和被套都已經整齊摺好放在沙發上。

「不好意思，家裡只有即溶的。」顧深深將其中一個藍色咖啡杯遞給他。

這個杯子是盛承淮的專用杯。

這個藍色咖啡杯幾天前還在超市的貨架上，昨天顧深深和路遙去超市的時候，一眼就相中了這個杯子，覺得很適合盛承淮悶悶的個性。她拿起又放下，放下又拿起，直到路遙看不下去。

「喜歡就買，不喜歡就放下，拖拉什麼呢？」

顧深深當然喜歡這個杯子，但是送杯子似乎不大妥當。聽說杯子寓意是「一輩子」，這一送，她自己困擾，盛承淮也困擾。

最後在路遙的慫恿下，杯子被買下了，但是遲遲送不出。一直到今天，顧深深乾脆把包裝拆了給盛承淮用。

盛承淮接過杯子，淺啜一口，「很好喝，謝謝。」

顧深深被這麼誇獎，心花怒放，心裡原本勸自己要放棄盛承淮的那個小人一下子就縮小了，喜歡的小人瞬間增大。

「即溶咖啡能好喝到哪裡去！而且，這粉紅色的氣氛是怎麼回事？說好的要放棄，為什麼現在卻戀戀不捨？」

「哎呀，盛承淮一本正經說話的樣子簡直……簡直太好看！這種男人怎麼捨得放棄？」

「妳難道忘記蘇晨落寞、孤單的背影了嗎？妳忍心和她搶盛承淮嗎？」

「感情這種事情怎麼可以讓來讓去，喜歡誰就是誰！」

「可是妳不覺得蘇晨很可憐嗎？她喜歡盛承淮快十年了……」

「我對盛承淮的喜歡也不比蘇晨少啊，更何況，如果他不喜歡我，我搶也搶不來。」

兩個小人一言不合，大打出手。幾十回合後，支持繼續喜歡盛承淮的小人大獲全勝，於是顧深深又是一副花痴臉。

午後的陽光灑滿窗臺，滿室明亮，好似顧深深對盛承淮的喜歡，坦蕩蕩地毫不掩飾。

第六章　青梅竹馬又如何

號稱喜歡紫外線的路遙也扛不住午後的熱浪，趕在兩點前回到家。一進家門，一室旖旎。偷偷在樓梯上看，才發現這氣氛是顧深深和盛承淮之間氣場的融合。於是她吐吐舌頭，悄無聲息地轉身下樓。

顧深深和盛承淮毫無察覺，在沙發上有一搭沒一搭地聊著。直到路遙不小心讓鍋鏟掉到地上，發出巨大聲響，顧深深才意識到家裡還有其他人在。

顧深深下了樓，果然看到路遙在廚房，「回來啦？」

「嘖嘖嘖，我都回來兩小時了妳才發現，沒愛。」路遙把不小心掉落的鍋鏟重新清洗，「我回來的時候，陽光強烈，現在都日薄西山了。」

顧深深瞟了一眼外面，雖然已是下午，但還未到「日薄西山」如此誇張，「現在才四點，妳在嵐城找個日薄西山的地方給我看看。」

路遙一邊洗鍋鏟一邊轉過身，「不是我在說，你們兩個喝杯咖啡能喝兩個小時也是厲害，嘴巴不渴嗎？」

顧深深使勁點點頭。

「那還不趕緊下來？我熬了銀耳湯。」路遙洗好鍋鏟打開鍋蓋，清甜的香味迎面而來。

顧深深立刻招呼盛承淮一起下樓。

盛承淮原本到了要回去的時間，但想到路遙有諸多可疑，決定還是留下來試探。

銀耳湯由銀耳、蓮子熬製，已放涼，加少許冰糖，入口滑潤，清涼爽口。

路遙最愛的兩個事物，一是小說，她上次走的時候只帶走了二十本言情小說；二是甜食，每次和顧深深出門，除了去超市買做甜品的食材，就是去甜品店吃甜食。因為她說她從小的生活環境就沒有這些。

對此，顧深深還取笑她過去二十幾年的生活一點意思也沒有。

「上次妳說的時空糾察隊我很感興趣，妳能再多說一點嗎？」盛承淮問道。

這一問嚇得路遙把湯勺掉進了碗裡，「我說過嗎？你記錯了吧。」

「嗯，那大概是我記錯了。」盛承淮很淡然地繼續喝湯，心裡更篤定路遙隱瞞了什麼。

路遙點點頭說：「嗯嗯，這聽起來就像小說裡面會出現的詞，肯定是你看了什麼小說，搞混了。」

顧深深歪著腦袋。她明明記得路遙有一次喝多了，說時空糾察隊的隊長帥得天怒人怨，難道她和盛承淮都記錯了？

盛承淮繼續問道：「聽深深說，妳不是嵐城人，妳是從哪裡來的？」

「啊……我說過嗎？我是S市人！銀耳湯好喝嗎？要不要再來一碗？」S城是顧深深國二後搬去的城市，是路遙除嵐城以外唯一知道的地方。

S市和嵐城的距離說近不近，說遠也不遠，但是顧深深清楚記得路遙說過她家在非常遠的地方，怎麼結果卻是S市？

「妳怎麼會來嵐城呢？」盛承淮並沒有被路遙轉移話題。

路遙心虛地看了盛承淮一眼，心裡似乎已經猜到些什麼，「來旅遊啊。對了，我泡了水果在廚房，該去洗了。」

路遙選擇「走為上策」，盛承淮並沒有窮追不捨，然而顧深深卻跟到了廚房。

顧深深一邊洗一邊說出心裡的困惑：「妳真的是從S市來的嗎？」

路遙手一滑，手裡的蘋果掉進水槽，水花濺了兩人一臉。兩人相視一眼，忍不住被對方滿臉水花的樣子逗樂。

「妳的腳都好了嗎？」路遙關切道。

顧深深搖搖頭說：「走路一點都不痛了，但似乎還沒有痊癒。」

「這怎麼可能？」路遙感到吃驚，「誰告訴妳還沒痊癒？」

「盛承淮啊。」

路遙朝客廳看去，盛承淮正雲淡風輕地翻雜誌。她不由得在心裡給他貼上一個「壞心眼」的標籤。

「所以他要繼續接送妳？」

顧深深點點頭說：「嗯，他還說我的腳至少還要半個月才能好，所以這半個月還要麻煩他。想想每天有盛承淮接送，簡直比吃了一噸糖還甜。」

路遙想像了一下一噸糖的量，心裡被膩得不由得打了個冷顫，「以前我覺得妳是傻萌，現在我發現妳是純粹傻。」

「啥？」

※　※　※

接下來的半個月，在盛承淮的接送下，顧深深沒有再發生意外，腳傷也「痊癒」了。當她以為凶手不會再出現的時候，危險正悄悄靠近。

這天，顧深深的公司部門海灘燒烤（變相聯誼），她興高采烈地參加了活動。

男同事負責燒烤，女同事負責貌美如花，而顧深深卻負責……吃。

從各種烤肉吃到烤蔬菜，從落霞與孤鶩齊飛吃到海上生明月，海水起起落落，唯有顧深深始終沉醉於吃，對男同事有心無心的搭訕一律無視，或者說她根本沒發現那是在搭訕她。

吃飽喝足後，顧深深和同事脫了鞋，在海邊踩浪花，玩得不亦樂乎。背包裡的手機響了許久都被海浪聲淹沒。

「有點餓了，我上去吃點東西。深深，妳呢？」同事問道。

顧深深看看漂亮的「藍眼淚」海浪，毫不猶豫選擇留下，「我等一下上去找妳。」

「好，那我先上去了。」

同事走後，顧深深準備拍些「藍眼淚」的照片，這才發現關皓打了好幾通電話，於是打了回去。

一接通，關皓急切的聲音傳來：『深深，妳在哪裡？』

「公司部門燒烤，在海邊。」

電話另一頭的關皓這才鬆了口氣，『妳聽著，妳要和同事待在一起，千萬不要單獨行動，我一會兒就到，邢志彥……』

關皓的話還沒說完，他就只能聽到一陣陣「嘟嘟嘟」的聲音。

顧深深震驚地回頭，看到一張黑色人臉面具，正要大聲呼救卻被對方捂住嘴，拖向大海深處，任她如何掙扎都無濟於事。她想到關皓的最後一句話，猜想來人可能是邢志彥，心裡更加害怕，手腳並用想要掙脫，卻把自己的力氣一點點耗光。

水越來越深，漸漸到了顧深深的肩膀。她的腳開始被拖著浮在水面，她愈發慌張，因為她完全不會游泳！這樣下去，必死無疑！

可是她僅存的氣力對邢志彥而言，毫無威脅。面具下的眼睛閃著興奮的光芒，帶著接近勝利的得意。他鬆開顧深深的手說：「告訴我，東西在哪裡？」

「我真的不知道！」

心急如焚的顧深深胡亂掙扎，不經意間狠狠抓破了邢志彥的手背。這似乎惹惱了他，他加快步伐往深處去，並且將顧深深的頭按進水裡。

沒一會兒，邢志彥鬆開顧深深。她開始大聲呼叫，但是遠離海岸，沒人聽到她的呼叫。邢志彥浮在一旁看著她掙扎，直到她連掙扎的力氣都沒有了還是不願離開。因為這一次，他一定要看著她死去，只有她死了，他才能高枕無憂！

「顧深深！」

顧深深隱約聽到有人喊她，這個聲音很熟悉，然而是誰呢？她努力睜開眼，海水模糊了她的視線。意識朦朧間，她看到邢志彥正倉皇失措地游向海岸。到底是誰來了？

※　※　※

顧深深覺得自己的眼皮很重，明明聽到有人一直在呼喊她的名字，她卻無法睜眼看看那個人到底是誰。

時間一分一秒過去，顧深深感覺漸漸遠離黑暗的深淵，正往明亮的地方走去。終於，她聽清了呼喊她的聲音，是盛承淮的聲音！

顧深深艱難地睜眼，眼前果然是盛承淮那張好看的臉，她不由自主地嘴角微揚，心想：還能見到這張臉真好。

但她發自真心的笑容在她蒼白臉色的映襯下，顯得有些勉強。

「盛承淮……」

這一聲裡有害怕，有委屈，也有慶幸，慶幸自己還能活著見到他。

盛承淮見她安好，鬆了一口氣，輕輕抱住她說：「我很害怕。」

他這一句「我很害怕」讓顧深深的心理防線一下子崩潰，心裡的兩個小人也不打架了，結果不言而喻。管什麼前後？管什麼讓步？他喜歡她，就足夠讓她有勇氣對抗全世界了。

「這是醫院，你們給我分開，分開！」

顧深深循聲望去，才發現關皓也在病房內。

關皓將兩人分開，「就算你救了顧深深的命，也不能這樣。」

當時，關皓一直聯繫不上顧深深，更無法得知她在哪裡，情急之下便打電話給盛承淮。盛承淮一聽顧深深可能會出事，就十萬火急地趕往海邊。但是顧深深只提過在海邊燒烤，並沒說具體方位，他便沿著海岸線一處處找，好在碰到了顧深深的同事，才順利救下顧深深。

一切都很和睦，唯有門口的那個身影黯淡無光。

關皓心疼地看著蘇晨離開的背影，那一句「我很害怕」對她的殺傷力有多大，他再清楚不過了。令他意外的是，比起蘇晨的落寞，他對於顧深深和盛承淮的相互喜歡並沒有多大抵觸，反倒覺得比起自己，盛承淮更適合顧深深。

關皓安靜地退出，把空間留給他們兩人獨處。他有些失落地在走廊上飄蕩，鬼使神差間，他走向了蘇晨的辦公室。

這一次，他沒有敲門，不讓蘇晨有時間收起她所有的軟弱。

蘇晨失魂落魄地呆坐在位子上，眼眶有些紅。桌上放著一杯毫無熱氣的咖啡，滿滿的一口都沒喝過。

關皓遞上一瓶啤酒。

蘇晨輕輕推開並說：「我在上班。」

關皓的心突然像被針扎了一下。在這種時候不是該哭、該鬧、該發瘋嗎？為什麼她還如此理智清醒？這種忍耐讓人無端覺得火大。

關皓打開啤酒，硬塞到她手裡，「蘇醫生，妳今天沒有夜班，所以是六點下班。現在是十二點，妳已經下班了，喝吧。」

蘇晨看了一眼壁鐘，秒針果然已經過了十二，便不由得苦笑。原來一個恍然之間就已經到了新的一天。可是，新的未來只有她自己，不再有盛承淮了。

她一口氣灌下一罐啤酒，胸口舒暢了些。她終於知道為何那麼多失戀的人要買醉了。

「跟我走。」關皓拉起她的手。

「去哪裡？」

關皓立刻幫她把白袍脫下，「到了妳就知道了。」

※　※　※

雖然時間已是凌晨，大玩家遊樂場裡依舊熱鬧，但也好在是凌晨，基本上每個遊戲都不需要排隊。

關皓要帶蘇晨來的地方就是這裡。他買了足足兩百個遊戲代幣後，指著遊戲區問蘇晨：「妳想從哪個開始？」

蘇晨環視一圈，指著打地鼠說：「我只玩過這個。」

「那就從這個開始。」

之後，關皓負責投幣，蘇晨負責消氣，他們將遊樂場的每個遊戲都玩遍了，最後發現還是射擊遊戲最讓人暢快。

「槍法這麼準，不當員警太可惜了。」關皓調侃道。

蘇晨一邊遊刃有餘地通關一邊回答：「你說過，我的手如果不是拿手術刀就失去了存在的意義，所以我還有手拿槍嗎？」

「還能吐槽我，看來恢復了不少。」

蘇晨放下槍，擠出一絲苦笑，「不然我該怎麼樣？不管我是哭還是鬧，結局都不會改變，既然已經這樣了，學著接受現實不失為最好的解決方式。」

關皓拿起槍說：「這麼看來，我的擔心有些多餘。」

蘇晨怔住，看著他執搶的側臉，覺得有些陌生。一直以來，關皓總是表現得沒心沒肺，說話也總是不正經，笑起來帶著痞氣。可是今天，此時此刻，她突然覺得關皓也是值得依賴和信任的。

「我們一起打一場吧。」蘇晨建議。

關皓自信地回答：「我怕妳跟不上我的速度。」

「試試就知道了。」

結果，關皓和蘇晨默契好得就像多年的搭檔，配合得天衣無縫，一路通關無阻，刷新了遊戲的紀錄。於是，等他們離開遊樂場的時候，蘇晨的手裡多了一隻賤兔。

「這兔子……和你長得真像。」蘇晨把流氓兔放在關皓旁邊，覺得有兩三分形似，七八分神似。

關皓配合地瞇起眼睛，「怎麼樣？這樣是不是就一模一樣了？」

「嗯，簡直就像複製貼上。」蘇晨被關皓逗樂，忍不住噗哧一笑。

關皓見她終於笑了，心裡的一塊大石也放下了，「走，去看電影。」

「這時間看什麼電影？」蘇晨搖搖頭。

關皓炫耀般說道：「看來妳都不看午夜場。要知道這個時間去看人少，尤其是ＶＩＰ廳，就跟包場似的，不是一般享受。」

最後蘇晨還是沒拗過關皓，兩人買了午夜場的一部恐怖片《枕邊有人》。

一開場就是枕邊的女鬼瞪著一雙眼睛，嚇得關皓「哇」的一聲，爆米花撒了滿身。蘇晨本來淡然地看電影，卻被他嚇了一大跳，轉身便發現嚴重的爆米花事故，忍不住笑了起來。

關皓委屈巴巴地說：「不然我們換一部吧？」

「不是你說午夜場要看恐怖片才過癮嗎？」蘇晨拒絕了他的提議。

之後，電影在關皓的「哇」、「啊」、「我的天」的尖叫聲中落幕。反觀蘇晨，不管是突然出現的女鬼還是肢解屍體的片段，她都津津有味地吃著爆米花、喝著可樂觀看。

在關皓的陪伴下，蘇晨失落的心情好了許多。

※ ※ ※

醫院裡，走廊燈都熄滅了，只有顧深深的病房還亮著。

「不然你也回去休息吧。」顧深深對盛承淮說道：「只不過是留院觀察，沒大礙的。」

路遙晚上也來了一趟，剛剛才離開，而盛承淮卻堅持要留下。

他搖搖頭說：「我就在這裡，哪裡也不去。等妳明天做了筆錄，送妳回家後，我再走。」

顧深深心裡樂開了一朵花，「好。」

關了燈，盛承淮在顧深深病床旁邊的空床位躺著。這樣的環境，他毫無睡意。顧深深翻了個身，對上盛承淮的眼，月光灑滿病房，他的眼猶如星光明亮。

「我記得你不會游泳，今天怎麼……」要不是關皓提醒，她根本不會想到是盛承淮救了自己，因為盛承淮說過自己是個旱鴨子。

「其實小時候我會游泳，但是高一那年我母親溺水身亡，之後我看到海就頭暈。可是今天，情急之下，我竟然忘記了恐懼。當時我真的很害怕，害怕妳也……」他輕輕嘆口氣，「好在妳沒事。」

「我聽關皓說了，綁架你的面具人和便利商店爆炸案的凶手是同一個人，那個人叫作邢志彥。」她說道。

「不僅如此，我的母親也並非自殺，而是他殺，凶手也是他。」

「他和你們家有結仇嗎？」按照顧深深對盛承淮的了解，他不是會與人結仇的個性。他的母親聽說也是溫文儒雅的人，那只剩一個可能，邢志彥與盛承淮的父親有過節。

「邢志彥的妻子在仁民醫院生產過程中，併發羊水栓塞症，母子都沒有救回來。邢志彥因此對我父親產生怨恨。」

盛承淮的話印證了顧深深的猜想，同時也解開了她的疑惑——為什麼盛承淮從來沒有提過自己的父親。

「你怨恨你的父親嗎？」顧深深小心翼翼地問道。

盛承淮翻了個身，平躺在床上，避開顧深深的眼神，「說不怨恨都是假的，只不過現在長大了，知道母親的死並非全是他的錯，所以怨恨沒以前那麼深了。」

「我看過一本小說，裡面說悲痛會隨著年紀增長……」顧深深幽幽地說。她知道現在的盛承淮悲痛不比當年少，「但是，我會陪著你，不管你同不同意，我都要陪著你，陪著你抓住凶手，陪著你走出悲痛，陪著你看日出日落……」

睏意襲來，顧深深有點迷糊，「跟我說說你小時候的事情吧。」

盛承淮轉頭看她，她已經閉上眼了。她的睫毛很長，臉頰的嬰兒肥讓她的睡臉像個孩子。

「床邊故事嗎？」

「嗯。」顧深深輕輕回答。

盛承淮看著她的睡臉，覺得很安心，不知不覺間眉頭舒展開了，嘴角也忍不住微揚，「我從有記憶開始就住在嵐城，小學的時候讓人有些勞神操心，老師和父母很頭疼。」

「我本來以為你從小就是品學兼優的好學生呢……」睡意朦朧的顧深深說道。

「我從國中開始變成了品學兼優的好學生。」盛承淮繼續說故事，「小學的時候，我仗著自己會念書，經常翹課……」

盛承淮低啞磁性的聲音伴著顧深深入眠。

※　※　※

第二天，陽光晴好，日光耀眼得讓人無法直視。做完所有檢查，確定身體無礙的顧深深在中午前出院。

明明沒什麼事情，卻因為盛承淮、關皓、路遙和時江等人的簇擁，顯得浩浩蕩蕩，不明真相的人還以為顧深深是重病痊癒出院。

時江本來只是打電話要約顧深深吃飯，順便聊聊英語檢定考試的事，不料顧深深竟在醫院，於是沒多久時江也出現在病房內。關皓則是來做筆錄；盛承淮本來就是來接顧深深出院；路遙只是出門買菜，路過醫院就順道進來。

顧深深站在醫院大門口，哭笑不得，「時江，你趕緊回學校吧。關皓，你忙完了就回警局吧。盛承淮和路遙陪我回去就可以了。」

關皓看了盛承淮一眼，出人意料地點點頭說：「那妳到家了給我報個平安，還有就是最近不要一個人待著，注意安全。」

顧深深點點頭。

路遙則是對關皓的態度有些意外。她本以為關皓會鍥而不捨，沒想到他已經做好放手的準備，到底是他自己想通還是有人開導他？不管是哪一種，對關皓而言都是好的。

時江見關皓離開，也不好繼續堅持，「深深學姊，不要單獨出門，有什麼事情就叫我。已經放暑假了，我時間多得用不完。」

「需要你的時候，我一定不會和你客氣。好了，你趕緊回學校吧。」顧深深笑著說。

臨別前，時江意味不明地看了盛承淮一眼。

路遙將這一切看在眼裡，「好了，都散了吧，杵在這裡當門神啊？」

半小時後，盛承淮剛把顧深深送到家就接到了蘇晨的電話，約他下午談事情。

顧深深自認為沒有發言權，便催促盛承淮趕緊赴約。但是盛承淮一走，她就跟洩了氣的皮球似的，無精打采。

路遙捧著小說躺在沙發上，忍不住調侃：「捨不得就叫他留下來喝個茶啊，這麼急著讓他走幹嘛？」

「蘇晨約他，一定是要談重要的事。」她撇撇嘴，「我要是留他喝茶，不是讓他為難嗎？」

路遙從沙發上彈起來說：「妳都還沒和他交往就開始胳臂往外彎，等以後真的談戀愛了，妳想怎麼樣？」

「談戀愛？」顧深深捂著嘴痴痴地笑，「妳說妳，今天怎麼這麼可愛？交往，嘿嘿。」

路遙搖搖頭，「沒救了。」

※　※　※

另一邊，盛承淮按照約定和蘇晨在咖啡店碰面。優雅的音樂、簡約的裝潢、浪漫的氣氛，這些都讓他們的見面看起來像一場約會。

事實上，在蘇晨心裡，這確實是她和盛承淮的約會，是第一次也是最後一次。

盛承淮開門見山說了：「有什麼事情嗎？」

「沒事就不能找你了嗎？」蘇晨反問，「我們認識八年了，從學生時代到出社會，按照古人的說法，也算青梅竹馬，我就不能單純約你喝個咖啡嗎？」

盛承淮開始察覺到蘇晨和往常有些不一樣，「當然可以。」

蘇晨攪了攪自己的義式特濃咖啡。明明這種咖啡苦不堪言，卻偏偏有人喜歡它。她往常是不喝義式特濃咖啡的，但是今天總覺得這咖啡和自己的心境十分契合，「我每次想起我們第一次見面都會覺得不可思議，當時你有著和年紀不符的毅力和淡然，讓我很佩服。」

「謝謝。」盛承淮禮貌性地表示了感謝。

蘇晨苦笑著說：「這麼多年了，你對我還是這麼禮貌，禮貌得讓人覺得生疏。你不能像對爺爺那樣對待我嗎？」

他坦然說道：「妳和爺爺在我心裡都是我的親人。」

「親人……」蘇晨輕輕品味這個詞，「親人」二字橫在他們兩人之間，讓他們的距離既疏遠又親近，「只能是親人嗎？」

「我們也是朋友。」盛承淮補充道。

蘇晨早就猜到這個答案，在心裡覺得自己有些自討沒趣，「我不喜歡拖泥帶水，這麼多年來我一個人唱獨角戲也累了，今天也該有個決斷。」

「妳說。」

蘇晨淺啜一口咖啡，苦得她緊擰著眉，「在我學生年代，你一直是我的燈塔，我的前進方向註定要向著你。畢業後，我發現我的人生已經不需要你來指引了，而且我也累了，我打算放棄了。不過就算放棄，我也要得到明確答覆。你的方向一直都沒在我身上，但是我還是希望得到明確的答覆。」

盛承淮有些意外，但還是誠實地說：「很抱歉，我的方向不是妳。」

她如釋重負，「聽你親口說出這個答案，我總算對自己過去八年的感情有了交代。如果不介意，你能告訴我你的方向是誰嗎？」

盛承淮有些苦惱地說：「我不知道她是否願意成為我的燈塔。」

「哈啾！」窩在沙發上看小說的顧深深打了個噴嚏，「誰在罵我？」

※　※　※

因為邢志彥沒有歸案，顧深深哪裡都不敢去，週末兩天就窩在家裡和路遙一起看小說、做甜點。為了提醒盛承淮她的存在，顧深深還特地把剛做好的椰汁芋圓西米露拍得美美的，借用路遙的手機登入自己的微信發了朋友圈，但是他沒有點讚或評論。

「他沒點讚……」她哭喪著臉和路遙說道。

路遙覺得按照盛承淮的個性，不屬於沒事就點讚的類型，便安慰道：「或許他在忙。」

「點讚只需要一秒。」顧深深悶悶不樂，把手機扔回給路遙。

路遙吃著甜品，不假思索地說：「我覺得妳就是想太多。按照我的占卜，他這輩子的姻緣只有妳，妳有什麼好擔心的？」

「盛承淮就是一塊鮮肉，大家都想要。我還沒把這鮮肉握在手裡，當然會考慮很多。」

顧深深也坐回餐桌前，和路遙一起享用一下午的勞動成果。

路遙不禁失笑，「鮮肉？妳這個比喻也真妙。他是鮮肉，那妳是什麼？」

「我希望我可以是鮮肉的主人。」顧深深竊笑。

路遙不停地嘖嘖道：「難怪小說裡面寫陷入愛情的女人智商為零，我看您啊，都要跌成負數了。」

顧深深翻了個白眼讓路遙自行體會，「好好吃妳的芋圓吧，少看腦殘文。」

「妳自己也沒少看。」路遙反擊。

兩人嘻嘻哈哈地打鬧。

月上樹梢，正是夜生活開始的好時候，但顧深深、路遙吃了甜品又吃了晚餐，飽得癱在沙發上不想動。

「今天的碗筷有點多……」顧深深瞄了一眼廚房。下午做甜品和晚餐的餐具都還沒洗，在水槽裡堆成小山。

路遙懶洋洋地說：「今天何止碗筷多？垃圾也有兩袋。」

「吃飽了就犯睏，不想動。」顧深深摸摸自己圓滾滾的小肚子，覺得自己的肚子和家居服上的熊貓有得比，「不然我們猜拳吧，贏的人倒垃圾，輸的人洗碗。」

路遙從沙發上彈起來說：「同意！」

「剪刀石頭布！」

顧深深洋洋得意地收起自己的剪刀手，「我去倒垃圾，妳就好好洗碗吧。」

「早知道我就出石頭了！」路遙願賭服輸，走向廚房。

顧深深則是收拾了兩大袋垃圾，出門去了。

月光皎潔，家門口的老舊路燈將顧深深的影子拉得長長的。她穿著可愛的家居服，隨意紮了丸子頭，拎著兩袋垃圾，步調輕快地走向路口的垃圾桶。

顧深深走著，前方突然看到一個熟悉的人影。待對方走近，才發現來人是盛承淮。她很詫異盛承淮會過來，之後才意識到自己現在的形象似乎不大適合見他。

顧深深尷尬得不知所措，「你怎麼來了？」

「來找妳。」盛承淮淡然回答。

顧深深有些意外，他很少不打招呼就來，「是有事情找我？」

「嗯，有事。」他點頭，「很重要的事。」

「什麼事情？」顧深深好奇地問。有什麼事情必須晚上來找她，不能等到明天再說？

盛承淮調整了一下領帶，清清嗓子後說：「經過前幾天的事，我明白了一點。所以我是來告訴妳，我要追求妳，妳有拒絕我的權利，但我還是希望妳給我追求妳的機會。」

「啪答」一聲，顧深深手上的垃圾掉在腳邊。她把兩隻手放在身後，左手捏右手，覺得不怎麼疼，頓時懷疑眼前這一切都是夢境。

「妳不說話，我就當妳是同意了。」盛承淮藏起自己的侷促不安，「那我先走了，明天早上來接妳吃早餐。晚安。」

顧深深茫然地揮揮手說：「晚安。」

他撿起顧深深腳邊的垃圾，轉身離開。

剛走兩步又轉身說道：「椰汁芋圓西米露看起來很好吃。」

待盛承淮的背影遠得看不見了，顧深深才回過神，喜不自禁。他剛才那樣是在告白？他竟然告白了！

巨大的喜悅之後，她悲傷地看著自己的家居服，摸摸自己歪歪扭扭的丸子頭，欲哭無淚：為什麼要在這種時候告白！

「啊——路遙——我完了！」

第七章 糖塊日常

夕陽西下，桃源村炊煙嫋嫋，雞犬相聞，一派仙氣繚繞。金色的陽光在青色的瓦上灑上暖意，將這個寧靜的村落籠罩在恍如畫卷的景色中。

關皓啃完最後一粒玉米，瞄著準頭將玉米芯投進垃圾桶，然後去廚房幫忙蘇晨。

蘇晨見過盛承淮之後，就調休了幾天假期回桃源村。關皓正好來調查當年的綁架案，便來蘇家蹭吃蹭喝，蘇老醫生十分熱情地歡迎他的到來。

當然，蘇晨沒給關皓好臉色，但禁不住他的死纏爛打。

「別礙事。」蘇晨見他進了廚房便說道。

關皓把手洗乾淨，「我不礙事，我來幫忙。蘇醫生第一次親自做飯給我吃，我怎麼可能袖手旁觀？上次來的時候都是蘇爺爺做飯，回去之後我一直惋惜沒嚐嚐妳的手藝。」

蘇晨正在切排骨，一刀下去，排骨一刀兩斷，發出巨大響聲。她面露不悅地說：「你到底來幹嘛的？」

他當然沒有被嚇到，「我來查案啊。」

「查案就好好查，沒事別在我眼前晃！」蘇晨繼續「咚咚咚」地剁肉。

關皓抱著四季豆站到蘇晨身邊，挑著四季豆若無其事地說：「查案也要吃飯，再說現在都六點多了，我下班了。」

「真麻煩！」

關皓不以為意，不管蘇晨怎麼嫌棄他，他都要陪著她，絕不讓她有時間一個人難過。

晚飯上桌，紅燒雞翅、四季豆炒臘肉、蛤蠣蒸蛋、蘿蔔玉米排骨湯，色香俱全，光看就讓人食欲大增。

但是關皓發現餐桌上少了一個人，便問道：「蘇爺爺呢？」

「他說去老人會活動，不回來吃晚飯了。」蘇晨邊盛飯邊回答。

關皓夾起一根四季豆放進嘴裡，若有所思。這老人會活動莫非還供晚餐？當他吃完這根四季豆，終於知道為什麼蘇家爺爺不在家吃飯了……

他把所有菜色嚐了一遍，經過驗證，紅燒雞翅完全沒有入味；四季豆炒臘肉就像加了整罐鹽巴似的；蛤蠣蒸蛋水加多了，蛋都不凝固；玉米蘿蔔排骨湯竟然是甜的！

蘇晨見他每樣都嚐過，心情不由得好轉許多，「不是我自誇，我小學就會做飯，這十幾年來除了手術刀，我最會用的就是菜刀。不過，在家的時候，大多是爺爺親自下廚，我也就在旁邊幫忙。」

「我理解……」關皓喃喃自語，「蘇爺爺下廚是對的……」

「你說什麼？」蘇晨沒有聽清楚。

關皓露出大大的微笑說：「我說妳廚藝很好。」

但是他在心裡卻尋思著：為什麼蘇晨自己吃不出味道，難道她沒有味覺？

蘇晨露出久違的微笑說：「這誇獎我就不謙虛地收下了。」

為了不打擊蘇晨的自信心，關皓用清盤來表示對她的肯定……

他想著：反正是熟的，吃不死人。

飯後他一邊洗碗一邊問：「這幾天都是妳做飯嗎？」

「是的，最近老人會活動，爺爺比較忙，再說這些都是我應該做的。」蘇晨洗著水果。

關皓面露喜色，「那就太好了……」

「喲……你們兩個吃完飯了？」洪亮的聲音來自蘇老醫生。

關皓轉身，和蘇老醫生對上眼，「剛吃完。」

蘇老醫生狡黠地回了一個「我懂」的眼神給他，「怎麼樣？小晨做的飯菜合你胃口嗎？」

「好吃！」關皓「含淚」點頭說：「我一想到最近幾天都可以吃到蘇晨做的飯，就開心得想哭。」

蘇老醫生捋了捋自己的鬍子，笑得臉上的褶子更深了，「那就好，那就好啊。來，既然吃完了，陪我去院子裡下盤棋。」

關皓正要答應，卻聽到不輕不重的一聲響——蘇晨碰到碗筷發出的聲音。她也不作聲，就只是笑盈盈地看他，再看看碗。

「讓蘇晨陪您下棋，我洗碗。我不幹點活都不好意思在這裡蹭吃蹭喝了。」關皓接過蘇晨手裡的碗筷說：「妳去陪爺爺下棋。」

蘇晨小聲回了一句：「算你識相。」

關皓欲哭無淚。比起洗碗，他更願意去院子裡看月光。可是，只要蘇晨開心，洗一輩子碗又如何？

關皓被自己的想法一驚。他搖搖頭，琢磨著自己是不是被蘇晨虐習慣了，竟想著要幫她洗一輩子的碗筷？

※　※　※

月光皎潔，月明星稀，院子裡偶有微風送爽，蟋蟀鳴唱，安謐祥和。這樣的夜晚，讓蘇晨很陶醉。即便是嵐城這樣的旅遊島，這種寧靜美好的夜也是不可多得的。

她和爺爺對弈了幾局，每局都不著痕跡地輸個一子半子。

「妳這幾年怎麼一點長進都沒有？」蘇老醫生心情愉快地說道。蘇晨的圍棋是他教的，她從小就有天賦，出國留學前就和他不相上下，現在卻輸了一晚上。

蘇晨回答：「不是我退步，是您的境界精進了不少。再說，我在國外也沒人陪我下棋，哪像您，有盛……」

蘇晨不自覺提到盛承淮，便閉口不談。

蘇老醫生幽幽地嘆了口氣，收起棋子棋盤，「小晨啊，你們小兒女的感情事我本來是不該插手，但是有一句話我不得不說，承淮不適合妳。」

「爺爺，我知道，您放心，我很快就會調整好自己的心情。」她這次回來就是為了調整自己的心情。

蘇老醫生點點頭說：「妳能想明白就好，爺爺擔心妳一不留神就鑽牛角尖。其實要我看啊，關皓這小夥子不錯。」

「爺爺……」蘇晨有些無奈，「我累了，要去休息了。您去和『不錯的小夥子』聊天吧。」

剛洗好碗，端著水果到院子裡準備觀戰的關皓一臉莫名其妙，「你們不下棋啦？」

蘇老醫生樂呵呵地笑說：「小晨不下，你陪我下。」

「好啊。」

關皓摩拳擦掌準備展示自己的實力，無奈幾個回合下來，局勢已經一面倒。一局結束，他輸得慘不忍睹。

他也不急不惱，繼續第二盤，依舊是輸，不過沒有第一盤輸得那麼難看；第三盤，還是輸，卻比第二盤少輸了幾個子。

「嘖嘖嘖，你這棋藝和小晨相距甚遠啊。」他自己的孫女是什麼水準，他再清楚不過了。蘇晨輸了一整晚，就是為了哄他這個老人家開心。

關皓笑笑地說：「蘇爺爺，蘇晨什麼時候開始學圍棋的？」

說到自己的孫女，蘇老醫生便打開了話匣子：「八九歲的時候吧。那時候她父母出了事，都不在了，她才一點點大，不哭不鬧，也不愛說話，任我怎麼哄怎麼逗，她都不出聲。我教她圍棋，也就是想轉移她的注意力，沒想到她很有天賦，進步飛快。靠著大大小小圍棋比賽拿到的獎金，她才勉強讀完小學和國中。我一度擔心無法供她讀大學，好在承淮的父親幫了我一把，讓蘇晨順利完成了學業。」

關皓心裡突然揪著疼。蘇晨的過去讓他明白為什麼她個性會如此堅韌。

「蘇晨的味覺是不是也是那個時候沒有的？」

蘇老醫生點點頭，面露悲戚之色。

「小晨的父母去世後，她該上學就上學，該吃飯就吃飯，像個機器人。有一天，我錯把鹽巴當糖用，結果她安安靜靜地吃了飯就去學校。我當時才意識到小晨的味覺出現問題，帶她看了很多醫生，吃了很多藥，依舊沒有好起來。小晨懂事，為了減輕我的負擔，便學著做家務，學著做飯，但是她自己卻嚐不出味道……」

要不是天色已暗，關皓會看到蘇老醫生紅著的眼眶。

關皓見蘇老醫生難過，便有意轉移話題：「蘇爺爺，我們再來一局！」

和蘇晨相比，關皓現在的程度就是個門外漢，所以他決定好好提升自己的圍棋水準，這樣和蘇晨對弈的時候才有自信。

蘇老醫生自然是說好，但是蘇晨不同意。她回屋裡看了兩小時的書，結果去院子一看，兩人還在下棋。現在已到夏末，夜深露重，關皓年輕無所謂，但是老人家可受不了。

「爺爺，都十點了，該睡了。」蘇晨關切道。

蘇老醫生爽快地收了棋盤說：「好，睡覺。我明天再和關皓對弈。」

蘇晨也轉身要走，卻被關皓一把拉住，「我睡不著，陪我說說話。」

蘇老醫生樂呵呵地看著他們倆，識趣地回屋裡。

蘇晨甩開他的手說：「你又想要什麼把戲？」

「妳怎麼這麼說……我像這種人嗎？」關皓叫屈。

她篤定地點頭說：「不是像，你就是。成天花樣百出，不正經。」

「冤枉啊大人，我是良民！百分之百的良民！」他裝出一副可憐兮兮的模樣，「小的自小熟讀聖人之言，不敢有一絲懈怠，遵紀守法。」

蘇晨忍不住笑了，又怕他看出來，便轉過頭去，等笑完就評價了一句「耍嘴皮子」。

關皓聳聳肩。

笑過之後她才認真說：「不用安慰我，我沒事。」

關皓一愣，隨即笑著說：「誰說我要安慰妳？我是想讓妳安慰我。別忘了，我也失戀了。」

「但我不會安慰人。」蘇晨或許是沒想到他會這麼坦然地說自己需要安慰，有些意外。

這下換關皓忍不住笑了，他心裡覺得蘇晨真是誠實得可愛。

「不懂可以學。」

「怎麼學？」蘇晨不恥下問。雖然關皓平時有點討人嫌，但是將心比心，她覺得關皓確實真的需要安慰。

「有看過港劇嗎？」

蘇晨點頭說：「我懂了。做人最重要的就是開心，人生不如意事十常八九，沒什麼坎是過不去的。你要是心裡還難過，我去做碗糖水給你喝好不好啊？」

「好。」

蘇晨：「……」

最後禁不住關皓的死纏爛打，蘇晨真的下廚幫他做了一碗雙皮奶，雖然糖放得少了，但是關皓卻覺得很甜。

「還難過嗎？」蘇晨問道。

關皓吃完雙皮奶，順手把碗洗乾淨。他站在水槽邊，難得嚴肅地說：「我沒我自己想像中的那麼難過。我本以為我會借酒消愁，我會肝腸寸斷，我會一蹶不振，但是當事情發生的時候，我並沒有那麼悲痛。或許是因為這麼多年過去了，我對深深的感情變淡了；或者是因為這麼多年沒見，她和我記憶中喜歡的人已經不一樣了。有些人，有些感情，只會活在過去。」

蘇晨品味著這句「有些人，有些感情，只會活在過去」，豁然開朗。她對盛承淮的感情是特定時段產生的特殊感情，當年弱小無助的蘇晨將他視為精神支柱，但是現在的她已經不需要靠別人來支撐自己的意志。所以，那些情感終將消失在過去。

「你說得對……有些人，有些感情，只會活在過去……」她幽幽說道。

關皓關上水龍頭，水聲消失，他不確定地問：「妳剛才說我說得對？天啊，妳竟然認同我了！我們認識以來，這可是妳第一次認同我的觀點。」

「是，沒錯，我認同你。」蘇晨無奈地笑了笑。

關皓打開水龍頭，繼續洗碗，「這可是值得慶祝的事情。」

關皓轉頭看了她一眼。在昏黃的燈光下，她的側臉很溫柔，睫毛很長，鼻梁很挺，嘴脣也好看。以前他怎麼沒發現蘇晨長得這麼精緻？

「看著我做什麼？看碗，把碗刷乾淨。」她指著水槽裡的碗。

關皓又覺得她的手指纖細，色如蔥白，好看得不得了。這麼好看的手天天拿手術刀，不知道有沒有長繭。

回過神來，關皓岔開話題：「盛承淮小時候和現在是不是也差別很大？」

「嗯？你是指哪方面？」蘇晨疑惑。

關皓將最後一個碗刷乾淨放回碗架，「言談舉止、飲食起居之類的。」

「幾乎沒有變化。」蘇晨稍加思索，給出篤定的答案，「你怎麼會這麼問？」

關皓整理好碗筷，幫兩人泡了一壺茶，兩人移步到大廳。關皓說：「深深的言談舉止和以前大不相同，她的飲食喜好也產生了很大的改變，她以前很討厭吃芹菜，我們在校的時候，食堂的炒白菜愛放芹菜，她的菜裡面的芹菜向來都是我幫她吃的。現在她不但愛吃芹菜，就連其他以前不碰的都喜歡吃。而且，連性格也和以前不一樣了。難道失憶對人的影響這麼大？」

「你自己也說了，時間過去這麼久了，難免會有變化。加上深深失憶過，和以前不一樣也是可以理解的。」蘇晨寬慰道。

關皓還是有些疑惑，「她以前受傷留下的疤也不見了。」

「女生留疤終歸不好看，可能是在你們沒聯繫的那段時間動手術消掉了。」蘇晨解釋。

關皓努努嘴說：「不對，她當年說過那是她英勇的標誌，就算醜也不要消掉。總之，她給我的感覺就好像換了個人一樣。」

蘇晨聳聳肩，「每個人都會變，這麼多年，你和她都會有所改變，覺得對方陌生也不是不可能。而且作為一名醫生，我可以保證她還是她，她兩次住院的血型是一樣的。」

蘇晨說的兩次，一次是國二那年顧深深暈倒在海邊後就醫，一次是便利商店爆炸案。

關皓摸摸後腦杓。一樣的樣貌，一樣的血型，那應該無法造假。

但兩人都未說出顧深深到底是什麼血型。

※　※　※

城市的燈光星星點點，將高樓大廈點綴得格外迷人。路上車流漸少，一個挺拔的身姿站立於書店門口，他毫不猶豫地推門而入。

店員正在清點收銀台，「抱歉，我們……」

看到盛承淮的那一瞬間，女店員把「打烊」兩個字吞回肚子，「歡迎光臨！」

店員殷勤地跟在他的身旁，見他似乎不知道應該走向哪個書架，便禮貌地詢問：「請問，您要找什麼類別的書籍？」

盛承淮停下腳步，認真思索，「有沒有教人談戀愛的書？」

店員摸了摸下巴。長這樣還需要買教程？為什麼男神都有物件了？

「當然有……我推薦這本《如何把全世界獻給你？》。當然，您也可以順便參考一下言情小說。」雖然心在滴血，店員還是很盡責地回覆他的諮詢。

他點點頭，買下店員推薦的教材，還買了一些言情小說。當然小說不是買給自己的，而是要給顧深深，因為他記得住院的時候、去顧深深家裡的時候，在她附近隨處可見這種《霸道總裁愛上我》之類的書籍。

回到家盥洗之後，盛承淮端正地坐在書桌前看書，認真閱讀的樣子讓人想變成他手上的書。然而，他一字一句做筆記的書是——《如何把全世界獻給你？》。

他花了一夜將這本書讀完。晨光從窗簾的縫隙透到書桌上，書本上紅的、藍的、黑的，各種顏色的字跡標註了不同級別的重點，體現了盛承淮的用心程度。

※　※　※

早晨七點，鬧鐘準時響起，盛承淮翻了個身關掉鬧鐘。打開落地窗的簾子，陽光灑進臥室，一室明朗。正如顧深深的出現讓陽光照進他的生活，點亮了本該黑暗到老的時光。

他走進衣帽間，第一次發現選衣服是如此艱難的事。思前想後十來分鐘，挑了一件白襯衫。

不到半小時，他出現在顧深深家門口，按了門鈴。

開門的是路遙。她笑咪咪地將盛承淮擋在門外，「來幹嘛呀？」

「來接深深吃早餐。」他淡然自若。

路遙依舊沒有要讓路的意思，「可是你把深深帶走，就沒人陪我吃早餐了。」

「妳的早餐。」盛承淮來之前就考慮到路遙了，所以幫她買了早餐。

路遙接過早餐看了一眼，是她喜歡的生煎包，於是側身放行，「好吧，正所謂吃人嘴軟，你贏了，進來吧。」

「遙遙，是誰來了？」顧深深叼著牙刷，一嘴泡沫從屋裡出來。

當她看到來人是盛承淮時，一個轉身，用大學時八百公尺體能測試的衝刺速度跑回浴室，盥洗乾淨。

看到顧深深的一瞬間，不管是她皺巴巴的睡衣還是凌亂的頭髮，抑或是嘴角的白色泡沫，都讓盛承淮覺得這才是真實的生活。他不自覺地嘴角微揚。

路遙將一切看在眼裡，拎著生煎包默默退場。

重新出現的顧深深頭髮整齊了，衣服也不再歪歪扭扭，牙齒也刷乾淨了，口氣清新。她笑咪咪地說了聲「早啊」。

「早。」盛承淮覺得能和她說早安是這一天最好的開端，「一起吃個早飯，然後我送妳去公司。」

「好。那你進客廳等我一下，我換個衣服就下來。」

匆匆上樓的顧深深面臨盛承淮今天早上遇到的問題，那就是——該穿哪一套衣服？明明有滿滿一櫃子的衣服，她卻覺得哪件都不好看。

衣服一套一套被丟在床上，鋪滿整張床。她看看床頭的鬧鐘，時間已經過去十分鐘，只好選了和盛承淮的白襯衫最相稱的襯衫裙。

早餐選在一家老字號的粥鋪，店面裝潢簡潔，風格古韻，讓人不自覺地放鬆。

顧深深時不時就想起昨晚的事情，導致早餐全程都是粉色氣泡。

「會熱嗎？」盛承淮體貼地問道，「我看妳的臉很紅。」

「啊？對，夏天嘛，喝粥有點熱。」顧深深不能坦白她腦海裡一直重播他昨晚的表白所以臉紅，這個鍋只能由粥來揹。

但事實上，顧深深的頭頂正上方就是空調。

「是我考慮不周到，喝粥容易出汗，明天我們去吃港式早茶。」他本以為顧深深喜歡喝粥，卻沒考慮到這個天氣喝粥有些不適合。

「明天也一起？」

盛承淮點頭說：「嗯。妳不喜歡？」

「當然不是。」她立刻否認，「只是想到你每天早上過來，擔心你會麻煩。」

「這是我的福利。」

「砰」的一聲，顧深深心裡的煙火綻放開來，她的臉更紅了。她埋頭喝粥，假裝是因為粥太熱才臉紅。

盛承淮將一個袋子遞給她，「這個給妳。」

她打開一看，是手機和小說。

盛承淮解釋：「妳的手機不是掉到海裡了嗎？我買了和妳之前手機同牌子的新款，如果妳用不習慣，我再幫妳換一支。小說是我去書店的時候順手買的，給妳打發時間用。」

「謝謝，手機的錢我過陣子還你。」顧深深用的手機牌子新款大概要五千人民幣，她沒辦法心安理得地接受這個禮物。但是她剛剛工作沒多久，又多次受傷住院，手裡沒有多少積蓄。

他似乎早就知道顧深深會是這種反應，便淡然說道：「我不接受。」

「欸——」顧深深沒想到他竟然如此理所當然地拒絕了，「可是……」

不等她把後半句說完，盛承淮就說了：「但是我可以接受其他形式的饋贈。」

「比如？」

他一本正經地回答：「我不愛吃早餐，但是不吃早餐對胃不好。如果有人陪我，我很願意吃早餐，所以以後妳都陪我吃早餐。」

「啊？」顧深深覺得這段話有理有據，她竟然沒有什麼可以反駁的。可是為什麼總覺得哪裡不對勁？「但是……」

「沒有但是。」盛承淮打斷她的話，「妳陪我吃早餐就是幫了我大忙，這麼大的恩情，我也很難還，我總要做點什麼才能心安。妳說呢？」

「話是這麼說沒錯，可……」顧深深覺得論言語表達，盛承淮一定沒有輸過。

「如果妳覺得我哪裡說錯了，妳可以反駁。」

「好像……沒有……」

「那我們吃飯吧。」

「好……」

到公司後，顧深深開機，發現這個手機的通訊錄已經存了一個號碼，備註名是「承淮」。她不由得會心一笑：不是「盛承淮」，是「承淮」，嘻嘻。

※　※　※

關皓在桃源村的調查有了意外的收穫。墓園的木屋窗臺上的血漬提取後經過ＤＮＡ鑑定，檢測結果經過匹配，竟然是邢志彥的！

關皓一得到結果就聯絡了盛承淮：「這個證據算是坐實了邢志彥綁架的罪名。」

盛承淮接到電話時正在去研究所的路上，聽到關皓的進展後立刻掉頭。『半小時後，我去警局找你。』

「不就三天沒見，你就這麼迫不及待想見到我啊？」關皓開玩笑道。

當然，盛承淮以掛電話表明了他的態度。

半小時後，警局門口，兩人依舊是在車上碰面。

「我們不能去咖啡店或酒吧聊嗎？在車上說事情，感覺像反派。」關皓提出異議。

盛承淮冷冷說道：「想都別想。」

在咖啡店，被高中生誤會；在酒吧，被莫名搭訕。這些遭遇，盛承淮不想再經歷一遍。

「好吧，看在你給我提供了破案思路的分上，我就讓你。」關皓聳聳肩，「根據規定，檢測報告我不能給你看，但是我可以篤定地告訴你，那滴血是邢志彥的。你認真想想，他當時是怎麼受傷的？」

盛承淮惡夢般的記憶再次在腦海中浮現：

那是他高二某天放學後，在騎車回家的路上，一輛廂型車撞倒了他。當時他並沒有受很重的傷，但他剛從地上爬起來，一個戴著黑色人臉面具的男人從車上下來，強行將他拖進車裡。

「你是誰？」

「你要帶我去哪裡？」

「我不跟你走，放開我。」

他一直掙扎，但面具人將他的口鼻捂住，他便昏了過去。

等他醒來的時候，發現自己身處在一個小木屋，手腳皆被捆綁，被扔在硬梆梆的木床上。他按捺住心裡的恐慌，觀察四周的環境。屋子不大，只有簡單的桌椅，角落散落著一些鋸子之類的工具，窗戶被一塊黑布遮擋，他無法透過窗戶來判斷位置。

他還沒觀察完四周，「嘎吱」一聲，門被推開了。進來的人正是開車撞他的面具人。那個男人身形不算高大，看起來有些瘦，戴著黑色人臉面具。左手拿著膠帶和匕首之類的東西，右手是一個便利商店的袋子，裡面似乎是一個速食盒和一些瓶瓶罐罐。他將東西放在桌上，然後盯著盛承淮看了許久。

盛承淮在他眼裡看到了憤怒，他跳下床，狠狠撞向面具人。面具人受到衝擊後退了幾步，手臂擦過窗臺，劃出一道傷口，在窗臺上留下一攤血跡。

盛承淮趁著他還沒反應過來，奪門而出，發現這裡是他再熟悉不過的地方——小森林的外面就是安葬簡如卿的墓園。

夕陽已近西山，偌大的墓園籠罩在夕陽下，顯得無限悲涼。

「救……」

盛承淮的「救命」二字還沒喊完，就被面具人捂住嘴巴，拖回木屋。

面具人將盛承淮甩在角落，用膠布封住他的嘴巴，又將他固定在椅子上，「想逃？」

面具人的聲音很溫柔，溫柔得像對待自己的孩子一般。但是在盛承淮聽來，這個聲音至今還像惡夢一般。

「你不用擔心，你至少還能活上三天，我不會讓你死得太快。這是對你的懲罰，是對盛家的懲罰。」

之後的兩個小時裡，面具人一直在收拾工具，收拾的過程中思考了很久，盛承淮不知道面具人是在考慮怎麼折磨他。

終於，面具人似乎想明白了，撕下盛承淮嘴上的膠布，口氣稀鬆平常地說道：「時間差不多了，我們先吃飯吧，吃飽了才有力氣表演。」

「這是哪裡？」盛承淮企圖和他周旋。

面具人冷笑道：「你不是都看到了嗎？這裡是墓園。這個時間，任你怎麼喊都不會有人來救你的。」

盛承淮並不打算大聲呼救。正如面具人所言，這個時候的墓園空無一人。

「為什麼要抓我？」

「你這是打算拖延時間嗎？好，我陪你聊，反正我時間多的是。」面具人毫無感情地說道：「我為什麼要綁架你？這個答案等你死之前，我會告訴你的，不要心急。」

盛承淮確實想拖延時間，他估計距離放學已經過去三個小時。這個時候盛言應該已經發現兒子被綁架了，所以他現在要做的就是保住自己的性命，直到警方趕到。

「你這樣做是犯法的，你不要做傻事，你想想你的家人。」

「家人？」面具人的口氣突然變得憤怒，「你竟然和我說家人？」

盛承淮不知自己哪裡惹怒了他，正思考著要如何補救，面具人卻手起刀落，在他的大腿上刺了一刀。

「啊——好痛！」盛承淮大腿瞬間產生劇痛。

面具人輕笑道：「當然會痛，但是這和失去家人相比算得了什麼呢？好了，我們吃飯吧。」

面具人打開餐盒，餵盛承淮吃蛋炒飯。盛承淮看著面具人很久，兩雙憤怒的眼睛對視，最後他撇開頭，拒絕了飯。

面具人也不生氣，「可以，那我們直接開始吧。」

面具人正對著盛承淮架起一台攝影機，調了距離、亮度後，從便利商店的袋子裡面拿出一包鹽巴，對盛承淮說：「對著鏡頭打個招呼吧，讓你爸知道你過得很好。」

盛承淮一聲不吭。

「不說話是嗎？我總有辦法讓你開口。」

面具人將撕開包裝袋的鹽巴對著盛承淮大腿的傷口灑下去，「疼嗎？」

盛承淮痛得倒吸一口涼氣，卻不再喊疼。因為他已經知道拍攝是要傳給盛言，他的痛苦、盛言的痛苦就是面具人的目的，所以不管面具人接下去要怎麼折磨他，他都要忍著，絕對不讓面具人稱心。

面具人果然不悅，從袋子裡翻出一個釘書機，「你看，這是釘書機，我打算把訂書釘釘到你的手指裡。如果你求饒，我就換一個工具。」

「你沒有家人是嗎？」盛承淮一言戳中面具人的弱點。

面具人沒有回答，只是將盛承淮的食指塞進釘書機，狠狠地按了下去。

十指連心，盛承淮痛得冒汗，大滴大滴的汗水從額頭上落到地上，但他還是咬牙忍著，一聲不吭。

「你繼續這樣快節奏地折磨我的話，我應該撐不過一天。」盛承淮笑著說道。他的笑容含著嘲諷。

這樣的表情讓面具人有些遲疑，「你是故意激怒我，讓我折磨你，讓你快點死是嗎？我不會讓你如意的，今晚就到這裡，我們明天繼續。」

正如面具人所言，接下來的每一天他都換著花樣折磨盛承淮，直至第四天。

第四天，盛承淮已是傷痕累累，體無完膚，但沒有致命傷。

面具人重新打開攝影機，對著盛承淮，「看在你的痛苦取悅了我的分上，和盛言告個別。」

盛承淮沒看鏡頭，而是問了一句：「你終於要動手了嗎？」

一滴眼淚從面具後滴落，面具人紅著眼眶擦拭著匕首。

「你哭什麼？既然你還有良知，為什麼不放了我？現在放了我，還有挽回的餘地。」盛承淮虛弱地說道。

面具人搖搖頭，「放了你，我怎麼對得起我死去的家人？盛言已經收到影片，應該快找到這裡了，我需要做一下收尾工作。但是你也只是個孩子，放心，我會幫你留個全屍。」

第一刀刺在腹部，盛承淮一聲悶哼倒在地上。

第二刀刺在胸口，他依舊一言不發。

面具人蹲在盛承淮的面前說：「等盛言到的時候，你應該只是一具屍體了。」

面具人說完正要起身，卻被盛承淮拉住，「為什麼？」

「噢，我好像答應過在你死前告訴你原因，但是，我反悔了，我要讓你死不瞑目。」面具人扯開盛承淮的手，順帶拔出他胸口的匕首。

面具人拔出匕首後，將木屋稍微收拾一下，帶走了工具，將盛承淮留在木屋。

盛承淮本以為自己只能等死了，卻沒想到意外地聽到來自未來的聲音。在顧深深的幫助下，他得救了。

「所以說，那攤血漬就是那時候留下的？」關皓得出結論。

盛承淮點點頭說：「是的。」

「太好了，這下我可以申請逮捕他了！」關皓喜形於色，「便利商店爆炸案我調了街道監視器，十之八九可以確認邢志彥的罪行。」

盛承淮從口袋裡拿出一個密封袋，裡面是一個懷錶，「這是我媽死後被發現一直抓在手裡的東西，我懷疑是邢志彥的。」

關皓一把搶過去，「有這麼重要的物證，你不早點拿出來！」

「這個懷錶被我爸藏起來了，我也是最近才發現。之所以遲遲沒交給你，是因為一旦懷錶消失，我爸就會知道，他一定會干擾我參與這個案件。」盛承淮解釋道。

關皓打開懷錶，其中一面嵌了照片，是個女人的照片。他覺得這個女人十分面熟，「照片上的人……好像是邢志彥的妻子。」

「我們的推測是一樣的。」盛承淮表示贊同，「之前我一直在想，為什麼邢志彥追著深深不放。深深已經失憶，對他的威脅還不如我來得大，他卻三番兩次正面襲擊深深，現在總算有了答案。深深說邢志彥一直在找一個東西，但是深深根本不知道他要找什麼。我懷疑邢志彥要找的東西是這塊懷錶，他誤以為懷錶是被深深扯下了。」

「這塊錶對他來說，不只是罪證這麼簡單，就連殺人都要帶在身上，看來他對妻子的感情非常深。我肯定他會再來找這塊錶。」關皓心裡有個想法悄悄成形。

盛承淮的想法和關皓不謀而合，「他可能想讓他的妻子見證吧……但是，不能讓邢志彥知道這塊錶已經成為警方的證據，不然他只會魚死網破，要嘛拚死一搏，要嘛逃逸。更重要的是，要讓他知道錶不在深深那裡。」

「我贊同。」

「所以我的計畫是我拿懷錶去打聽懷錶上的女人，這樣邢志彥的矛頭就會指向我。一箭雙雕的事情他不可能放棄，接著就是等他出手了。」盛承淮說出自己的計畫。

闞皓有些猶豫地說：「其實你大可不必以身犯險，由我們警方出一人做這件事就可以了。」

「讓我來吧。邢志彥心思縝密，你們的人可能會引起他的警惕，他不一定會現身。簡如卿是我母親，深深是我喜歡的人，我為了抓到凶手而去調查懷錶上的女人合情合理。」盛承淮還是堅持自己的意見。

闞皓考慮了一會兒。確實，盛承淮是最合適的人選，「你放心，我們警方會安排好，二十四小時保護你。」

「嗯。」

第八章　疑似塵埃落定

盛承淮按照計畫，連續幾天拿著懷錶去邢志彥以前住過的地方打聽懷錶上的女人。這一舉動果然引起邢志彥的關注，他捨棄盯梢顧深深，改盯盛承淮。

按計畫進行的第五天，盛承淮故意和警方進行接觸，之後停止打聽懷錶上的女人。

這五天，盛承淮不敢和顧深深見面，只能用電話聯絡她，並謊稱研究所接了一個新案子，要加班一陣子。顧深深不疑有他，只是有些心疼盛承淮。

計畫進行的第六天晚上，盛承淮獨自在研究所加班，當然這也是計畫的一部分，因為要給邢志彥一個下手的機會。

十一點左右，在研究所附近待命的關皓接到盛承淮的電話，告知他邢志彥終於出現了。

「那傢伙在哪裡？我們在門口守了一整晚都沒看到人！」關皓有些激動。

『他是從地下停車場上來的。根據監視器，他剛剛進了研究所，在一樓打轉，看樣子應該是在找我。我現在在監控室，他沒有門禁卡，一時半刻應該上不來。』電話裡頭，盛承淮的聲音沉著冷靜。

「好，我們馬上行動。」

『等一下！』盛承淮聲音有些詫異。『他身上好像綁了什麼東西，我從監視畫面看得不是太清晰，可能是炸藥。不能讓他在研究所裡面引爆炸藥。我引他出去，等出去後你們再行動。』

「該死！」關皓詛咒道：「這傢伙哪來的炸藥？」

關皓掛了電話，拿起對講機：「大家注意了，計畫有變。目標人物疑似帶了炸藥，等把人引出來我們再行動。」

『收到！』

『收到！』

邢志彥確實在找盛承淮，但是一樓設置了門禁，他有些急躁，於是將門禁開關砸了。門禁失效，他順利進入，逐層搜索。

盛承淮在監視畫面看到邢志彥上樓，便連忙離開監控室。為了避免被發現，他從消防通道下樓。

沒想到的是剛到三樓，就碰到了上樓的邢志彥，兩人打了個照面。邢志彥依舊戴著黑色的人臉面具。

「懷錶呢？」走道響起邢志彥陰森的聲音。

盛承淮偷偷按下身後的錄音筆，「在我手裡。我猜你應該很懷念這塊錶吧，丟了九年，還能找回來也是不容易。」

事實上懷錶早就不在盛承淮手裡。計畫進行到第五天，他就將錶作為證物交給警方了。

「把錶給我，我留你一個全屍。」邢志彥說道。

盛承淮輕笑道：「這話有些耳熟，你以為你八年前殺不死我，今天就能做到嗎？」

「讓你多活了八年也夠了，今天我就讓你下去陪簡如卿。」邢志彥拔出匕首，一步步走向盛承淮。

盛承淮並不畏懼，他早就想到有此一戰。這麼多年來的努力就是為了面對今天，他不再是八年前毫無防身能力的他了。

邢志彥的匕首直奔盛承淮的心口而去，盛承淮一手箝制住邢志彥的手腕，一手對著邢志彥的面具揮了一拳。

他嘲諷道：「我母親是你殺的，綁架我的是你，一而再再而三襲擊顧深深的也是你。懷錶是物證，顧深深是人證，你覺得你逃得掉嗎？你以為戴著面具就能掩飾你的罪行嗎？」

邢志彥冷笑，摘下面具。那是一張再普通不過的臉，看起來斯斯文文，更像是個坐辦公室敲文件的白領。

「就算我逃不掉，我也要拉你給我墊背。」他面目猙獰地說道。

盛承淮嘴角勾起一抹嘲笑，「是嗎？那你試試吧。」

事實證明八年的訓練讓盛承淮的身手絲毫不遜色於員警，不過幾分鐘，邢志彥就已處於劣勢。若不是他手裡有凶器，盛承淮早就將人制伏了。

邢志彥見無勝算便扭頭就跑，沒一會兒就消失在三樓。

四下昏暗，盛承淮一時找不到邢志彥，便聯繫了關皓：「我和邢志彥正面碰到了，他現在準備逃跑，盯住各個出口。」

『放心吧！』關皓遲疑了一下，又說：『你……注意安全。算了，我進去找你，你要是出了什麼事，深深會恨我一輩子。』

「嗯。」

但邢志彥並沒有打算就這麼狼狽地逃跑，他說過要拉上盛承淮墊背就一定會做到，所以他一直在暗處等著盛承淮。

盛承淮小心翼翼地尋找邢志彥，始終不見他的人影。

忽然間，盛承淮聽到正前方有腳步聲靠近，便趕緊上前。正要制伏對方，卻不料來人不是邢志彥，而是不該出現在這裡的人——顧深深！

顧深深看到盛承淮的一瞬間，面露欣喜地說：「終於找到你了。」

盛承淮正要開口叫她離開，下一秒她卻十分驚恐地看著他的後方。她迅速繞到盛承淮身後，護住了他的背。

「嗯……」一聲悶哼後，顧深深倒在盛承淮的懷裡。

盛承淮難以置信地看著直挺挺地插在顧深深後背的匕首。

「砰」的一聲槍響，邢志彥應聲倒地——關皓及時趕到，擊中了他的膝蓋，將他制伏。

「深深，深深……」盛承淮一聲聲喊著她的名字。

顧深深極為可憐地回了一句：「我沒事，就是有點疼……」

她不敢說她難受，因為盛承淮會擔心。

盛承淮抱著顧深深直奔一樓，幾乎是吼著告訴關皓：「關皓，叫救護車！叫救護車！」

顧深深很想安慰盛承淮，但是她沒有力氣，她很疼，疼得要昏過去了。迷迷糊糊間，她想到她後背挨了一刀就這麼痛，那當年盛承淮被綁架的時候，腹部、胸口、大腿各挨一刀，小腿骨折，肋骨還斷了兩根，該有多痛。當時的他，還是個孩子啊……

※　※　※

仁民醫院的手術室外，盛承淮坐立難安。他知道那一刀並不致命，但他就是無法心安。他的心好像被懸在空中，被人打那般難受。

關皓拍拍他的肩膀，安慰道：「你要相信蘇晨，有她在，深深一定沒事的。」

「嗯。」

手術室的門被推開，護理師出來說：「血庫告急，你們誰要給患者血，患者的血型是……」

護理師話還沒講完，關皓就主動請纓：「我，我和她都是A型血。」

顧深深國中入學體檢是關皓陪她去的，他那時候才知道他們血型一樣。當時關皓還開玩笑說以後他們任何一方出事，另一方一定要第一時間捐血。

「誰說患者是A型血？你是家屬嗎？患者是B型，B型或O型家屬趕緊跟我去抽血。」

護理師給了關皓一記白眼。

盛承淮上前說：「我是B型，用我的。」

「跟我來吧。」護理師帶盛承淮走了。

關皓怔怔地愣在原地，不可置信地喃喃自語：「這不可能……人的血型怎麼會改變？深深怎麼可能是B型血……」

手術順利進行中，半小時後，蘇晨從手術室出來，看著臉色慘白的盛承淮，告訴他手術結果：「深深沒大礙，你不用太擔心，只是以後會留下一個三公分左右的疤痕。」

「謝謝。」盛承淮有些沙啞。

「這都是我應該做的，你何必客氣？ICU觀察幾個小時後，今晚就可以轉去普通病房。這期間你和關皓都先去吃個飯休息一下吧，這裡有我看著。」

仁民醫院規定家屬不能進入ＩＣＵ，等顧深深轉到普通病房才允許家屬探望，所以蘇晨才建議他們倆先休息一會兒。

盛承淮並不放心讓顧深深一個人在醫院，「妳和關皓去吃飯吧，我守著。」

蘇晨也不再堅持，和關皓一同先行離開。蘇晨有些意外，她本以為按照關皓的個性會死賴在病房門前不走。

※　※　※

「你要吃什麼？」蘇晨看了菜單問關皓。

這時候，她和關皓在麵館，因為醫院的食堂已經關門，只能在外面將就一下。蘇晨遲遲不見關皓答覆，抬頭一看，發現他正在發呆，便拍拍他，「你要吃點什麼？」

「隨便。」關皓顯然有些心不在焉。

蘇晨將菜單遞給服務員並說：「兩碗牛肉麵，不加香菜。」

「好的，稍等。」

蘇晨見他有些失神，以為他是在擔心顧深深，便寬慰道：「你不要太擔心，深深沒有大礙，進ICU也只是例行觀察，不是因為傷勢。」

關皓點點頭說：「我知道。」

他停頓了一會兒，問道：「妳說……人的血型會改變嗎？」

顯然蘇晨沒有想到關皓會問這樣一個問題，但她還是以專業的角度給出答案：「一般來說，血型從胎兒孕育那天就開始形成了，從出生到死亡都不會改變，但是也存在特殊情況。」

「比如呢？」

她繼續簡單說明：「比較常見的是移植骨髓幹細胞後的變型，這種血型改變是長期的，甚至是永久的；還有一些短暫的變型，原因比較多，像是患病，尤其是患癌症、輸血、服藥以及接受放射性治療等。但是這類血型改變是短暫和不徹底的，病情得到控制後，血型極有可能恢復為原來的血型。」

關皓低頭沉思。蘇晨說的幾種可能性，顧深深都不契合，「上次妳說深深兩次住院的血型是一樣的，是哪兩次？是什麼血型？和今天是一樣的嗎？」

蘇晨一愣，不明白關皓為何這麼問，「你怎麼了？」

「妳不要問，先回答我。」關皓焦急地催促。

蘇晨帶著疑惑回答他：「她以前的血型當然和今天的一樣啊。深深國二那年暈倒在海邊後就醫，以及便利店爆炸案後就醫，都是B型。」

關皓難以置信地搖搖頭說：「怎麼可能……」

「你怎麼了？」蘇晨關切地問道。

關皓看著蘇晨，不知道該不該將這件事情告訴她。猶豫了許久，還是決定隱瞞，「我沒事，麵來了，吃吧。」

蘇晨看得出關皓並不想繼續話題，便不再多問。

※　※　※

凌晨四點，顧深深從ＩＣＵ轉到普通病房，人也漸漸清醒。醒來時，盛承淮、關皓、蘇晨以及路遙都在。

蘇晨確認顧深深一切正常，「血壓、心跳等各項指標都很正常，今天我當班，我就不和你們聊了，先回辦公室，有問題就來找我。對了，深深需要多休息，你們也不要待太久。」

「謝謝。」顧深深虛弱地道了謝。

「不客氣。」

關皓心裡有很多疑惑，但當下卻無法開口，「妳怎麼會去研究所？」

說起這個，顧深深有些懊惱。她不知道盛承淮和關皓的計畫，只是因為盛承淮說要加班，她就想過去陪他下班然後吃個宵夜，到了一樓發現門禁開關被砸，以為他出事了，才心急上樓。

盛承淮開導：「不要自責，是我的失誤。」

「你們倆沒事吧？」顧深深擔心自己影響了計畫。

盛承淮微笑著說：「我們都沒事，邢志彥也抓到了，妳放心養病吧。」

他說完轉頭打發關皓和路遙回去休息。關皓本不想走，結果被局裡一通電話召喚回去。路遙也不肯離開，反倒勸盛承淮回去休息。

盛承淮一反常態地說：「我回家一趟，明早過來和妳換班。」

盛承淮一走，路遙總算鬆了口氣。

起初顧深深有些失望，盛承淮沒走多久她卻開始疑惑。之前落水住院觀察，他都堅持在醫院陪著，今天受了刀傷他反倒回家，有些不合邏輯。

當然，這種思考並沒有持續太久，因為顧深深醒來沒多久就又睡了。

凌晨五點，天際發白，路遙卻已醒來。她小心翼翼地靠近顧深深的病床，動作嫻熟地從自己的包包裡拿出一顆膠囊。

這不是路遙第一次做這件事了。第一次是便利店爆炸案後顧深深住院的時候，第二次是顧深深骨折，這是第三次，但她仍舊很緊張，感覺自己像在做賊。

她躡手躡腳地打開熱水瓶瓶蓋，正要旋開膠囊就被人握住手腕，嚇得她差點把熱水瓶打翻。轉身一看，那人竟是盛承淮！

「我……」路遙被當場抓到，一時語塞，不知該如何替自己辯解。

顧深深似乎被吵到，輕輕翻了個身。

盛承淮搶過路遙手裡的膠囊，將她拉到病房外，一直走到走廊盡頭才鬆開她。

「我不是壞人……」路遙著急地辯解。

盛承淮拿著膠囊問：「這是什麼？妳想對深深做什麼？」

「這是要給深深吃的藥……」

「什麼藥？」他步步緊逼。

路遙被他冷冽的氣場震懾，後退了幾步，結結巴巴地說：「如果……我說……這是維他命……你信嗎？」

「妳再說一句謊話，我就把妳從這裡丟下去。」盛承淮的口氣不輕不重、沒有感情，卻帶著威脅。

路遙看看窗外。十二樓，這個高度會摔成泥巴，「這只是消炎藥，真的！」

「消炎藥？」盛承淮想到之前顧深深兩次病情毫無進展，但都在一夜之間痊癒，「深深爆震性耳聾和骨折的時候，妳是不是也偷偷給她吃了這個藥？」

路遙如小雞啄米般點頭，「所以我真的不是壞人！」

「壞人不會把自己是壞人掛在嘴邊。」盛承淮明顯還不信任路遙，「把藥全部交出來。」

路遙護住自己的包包，「很貴啊，大哥，我是砸鍋賣鐵買來的！」

盛承淮伸出手說：「給妳兩個選擇，把東西給我，或者我現在送妳去警局。」

路遙咬牙切齒地將膠囊拿出來，忿忿不平地說：「虧我當初在深深面前站在你這邊，你就這樣報答我！沒有我的話，你們能不能見上面都難說，你這個狼心狗肺的壞蛋！」

他毫不客氣地沒收了三顆膠囊，「妳是什麼意思？」

路遙抿抿嘴，意識到自己說溜嘴了，「我的意思是，深深要放棄你的時候，一直是我在支持你，你現在卻這麼對我。你知不知道這幾顆藥有多貴？你你你……忘恩負義！」

盛承淮冷冷地看著她，「在我確定藥物無害之前，妳只能待在嵐城。」

「我要走的話，你攔得住嗎？」路遙小聲嘟囔。

他面無表情地說：「我攔不住，但是妳再回來的話，我不會讓妳靠近深深。」

「我認輸。我過幾天就走，我哥要放假回來了，我不能被他發現我不在家。」路遙說道：「我知道你要拿藥回去研究，你大可慢慢研究，但一定要記得給深深服藥，不然她的傷口無法癒合。你可以不信我，過幾天你觀察一下深深的傷口就知道我說的是不是真的了。」

盛承淮若有所思。

「今天我就算是和你告別了，下一次再見也不知道是什麼時候。我希望你能好好對她，為了你，她放棄了整個世界。」路遙有些感傷。

盛承淮將藥收起來，準備帶回研究所，「對她好是我這一輩子的義務，不需要妳叮囑。」

※　※　※

正如路遙所言，顧深深還沒出院，她就離開了嵐城。走之前，她再三提醒盛承淮一定要給顧深深服藥。從路遙那裡得到的膠囊被盛承淮帶回研究所，經過實驗，膠囊裡的藥確實有很強的消炎作用，但同時他發現裡面有一些他不曾見過的物質。

而另一方面，顧深深住院一週，傷口卻完全沒有好轉，蘇晨束手無策，只好求助盛承淮。此時，盛承淮已確定膠囊對身體無害，便按照路遙臨走前說的，偷偷讓顧深深服藥。之後，顧深深的傷口日漸癒合，精神也開始好轉。

這天，顧深深喝著盛承淮帶來的鱸魚湯，跟他抱怨：「我聽病友說，這種傷口一週就能拆線出院，兩週就能痊癒。我住院都住了一週，怎麼還不拆線？」

「每個人的體質不一樣，恢復速度也不同。妳體質偏弱，所以恢復得不如別人。」盛承淮張口就扯謊。

「這麼說來，怪我嘍？」她佯裝生氣。

盛承淮摸摸她的腦袋，理直氣壯地說：「不怪妳，怪我。怪我太晚遇見妳，沒把妳的身體養好。」

這話讓顧深深幸福到眩暈，她臉紅到了耳根，只好埋頭喝湯，結果喝出一身汗，她便把袖子挽到手臂上，好在病人服寬鬆，領口也低，否則大夏天的真有可能把自己悶出痱子來。

盛承淮見她喝完，便將碗筷收拾乾淨，不經意間瞥見顧深深脖子上戴了條項鍊，覺得有些眼熟，「我能看看妳的項鍊嗎？」

「可以啊。」顧深深爽快地把項鍊解下來遞給他。

盛承淮不可思議地看著那枚銅錢，反復研究。那項鍊的墜子是枚銅錢，方孔圓錢，卻不屬於任何一個朝代，方孔四周刻著「by 顧深深」……

顧深深見他很有興趣的樣子，便說道：「從我有記憶開始，我就一直戴著這個項鍊。雖然我不知道它是哪來的，但我很喜歡。我記得你有一個類似的。這種款式也不多見，說是情侶款大概也有人信。」

盛承淮從錢包裡取出自己的那枚銅錢。銅錢方孔四周刻著「to 盛承淮」，這顯然是出自一人之手。

「妳真的不記得這銅錢是哪來的嗎？」

顧深深搖頭。

盛承淮微笑著說：「我怎麼覺得我這枚銅錢就是妳送的？」她「嘖嘖嘖」地調侃道：「你這麼自戀？你怎麼知道是我送你的？搞不好是你送我的呢。」

「by顧深深，而且，我沒失憶。」他笑著反駁，「這枚銅錢是在我國中時過生日的某天，和同學的禮物一起送來的，包裝很簡單也沒有署名，但是我覺得很別致，就一直帶著。」

顧深深聳聳肩說：「好吧，你好看，說什麼都對。這麼說來，我國中的時候就垂涎你，只是我自己忘記了？」

「從實際情況來看，確實是這樣。」

陽光溜進病房，一室明朗，窗臺上的百合花散發著陣陣清香，將消毒水的味道掩蓋過去。塵埃在陽光下飛舞，肆無忌憚綻放自己的生命，遲遲不肯落定。

顧深深的手穿過陽光，握住盛承淮的手，輕輕道了一句：「對不起……我都不知道我以前喜歡過你。」

盛承淮反握住她的手，將她的手放進自己的掌心，「不怪妳，是我沒認出妳來……」

「可是我為什麼要送銅錢？」顧深深很疑惑。

他無奈地笑了笑說：「這是不是應該問妳自己？」

她撇著嘴說了：「我什麼都不記得了，誰會自己手工做銅錢？我也不記得我國二出事前認識你，怎麼辦？感覺好沒良心。」

「我記得。」盛承淮微笑，「只要妳想知道，我都告訴妳。」

顧深深看著兩人握在一起的手，傻傻地笑了。這算是確定關係了嗎？

盛承淮看著她，覺得這樣的畫面很美好。他本以為自己的人生會是一片黑暗，直到遇見了顧深深。因為她，盛承淮在心上開了一扇窗，卻不曾想過會遇見此生最美的風景。

他俯下身，在顧深深的額頭烙下印記。陽光裡的塵埃終於心甘情願落地。

※　※　※

秋分已至，嵐城的盛夏算是過去了。白天雖然還有些熱，但夜裡的風已有涼意。顧深深的傷口也隨著時間癒合，不久就可以出院了。這些日子，她一直在努力回想盛承淮告訴她的那些故事，無奈她的記憶就像是被人一鍵刪除似的，不留痕跡。

路遙不在嵐城，她住院有些無聊；關皓要查案，也很少來；盛承淮本來每天都要來個兩三次，今天卻消失不見。

她很好奇盛承淮在忙什麼，但是她想不到他此時恨不得把關皓打一頓，然後丟到非洲挖礦。

依舊是在警局門口，依舊是在盛承淮的車上，副駕駛的位子坐著的人還是關皓。

「什麼時候的事情？」盛承淮問道。

關皓有些難以啟齒地說：「上週。」

「為什麼不告訴我？」盛承淮的口氣明顯有些怒意。

關皓也十分懊惱，「人在我們手裡跑的，我們一定會把他逮回來。」

邢志彥被逮捕後，他身上的多個案件有條不紊地進行審理，但案子還沒審理完，邢志彥就打傷看守，開鎖跑了。事情發生時，顧深深傷勢還沒好轉，所以關皓瞞著盛承淮。然而現在警方已經找了一週，還是未見邢志彥的蹤跡。關皓覺得這事瞞不住了，便向盛承淮坦白。

說不生氣是不可能的，但是當務之急是如何把人抓回來。盛承淮稍微理了一下思緒，「這一週你們都找了哪些地方？」

「我們去了他以前住過的地方，包括他的老家，也派人偷偷盯著深深和你父親，以防他再下手。但是他像人間蒸發一樣，我們每天查各地方的監視器，沒有一個地方有拍到他。」

盛承淮擰著眉，說出自己的推測：「現在證據確鑿，他的罪名肯定跑不掉了。到了這個地步，他最有可能做的就是和警方拚個魚死網破。也就是說，他會破釜沉舟，進行最後的報復。如果是這樣，深深作為目擊證人反倒是安全的，我和我父親最有可能成為他的目標。」

「我也是這麼想的，守株待兔。」關皓對他的話表示贊同。

盛承淮點點頭說：「我最近會多注意，有什麼發現我會及時聯繫你。我父親那邊……」

「放心，我們一定會保證他的安全。」關皓鄭重地承諾。

戰略已經談妥，關皓卻沒有要下車的意思。盛承淮觀察到他欲言又止，便問道：「你還有什麼要說？」

關皓這才決定開口：「我聽深深說，國二之前你們就認識，我想問問你們認識的過程。」

「為什麼？你在懷疑什麼？」盛承淮敏銳地嗅到一絲不對勁，關皓的話裡明顯對顧深深有懷疑。

關皓不知道該如何開口，「我只是覺得深深和以前不大一樣，作為朋友，我想知道她出事前後到底發生了什麼。」

盛承淮並不相信這番說辭，但是照他對關皓的了解，他相信關皓不會做出傷害顧深深的事情，便把銅錢的故事告訴了關皓。

關皓很詫異，因為二〇〇八年盛承淮生日那天，顧深深和關皓在一起，他們參加了學校組織的野營，並不在嵐城。這就說明他心裡的推測是對的……

盛承淮見關皓失魂落魄的樣子，不由得關心地說：「怎麼了？」

關皓無精打采地搖搖頭，「沒事，我先回警局了。」

說完便走了。

※　※　※

翌日，天陰沉沉的，連一絲風都沒有，天氣悶得讓人喘不過氣，一場暴雨即將來臨。顧深深辦理完出院手續後，馬不停蹄趕往家裡。果不其然，剛進家門，大雨傾盆而至。

「這雨和米線一樣粗。」顧深深感慨道。

盛承淮不由得微笑著說：「那今天午餐我們就吃米線吧。」

「好啊。」顧深深笑著回應，「那你做飯，我去收拾一下東西。」

「去吧，注意傷口。」盛承淮叮囑道。

臥室半個多月沒住人，床頭櫃蒙了一層薄薄的灰塵，窗戶也有些模糊。顧深深索性將二樓裡裡外外打掃了一遍，沒想到有了意外收穫。

她在外婆留下的雕花矮櫃裡找到了一張老照片，是外婆的全家福。她欣喜地拿著照片下樓找盛承淮分享。

盛承淮正圍著素色格子圍裙切菜，一陣「噠噠噠」的聲響後，顧深深就跑進了廚房。她得意洋洋地從盛承淮的身後將他抱住，「我剛才在收拾二樓，你猜我找到了什麼。」

「嗯，是什麼？」盛承淮低頭，顧深深環抱住他的手裡拿的赫然是一張老照片。

顧深深興奮地向他展示了照片，指著照片上一個十二三歲的小女孩說道：「我找到一張照片，是外婆的全家福。你看這是我媽小時候，以前聽我外婆說我和我媽小時候長得一模一樣。其實，我和我媽都長得像外婆。」

乍看之下，照片上的女孩五官和顧深深幾乎一樣，可以說就是個迷你版的顧深深。

「很可愛。」盛承淮如此評價。

顧深深因為他的評價而有些雀躍，蹦蹦跳跳地上樓，「我要再翻翻櫃子，一定還有驚喜。」

波浪鼓、鐵皮青蛙、繡花鞋等復古又可愛的小物件被顧深深翻了出來。聽母親說，她上小學的時候住在外婆家，想必這些都是她小時候的玩具。

顧深深不亦樂乎地將玩具玩過一遍，然後拍照留念。

「嗯？」

她將玩具放回櫃子的時候，找到一個文件紙袋，磨損得很嚴重，看樣子有些年頭，紙袋上寫著「深深」兩個字。她好奇地打開紙袋，裡面是她小學時每學年的體檢單。

想到外婆一直收藏著關於她的資料，她便心生暖意。其實，她對外婆的認識僅限於母親告訴她的那些，因為外婆在她小學六年級時去世，而她失去了國二之前的所有記憶，包括對外婆的記憶以及對盛承淮的記憶。

顧深深想到曾經有人像寶貝一樣對她，她卻記不得和外婆相關的東西，不禁紅了眼眶。

她隨手翻了翻自己的體檢報告，在其中一份上看到了讓她震驚的事——報告上的血型是A型！她難以置信地翻了所有的體檢報告，全部都是A型！

顧深深呆呆地坐在地上，無法理解這是怎麼一回事。過了許久，她想或許是報告出錯了，於是抱著僥倖的心態打電話給家裡。

『深深啊，妳最近還好嗎？工作忙不忙？』

聽到母親的聲音，顧深深的情緒好轉了一些，「我滿好的，工作也很順利，不用擔心我。妳和爸最近身體還好嗎？」

『都好都好，我們就是滿想妳的，週末有時間就回來，媽做好吃的給妳。』

「媽，妳真好。」顧深深總算笑了，「媽，我想問妳一件事。」

『妳說。』

「我血型是A型嗎？」顧深深鼓起勇氣問出自己心裡的疑惑。

『妳怎麼了？是不是哪裡受傷了？』

她隨口找了個理由：「我沒事，就是部門捐血，我得填一張情況調查表，我一時間想不起來我是什麼血型了。」

『妳沒事就好。傻孩子，妳說妳連自己的血型都記不住，我們怎麼放心讓妳在外面工作？難怪妳爸總擔心妳會被人騙走。妳和妳爸同一個血型，都是A型。妳小學打架那次，還是妳爸捐血給妳的。』

顧深深拿著電話遲遲沒說話。怎麼會這樣……她明明是B型，為何小時候會是A型？

『深深、深深，妳怎麼不說話啊？』

「媽，我突然想起來我還有點事，先掛了。」顧深深覺得自己需要冷靜一下。

『好的，妳自己注意身體啊。』

「嗯，再見。」

掛完電話後，顧深深滿腦子都是疑問。她上網查相關資料，查完之後，她整個人都呆了。

血型在移植骨髓幹細胞後能變型，這種血型改變是長期的，甚至是永久的；還有一些短暫的變型，例如患癌症、輸血、服藥以及接受放射性治療等，但是這類血型變型在病情得到控制後極有可能恢復。

而顧深深不屬於任何一種。除非找回記憶，不然誰都無法解開這個謎題。

第九章　如果我不是我

豆大的雨滴不停敲打窗臺，雨聲夾雜著風聲，嘈雜得讓顧深深心煩意亂。她的內心也如同窗外的天氣，陰鬱難解。

她想起國二那年，她的母親驚訝於她飲食習慣的改變。原本抗拒芹菜、羊肉的人，失憶後卻十分愛吃；想起關皓說她小時候喜歡雞蛋配牛奶，但明明她就不能這樣吃，為什麼小時候會喜歡？她更加無法理解，她的血型怎麼可能會改變？

難道……她不是原來的那個她了嗎？

「深深。」

顧深深聽到盛承淮的聲音，匆匆闔上電腦，但事實上，盛承淮已經看到了螢幕上的內容。

她深吸一口氣調整好自己的情緒，轉身問道：「怎麼了？」

「妳怎麼了？叫了妳好幾聲都沒聽到。」盛承淮站在臥室門口，「可以吃飯了。」

顧深深擠出一絲笑容，「我沒事，我們下去吃飯吧。」

午餐是過橋米線，裡頭加了顧深深喜歡的食材：雞胸肉、豬肚、烏魚肉、魷魚、火腿、香菜、蔥頭、白菜心、豌豆尖、蔥、豆芽、蘑菇等，美味爽口，但是她的心思卻不在午餐上。

「不好吃嗎？」盛承淮問道。

顧深深抬頭看了他一眼，不明所以地問：「啊？什麼？」

「那塊肉，妳已經夾了兩分鐘。」他指了指她的筷子。

她趕緊將肉吃了，「很好吃。」

「妳怎麼了？」盛承淮放下筷子，準備和她好好談談，「有什麼事情都可以和我說，凡事都有我在。」

顧深深低頭思索了一會兒，幽幽問道：「承淮，假如我不是我，你會怎麼做？」

「我只認我認識的那個妳。」他十分篤定地說了。

盛承淮心裡不是沒有懷疑。從最初關皓在醫院認定顧深深是A型血開始，到關皓找他了解顧深深的過去，再到顧深深查關於血型的資料，他已經感覺到了不對勁。可是，只要她不想說，他就不會逼迫。

「如果有人拿著證據告訴你，我不是我，你會相信他嗎？」顧深深在得知真相後，最擔憂的事情並不是她不是她，而是假如她不是她，她會失去父母和盛承淮。

盛承淮看著她，眼裡滿是信任的光芒，「關於妳的事情，我只會聽妳說。」

「謝謝……」顧深深覺得自己何其有幸，可以遇見盛承淮，她這麼普通，卻得到他的愛和信任。但是她卻不知道，她曾經為他放棄了整個世界……

「深深，妳不知道妳笑起來有多明亮。」他緩緩說道：「所以不管發生什麼，我都會陪著妳。妳如果現在不想說也沒關係，但是不要給自己壓力，不要失去妳的笑容。」

顧深深微微紅了眼眶，一把抱住盛承淮，眼淚鼻涕蹭了他一身，「我真的好喜歡你，我也不知道我為什麼這麼喜歡你。第一次見到你的時候就覺得認識你好久好久，可是你那時候都不對我笑。耳聾住院的時候，蘇晨說我的病情不樂觀，所以請你來幫忙，那時候我好開心，覺得耳聾也值得了。後來，我知道我救的那個少年就是你的時候，心裡偷偷樂了好久，可是我又好擔心你喜歡我到底是因為我救了你，還是因為你純粹只是喜歡我。因為喜歡你，我好害怕失去你。」

「我保證，妳擔心的事情不會發生。」盛承淮摸摸她的腦袋。

窗外風雨交加，屋內滿室溫馨。

※ ※ ※

二〇一七年的第一場秋雨帶來了嵐島的第一絲清涼，嵐島正式進入金色的季節。顧深深的身體逐漸好起來，工作也變得忙碌。因為多次住院請假，她總覺得愧對公司，便更加努力工作，就連加班也是毫不抗拒。

盛承淮對此表示異議，無奈顧深深愛工作愛得深沉，對他的抗議視而不見。顧深深忙碌期間，盛承淮也沒閒著，他對路遙留下的藥繼續進行了研究，取得重大進展。

那顆消炎藥相比於市面上的消炎藥，效果加強了不只十倍。但是盛承淮在國內外的醫藥行業進行詳細調查後，發現沒有任何一家公司開發過這種藥物。

秉著醫者仁心的精神，他自然希望這款消炎藥可以大量研製，造福患者，但是這藥是誰研發的？專利屬於誰？這些他都不知道，只能等路遙回到嵐城再做商議。

一場秋雨一場寒，加班結束後，顧深深為自己泡了桂圓紅棗茶驅寒，然後喝著茶和盛承淮打電話。外面的雨聲淅淅瀝瀝，像小夜曲一般動人。

比起晴天，顧深深更喜歡這種滴滴答答的小雨天氣，微涼清新。

『路遙回來了嗎？』盛承淮問道。

顧深深喝了口熱茶，遺憾地說道：「還沒呢。路遙每次走後都像人間蒸發一樣，電話也聯繫不上，毫無音訊，有點想她了。」

電話另一頭的盛承淮沉默。他總感覺路遙身上藏著什麼天大的祕密，或許這祕密還和顧深深有關。

『今天加班累了吧，早點休息。』

「嗯，晚安。」

『晚安。』

入秋的夜最適合睡覺，但顧深深這一夜卻睡得極不安穩。她作了一個夢，夢裡有一個好看的男人，但是那個人不是盛承淮。

廣闊無垠的金色麥田連接著日落的天際，夕陽餘暉灑滿麥田，風過麥田，掀起了一陣金色的波浪。遠處的一棵銀杏樹下，有一個挺拔的身姿。

顧深深朝他招手，喊著他的名字：「路遠。」

她開心地跑向那個叫「路遠」的少年說：「你回來啦？」

銀杏樹下的少年轉過身，眉目清秀，如清風霽月，「是啊，我回來了，回來看妳。」

「訓練還順利嗎？」顧深深興致勃勃地問道。

路遠笑著說：「順利。」

顧深深伸出手。

路遠將一袋糖果放在她的手心，「吃太多糖對牙齒不好。」

她拆開包裝，嚐了一個，是春天的味道，有青草和荷花的清香，「那你還買糖給我？要是我牙齒掉光了就都怪你。」

路遠彈了一下她的腦門說：「怪我嘍?說正事，我這次休假只有三天，三天後是最後一次集中訓練，之後我就正式加入時空糾察隊。妳啊，以後不要沒事總去別的空間玩，被我逮到的話我是不會手軟的，知道了嗎？」

「知道知道，我去玩的時候一定會藏好，絕不會被你們發現。」

話音剛落，路遠消失了，銀杏樹不見了，金色麥田也憑空消失，空間開始扭曲。顧深深夾在扭曲的空間裡，幾近窒息。

她喘著氣從夢裡驚醒，坐起身，還未從夢中回過神。

她抱著腿，有些莫名其妙。為什麼她會夢到路遙的哥哥？自己和路遠是什麼關係？「時空糾察隊」又是什麼？

顧深深有滿腦子的疑問，她說服自己不要去想，這只是個夢，但是……

「這真的只是一場夢嗎？」她像夢囈般問自己。

※　※　※

第二天，雨過天晴後依舊陽光燦爛。

顧深深工作已經上手，愈發順利，感情也有了著落，一切看似完美，但她內心卻惶惶不安。她總覺得這一切都是鏡花水月。

經過幾天的深思熟慮，她決定嘗試找回記憶。只有找回過去，她才知道自己到底是誰。

顧深深並沒有把這個決定告訴盛承淮，一來是因為他接了新專案正在出差，不想增添他的煩惱；二來是她想給盛承淮一個驚喜，假如記起了過去，她就會知道她當年為什麼會將那一枚銅錢送給他。

然而，事情並沒有她想像中的那麼順利。

顧深深查了資料，問了朋友同事，找到了嵐城最出名的催眠師。但是經過治療，催眠師竟然告訴她——

「妳的過去是一片空白。」

空白？為什麼會空白？顧深深無法理解。根據催眠師所說，就算是失憶，那些回憶也不會消失，只是沉睡在大腦的某處，經過催眠或多或少會被喚醒。

顧深深失魂落魄地走出治療中心，腦子裡想著催眠師的無奈：「對不起，對於空白的過去，我真的無能為力，抱歉。」

她何嘗不無奈？她甚至覺得這不合常理。她以前生活在哪裡，和誰接觸過，經歷了什麼，這些必然會留下痕跡，怎麼可能空白一片？

顧深深消沉了幾日，終於想到了辦法。她最初的記憶在嵐城的一條河邊，她從那裡甦醒，那裡一定發生過什麼。

某日傍晚，紅日將沉未沉，在河面鋪上金黃色外衣。天邊的雲霞通紅，倒映在河面，好似一幅油彩畫。

顧深深沿著河畔走了一圈又一圈，直到天色漸暗，河邊行人漸少，釣魚的人開始收拾釣具，采風的學生也揹上了畫板，顧深深仍舊一無所獲。

她環顧四周，看著人們，生出一絲悲戚。他們都有過去，知道自己從哪裡來，要到哪裡去。可是她甚至不知道自己是不是真實的自己。

環顧間，她發現了一道注視的目光。

不遠處有一個少女正看著顧深深，她穿著一身水藍色棉裙，梳著馬尾辮，一派天真無邪。但她看向顧深深的眼神並不友善。

待顧深深走近，清晰地看到對方的面容，不由得大吃一驚。這個少女和她有七八分相似。

顧深深還沒回過神，少女就直直朝她走去，和她擦肩而過時用極其壓抑的語氣說道：「妳會得到報應的。」

顧深深感受到對方壓抑下的憤怒。她疑惑地看著那名少女，正要問這話是什麼意思，電話卻響了，是盛承淮打來的。

顧深深只好放棄心裡的疑問，接了電話，往回家的方向走去。她忍不住回頭，那少女的目光依舊像利刃一般凝視著她。

『深深，怎麼不說話？』

顧深深這才反應過來：「沒什麼，只是碰到一個跟我長得很像的女孩，覺得好奇就多看了幾眼。」

『妳在哪裡？』

「我在河邊散步。」

『這麼晚了，妳早點回家吧。』

顧深深無奈地笑了笑。最近和盛承淮打電話，他最常講的幾句話是——「早點回家」、「晚上不要一個人出門」、「注意安全」。

「你最近是怎麼了？嵐城的治安很好，再說，邢志彥已經歸案，你還有什麼不放心的？」顧深深如此反駁。

電話那頭沉默了許久。

『深深，邢志彥跑了。』

「你說什麼？什麼時候的事？」顧深深大吃一驚。

為了讓她保持警戒，盛承淮決定把事實告訴她。

『關押不到三天，他就跑了，他不會就這麼善罷甘休的。雖然我和關皓一致認為他會把矛頭指向我和我父親，但是不能排除他盯上妳的可能性。所以打從邢志彥逃跑後，妳附近一直都有便衣警察。』

「怎麼可能？那他現在在哪裡？」

『不知道，我們找不到他，也不知道他會以什麼方式重新出現。所以深深，不管何時何地，不管是否有員警在妳身邊，我都希望妳可以保持警戒。』

顧深深悶悶地應了聲「嗯」。

夕陽完全沉沒，夜幕正式降臨，馬路上的路燈一一亮起，卻照不亮陰暗的河畔……

※　※　※

顧深深回家後為自己做了簡單的晚餐。或許是平時被盛承淮照顧慣了，一個人的時候連下廚的動力都沒有，草草解決了晚餐，打算和盛承淮煲電話粥。

『對不起，您所撥打的用戶已關機，請稍後再撥。』機械禮貌的女聲澆了她一盆冷水，原本興致勃勃的心情也因此有些低落。

留言給盛承淮「我想你」後，她打了電話給路遙，想問問自己以前是否認識路遠，路遙卻也是關機狀態。她只好傳簡訊給路遙：

『妳什麼時候回嵐城？我買了冰淇淋機，我們可以趕在冬天來之前做一次冰淇淋。』

『前陣子我作了奇怪的夢，我夢到了妳哥，是不是很奇怪？我思前想後，覺得失憶前可能見過他。』

『回來後要記得和我聯絡。』

看了一會兒電視劇，刷了一會兒微博，好不容易熬到了十點半，顧深深終於有了一絲睡意，準備熄燈睡覺。這時電話響了，是盛承淮打來的。

『睡了嗎？』

他的聲音有些疲勞。

顧深深翻了個身，「還沒，在等你的電話，和你說晚安。」

『下來開門。』

「嗯？」

顧深深反應有點遲鈍，好一會兒才反應過來：盛承淮回來了，便拿著電話匆匆下樓。她雀躍地打開大門，門外那個人正是她朝思暮想的盛承淮。

她抑制不住心裡的喜悅，唇邊的微笑在擴大。她就站在那裡看著他，眼裡心裡滿是歡喜，電話也沒掛，「難怪你剛才關機了，不是說明天才能到嵐城嗎？」

「工作提早結束了。」

「那你怎麼不回家休息？」顧深深看他似乎十分疲憊。

「來充電。」

顧深深愣了一下，隨即掛了電話，給他一個大大的擁抱，「充飽了嗎？」

盛承淮的下顎輕輕靠著她，「看到妳的一瞬間，我就已經滿格了。」

顧深深笑著說：「要不要進來休息一下再走？」

「要先回一趟研究所，明早來接妳上班。」盛承淮鬆開她，將自己的外套披在她身上，「入秋了，不要著涼。」

顧深深急著下樓，穿著單薄的睡衣就起身了，現在發覺確實有些冷。她拉緊外套說道：「承淮，我覺得你變了。」

「嗯？」

「你以前不食人間煙火，現在走下了神壇，變得有『煙火味』了。」顧深深有感而發。

他啞然失笑，摸摸她的腦袋說：「好了，我該走了，妳趕緊回去睡吧。」

「嗯。」

顧深深正要關門，卻見盛承淮剛走沒幾步就轉身回來，便問道：「怎麼了？」

「忘了一件事。」說完，盛承淮在她額頭烙下一個吻，「晚安。」

「晚安……」

得到晚安吻加持的顧深深已經將原先醞釀的一絲睡意驅趕走了，她在床上打了幾個滾，將興奮發洩出來才熄了燈。

然而，她一閉眼就想到盛承淮的臉，翻來覆去睡不著覺。她把自己埋進被子裡，小聲嘀咕：「完了，思春了。」

思春少女顧深深終於在凌晨一點艱難地入睡。

※　※　※

夢裡，顧深深來到了河畔。

這是一個沒有月光的夜晚，就連一顆星星都看不到。河水靜靜流淌，毫無波瀾，好似一潭死水。一個戴著面具的男人將一個女人拖到河裡，然後回到河邊，默默看著那女人溺水而亡。

顧深深想要上前去救人，可是她的腿就像灌了鉛一樣一動也不動。

面具人從包包裡掏出一張照片。那是盛承淮的全家福，他在簡如卿的臉上打了個叉，然後圈住了盛承淮。

顧深深大為吃驚，面具人的下一個目標難道是盛承淮？溺水身亡的女人難道就是盛承淮的母親？

岸邊不遠處，一個少女目睹了事件的發生，震驚地讓手裡的可樂「咯」一聲掉落在地。

面具人聞聲看去，一步步走向那個少女。那個少女想往馬路方向跑，但還沒跑幾步就被面具人追上。

面具人從背後勒住少女的脖子，左手捂住她的嘴，右手持刀將她制伏。

顧深深很著急，很想上前幫助那名少女，可是她動不了。她想呼喊，卻張不了口。她眼睜睜看著匕首沒入那名少女的心口，一共兩刀，都正中要害。

面具人鬆開手，那名少女便軟綿綿地倒在地上，血染紅了她的校服，在胸口盛開一朵紅色的花……

過了好一會兒，面具人探了探少女的鼻息，確認人已死亡後將匕首扔進河裡，離開現場。

顧深深怔怔地看著地上的屍體，眼淚十分不爭氣地奪眶而出。原來她只是一個旁觀者，她幫不到任何人。

淚水模糊間，她看到自己和路遙趕到了現場。她們著急地抱著已經沒有氣息的少女喊著：「顧深深、顧深深……」

那名少女是顧深深，那她自己是誰？

「路遙，用還原儀看一下案發現場。」

「笙笙，盛承淮是凶手下一個目標……」

顧深深聽著她們的對話，不明所以。笙笙是誰？為什麼路遙要叫她笙笙？直到路遙兩人將地上的屍體帶走，她還是沒能明白，誰是笙笙？

一陣風過，吹散一切。

顧深深從夢中驚醒，冰涼的臉頰讓她感到不適。她摸了摸自己的臉頰，是眼淚，她抱著雙腿將腦袋埋進膝蓋，心裡無限悲傷。

那名不幸遇害的少女是誰？為什麼她會夢到這些？路遙將屍體帶去了哪裡？假如夢境就是回憶，那名過世的少女才是真正的顧深深，那她是誰？為什麼她會用著顧深深的身分生活著？

這些她都不得而知。

顧深深很想早點找到答案，但她卻遲遲不敢入睡。那鮮紅的血觸目驚心，她一閉眼彷彿就能看到那名少女絕望的眼神。直到抵擋不住睏意，她才無助地睡去。

※　※　※

顧深深昨夜作了惡夢，沒有休息好，第二天早上變成了起床困難戶，鬧鐘響了一遍又一遍，她就按了繼續睡，眼看著上班就要遲到了，她還渾然不覺。

手機鈴聲響起才讓她驚醒。

『起床了嗎？』

顧深深不用看就知道是盛承淮打來的，迷迷糊糊地回答：「剛醒，好睏，幾點了？」

『八點四十分。』

「八點四十分！」顧深深嚇得從床上彈起來，因為她九點上班，「糟糕了，我要遲到了，你在哪裡？」

『妳家門口。』

「等我五分鐘，不，三分鐘。」

顧深深在三分鐘內完成了盥洗、穿衣、梳頭，然後匆匆下樓，催促盛承淮開車：「快快快，我要遲到了。」

盛承淮遞給她牛奶和三明治說：「早餐。」

顧深深接過早餐，撕開三明治的包裝，遞到盛承淮嘴邊。他自然地咬下第一口，兩人默契十足。

仰仗著盛承淮的車速，顧深深趕在八點五十八分到達公司樓下，「幸好，還有兩分鐘。」

「中午一起吃飯。」盛承淮幫她解開安全帶。

顧深深十分罕見地拒絕了他：「中午約了關皓，他說有很重要的事情要跟我說。」

「好，那我下班來接妳。」

上班累的時候，顧深深就摸個魚和盛承淮傳傳訊息，她覺得這樣的日子平靜而美好。可是，她的內心惶惶不安，她不知道自己到底是誰，更不知道昨夜的那個夢意味著什麼。

同樣被這樣的問題困擾的還有關皓，他藉著出差的理由「順路」拜訪了顧媽顧爸，得知顧深深小時候的肩膀疤痕是在國二出事之後消失的，但是怎麼消失的，誰也說不清楚。

他和顧深深約在公司附近的餐廳。

顧深深絲毫沒有察覺到關皓的不對勁，為自己點了一份西班牙海鮮義大利麵。

關皓看著麵裡面的洋蔥，說道：「妳以前不喜歡吃洋蔥的。」

顧深深吃麵的動作一頓，「人是會改變的，以前不喜歡不代表現在不喜歡。」

「妳說得對，吃飯吧。」關皓低頭。

此時，顧深深才察覺到關皓有些不對勁，似乎有什麼心事，便問了：「你怎麼了？」

關皓有些猶豫，他希望得到答案，但又害怕真相和他想像中的一樣，糾結了許久，最後還是開口了：「關於案件的進展，我有一些疑點需要跟妳確認。邢志彥說二〇〇八年，他將簡如卿推到河裡，剛好被妳看到，所以他就狠心殺妳滅口。他一共捅了妳兩刀，兩刀都正中心口。但是我問過顧伯父，警方找到妳的時候，妳除了失憶，完好無損。」

「匡噹」一聲，顧深深手裡的叉子掉到盤裡。關皓所說的和她昨夜的夢境竟然完全吻合，也就是說，昨晚的夢就是案發過程，她確實去過案發現場，並且和路遙一起將屍體運走。

她怔怔地看著關皓說：「你的話……是什麼意思？」

「意思是……顧深深已經死了……」關皓艱難地說出真相。

顧深深心裡的最後一根弦繃斷了，她果然不是顧深深……可是，她是誰？

她痛苦而迷惘地看著關皓說：「關皓……那我是誰？」

「妳是真的失憶了？」關皓曾懷疑過眼前這個人為了頂替顧深深的身分而假裝失憶，但是現在看來似乎是真的。

顧深深點點頭說：「我沒騙你，我確實不記得以前的事情了。所以你能告訴我我是誰嗎？」

關皓搖搖頭，「我不知道，但是沒人可以頂替深深，我很感謝妳陪伴顧伯父和顧伯母，兩位老人家這幾年過得很開心。然而，妳不是深深，就算用這個身分生活一輩子，妳依舊不是顧深深，所以等妳恢復記憶，就把身分還給深深吧。在我心裡，永遠只有一個深深。」

顧深深的眼眶發紅，她忍著不讓眼淚流出，「對不起……」

她為什麼會失憶？為什麼會用顧深深的身分生活？她暗暗發誓，這些她一定要想起來。

「既然妳不是目擊證人，警局也不會再對妳進行取證和保護；另外，我不會把這個事情告訴盛承淮，因為這個真相應該由妳親口說出來；我也不會告訴伯父伯母，不是因為我認同妳，而是我不想讓他們再次遭受失去女兒的痛苦。我希望妳回到自己的生活後可以多去看望兩位老人家，就當是我對妳的請求。」

關皓說完便離開了餐廳。

顧深深卻在原地呆若木雞。她知道真相會來，可是她沒想到真相會讓人這麼痛苦、迷茫、自責、無助，她甚至不知道自己是誰。

※　※　※

顧深深看著餐廳的落地窗外，行人來來往往，有三五成群，有形單影隻，他們目的地明確，他們對生活明確，唯獨她，不知道自己從哪裡來又要到哪裡去。

顧深深渾渾噩噩地回到家。她站在庭院裡，看著這裡的一草一木，每一株都是出自她的精心呵護，她對每一種花草的習性都無比熟悉。可是現在看到這些，卻覺得陌生得讓人心生失意。

她環顧這個充滿生活氣息的老房子，心裡的內疚逐漸擴大。這裡不是她的家，這裡是真正的顧深深的家，她沒有勇氣再踏進家門。

她轉身離開，漫無目的地在路上飄蕩，鬼使神差間來到了河畔。

初秋的河畔，蘆葦格外茂盛，在瑟瑟秋風中身姿搖曳。可是蘆葦沒有自己的方向，風的方向就是它們的方向。

顧深深的手輕輕撫過蘆葦，心生共鳴，可細想之下自己還不如它們，因為她沒有方向，也沒有根。

她隨意找了位置坐著，靜靜思考未來到底在哪裡。

從正午到日落，日落到月出，時間越晚，她心裡的悲傷越大。秋夜的風夾雜著水氣，格外地涼。不知不覺間，顧深深的手腳逐漸冰涼，她忍不住打了個噴嚏。

「我果然不適合思考人生……」

她起身拍拍自己的衣服，整理整齊後決定找間旅館先過一夜。只要帶著智慧型手機，能付錢能購物能吃飯，反正餓不死。

「對了，手機。不知道一個下午沒充電，手機還有沒有電。當務之急應該先買個充電器。」

顧深深從包包裡拿出手機，桌面赫然是十個未接來電，全是盛承淮打來的。她這才想起來，盛承淮說過今天要來接她下班。

她趕緊回撥，電話還沒撥出去，盛承淮的電話又進來了。她立刻接起來說：「承淮……」

『待在原地別動，我五分鐘就到。』

顧深深掛了電話才反應過來，盛承淮怎麼知道她在哪裡？

誠如盛承淮所說，不到五分鐘，顧深深就看到了他，腳步有點慌亂。她朝盛承淮走去，到了他面前，想要道歉卻不知道怎麼開口。

盛承淮看著顧深深，一言未發，輕輕地抱住她。

顧深深將頭埋進他的胸膛，悶悶地說道：「對不起……」

「沒關係。」盛承淮拍拍她的背，「有什麼事不要一個人扛著，妳的男朋友不是擺設。」

一瞬間，所有委屈湧上心頭，顧深深忍了一下午的眼淚終於決堤，撲在盛承淮懷裡止不住大哭。她想和他說話，卻哽咽得一句話都說不出來。

半小時過後，盛承淮的胸口襯衫濕了一大片，顧深深也終於哭完了。

盛承淮小心翼翼地擦乾她的眼淚，「河邊涼，回家再說。」

「我不回去。」顧深深搖搖頭，「那裡不是我的家。」

盛承淮聽到此話，心裡隱約猜測到什麼便說：「去我家，那裡一直對妳開放，直到妳成為家的女主人。」

顧深深剛止住的眼淚一下子又潰堤了。

「怎麼了？」盛承淮有些手足無措。

顧深深用手背抹了把眼淚，吸吸鼻子說道：「我就是太感動了，嗚嗚嗚……」

盛承淮忍不住笑，牽著她回家。

※ ※ ※

盛承淮的家具有濃厚的後現代風格。整個屋子充滿了曲線和非對稱線條，柔美而富有節奏感。一進客廳就是簡潔大方的布藝深色沙發，隨處可見鐵藝製品、陶藝製品，吊燈是不規則的樹枝燈，亮度剛好，創意十足；窗簾是純色，遮光性良好。

裝潢風格一如盛承淮本人，簡潔。

盛承淮從鞋櫃上拿出一雙男用拖鞋，擺在顧深深的面前並說：「家裡只有一雙拖鞋，可能會有點大，明天我買新的給妳。」

顧深深低下頭。這是一雙顏色單調得沒什麼欣賞性的拖鞋，可是她卻怎麼看都覺得好看，而且它的存在說明她是第一個進他家的女人。

她脫了鞋子，穿上盛承淮的拖鞋，進了屋子，坐在他平時休息的沙發上，用他喝過的水杯喝水。想到今晚要住在他家，心裡止不住冒出粉色泡泡，在河畔的陰鬱也稍稍緩解了些。

顧深深手裡捧著熱水杯，溫度透過玻璃杯傳到手裡，也傳進她的心裡。她決定對盛承淮坦白，將自己知道的、懷疑的統統告訴他。

顧深深正要開口，盛承淮便說：「妳去洗洗，我去做點吃的。家裡沒什麼食材，可能只能做點簡單的食物。」

他昨夜剛出差回嵐城，還沒抽得出時間去超市，家裡的冰箱幾乎什麼都沒有。

顧深深遲疑了一下說：「我沒帶衣服。」

「棉T恤行嗎？其他盥洗用品和浴巾都在浴室。」盛承淮帶她去衣帽間。

他的衣帽間格局分明，不同季節、不同類型分塊擺放，正裝、褲子、襯衫、外套、運動服、T恤、領帶、皮帶、手錶分門別類放置；同一個櫃子的懸掛按照衣服的長度決定，從左至右，從短到長，同等長度按照顏色排序，從深到淺。

他挑了一件最長的T恤給顧深深，「我T恤不多，這件行嗎？」

顧深深接過衣服在身上比了一下。T恤長度接近膝蓋，和平時的中裙差不多長，這種長度讓人很有安全感，「嗯。」

浴室裡水氣氤氳，顧深深擦擦因水氣變模糊的鏡子，看著裡面的自己，感覺有些陌生。她以「顧深深」的身分自居了九年，現在突然發現自己不是自己了，這種衝擊就好比世界末日來臨。但是震驚之後是迷茫，以及不知道該如何活下去的無力。

也不知道她到底發呆了多久，直到她打了個噴嚏才打開浴室的門。

顧深深一出浴室就聞到濃濃的煎蛋味以及飯香，她循著香味來到廚房，盛承淮正好做好了晚餐——蛋包飯。

「家裡只有雞蛋和米了。」他如此解釋。

顧深深拿起湯匙吃了一大口，「就算只有米，你也能做出花樣來，何況還有雞蛋，很好吃，這是我吃過最好吃的蛋包飯了。」

盛承淮也坐下和她一起吃飯，兩人沒有提起任何不愉快的話題，安安靜靜地吃完晚餐。胃裡面有食物的感覺讓顧深深覺得自己是活生生的人，即便她不是「顧深深」，她也應該有自己的生活，就像現在，有晚餐，有盛承淮，這就是最美好的生活。

她理了理自己的思緒，艱難地開口：「承淮，我有事情要跟你說。」

盛承淮正在收拾碗筷，「妳說。」

「我在收拾房間的時候，找到小學時的體檢報告，上面的血型和我現在的不一樣；然後，我最近記起了一些以前的事情，一些片段，零零碎碎。其實我很早就有些感覺，可是我一直不相信這是真的，直到今天中午關皓找我，他說邢志彥殺死了顧深深，因為顧深深是目擊證人。我說得有些混亂，我……」

盛承淮此時已經將要洗的碗筷放進水槽。

顧深深跟著他進了廚房，終於鼓足勇氣告訴他：「承淮，我不是顧深深，我甚至不知道自己是誰……」

顧深深說完之後如釋重負，卻又帶著深深的無力感。

正在洗碗的盛承淮手上滿是白色泡沫，他舉起手臂將顧深深圈住，凝視著她的雙眼說：「我知道。」

他的口氣稀疏平常，就好像在說「今天晚餐吃什麼」一樣。

顧深深有些震驚，久久不知道該怎麼反應，只是怔怔地看著他。

盛承淮將她圈緊，「我出差那幾天，不是純粹去Ｓ城工作，我還收集了妳搬家後的資料，然後比對了妳在嵐城生活的資料。血型也好，身上的疤痕也好，飲食習慣也好，我都知道，我知道妳不是她。」

「那你為什麼……」顧深深以為他會和關皓一樣拆穿真相。

「我喜歡妳，不是因為妳的名字和身分。」盛承淮親親她的額頭，「我去調查也不是為了找到真相，而是為了在妳需要我的時候給妳建議，讓妳依靠。起初我的假設成真的時候，我很震驚，但更多的是擔心和害怕，擔心妳能不能面對這些，害怕妳因此失去對生活的希望。好在妳表現得很好，比我想像的堅強許多，謝謝妳這麼堅強。」

盛承淮的手收緊，將她拉進自己懷裡，「我會陪妳找到妳自己。」

這一句話，顧深深在多年後回憶起來，依舊覺得猶如天籟。

半夜，「砰」的一聲讓盛承淮從夢中驚醒，他警覺地循聲而去，敲了敲顧深深的房門，但一點動靜都沒有。他察覺有異常，便開門而入。

走廊的燈將房間照亮，床頭的檯燈歪歪扭扭地倒在地上，想來剛才的聲響就是檯燈掉落的聲音。

「深深！」盛承淮走進去，輕輕喊了一聲。

顧深深迷迷糊糊地回了一聲「冷」。

盛承淮幫她塞了塞被角，然後伸手摸摸她的額頭，滾燙得厲害。拿了溫度計一測，三十九點二度。

他幫顧深深加了一層薄被，然後去客廳拿了醫藥箱，返回顧深深的房間，幫她貼了退熱貼，沖了退熱沖劑，讓她靠在自己懷裡小口小口地餵她喝。

「還會冷嗎？」

顧深深虛弱地搖搖頭說：「熱。」

盛承淮將她放平，撤掉薄被，拿了酒精去浴室。

他將酒精和溫水按比例混合，沾濕毛巾，替顧深深擦拭手心、腳掌等位置。過了一小時，顧深深臉頰的潮紅稍稍褪去，只是人還未清醒。

顧深深睡得極不安穩，這一夜作了許多夢，被塵封的往事逐漸重現。

第十章　顧笙笙的故事

多年前，當她還是顧笙笙的時候，當她還生活在平行空間的時候，當她還不認識盛承淮的時候，顧笙笙在課堂上知道有一個地方和平行空間很像，這裡有一個她，那裡就有一個和她一模一樣的人。但是對於那個世界的人來說，平行空間的人大概是外星人一般的存在。

這裡的科技高度發達，人類的體魄也和地球人有很大差別。打個比方，地球人的身體像氣球，脆弱不堪，而平行空間的人則是鉛球。

為了證實書本的理論，她決定和路遙進行一次空間之旅，透過跳躍去了地球。

在這裡，合法的時空跳躍有兩種形式，一是進行科學研究，費用由國家承擔；二是進行旅行，費用由個人承擔，顧笙笙屬於後者。她和路遙的所有積蓄都用在了這次跳躍上。

平行空間和地球就像是兩條平行線，有各自運行的軌跡，沒有交集，不會相交。倘若有一條線段垂直於兩條平行線間，那麼這條線段就是讓平行線連接的橋樑。而跳躍就是透過這樣一個空間上的BUG來進行。

而時間上的移動要比空間複雜得多，顧笙笙甚至看不懂原理，但是有什麼關係？她根本不會去進行時間上的移動，一來是因為上級部門管理嚴格；二來時間的移動比空間跳躍需要更多的費用，她負擔不起。

「要牢記守則，不可以改變地球人的生活軌跡，不許和他們有接觸，不能……」

「知道知道，你趕緊去訓練吧。」顧笙笙打斷了路遠的話。

路遠是路遙的哥哥，顧笙笙的青梅竹馬，三個人從小一起長大。在這裡沒有「父母」一說，因為大家都是從實驗室培育出來的，同一個培養皿出來的則為血緣關係。

路遠十分無奈，一直到了跳躍點還在不斷囑咐顧笙笙和路遙千萬要牢記時空跳躍須遵守的規定。若不是因為他還有訓練，他一定要陪著一起去。

當然，顧笙笙可不這樣想，她就是知道路遠馬上就要集訓了，才特意挑這個時間跳躍。路遠像一個大家長，總是各種操心、各種限制，有他在high不起來。

顧笙笙和路遙相視一笑，手拉著手進行了跳躍。

她們的落地點是嵐城的一條河畔。這裡有青山綠水，鳥語花香，這裡有繁茂蘆葦，迎風搖曳；這裡有霓虹燈綠，紙醉金迷。這裡和平行空間完全不一樣！

顧笙笙興奮得蹦了蹦說：「這裡的草地是真的草喲！這感覺像是踩在地毯上。妳說，為什麼兩個世界長得一模一樣，但細節卻差這麼多？」

路遙拉了拉顧笙笙，「噓，有人呢，我們得表現得和這裡的人一樣才行。」

顧笙笙看著落日，開心得像個孩子，拉著路遙沿著河走了一圈又一圈。直到兩人都餓得前胸貼後背才戀戀不捨地離開，然後一路吃吃喝喝，好不愜意。

「不行了，我好撐，我要去買點優酪乳，妳要什麼口味？」路遙摸摸自己圓滾滾的肚皮，無奈地說道。

顧笙笙一手拿著肉串，一手將錢包扔給路遙，「我要喝最好看的那瓶。」

「要拿什麼拯救外貌協會的妳？」路遙吐槽。

路遙朝附近超市走去，顧笙笙就坐在路邊的石椿上吃著肉串等她回來。

車水馬龍，霓虹燈閃，行人來來去去，路邊攤客人絡繹不絕，如此有生活氣息的場景在平行世界可不常看到。平行世界的生活是理智的，沒有垃圾食品，也沒有汙染。可是，人情味卻似乎沒這麼濃厚。

不遠處的十字路口，綠燈一閃一滅，一個少年牽著一隻黃金獵犬走近，一狗一人，一前一後。看他的身形，筆直挺拔，還是個大長腿，顧笙笙看著覺得賞心悅目。然而當他到路口時，紅燈已經亮起，他卻沒有要停下的意思。

顧笙笙趕緊上前，拉住那個少年說：「紅燈！」

那個少年止步，黃金獵犬也乖乖地坐下。

他輕輕說了聲：「謝謝。」

顧笙笙這才發現他的眼神沒有焦距，再低頭看狗，恍然大悟。原來這隻黃金獵犬是導盲犬。

顧笙笙不由得生出一絲同情。這少年眉如遠山，眼如星辰，風采卓然，卻偏偏看不見東西，就好比美麗的寶物有了瑕疵，讓人心痛不已。

「我陪你過馬路。」顧笙笙主動請纓。

那少年冷淡地說了句：「不用。」

但是顧笙笙當然不會這麼聽話，待綠燈重新亮起，她就陪在他身邊一同走過斑馬線。

等過了馬路，那少年皺眉說：「謝謝，我可以自己走。」

顧笙笙十分苦惱。他這麼好看的眉怎麼擰在了一起？

「可以可以，你說什麼都對。」

那少年的眉頭皺得更緊了，他一言不發朝前走去。

顧笙笙看著他遠去的背影，突然小跑步起來，偷偷跟在他的身後。她告訴自己：這裡車多，等車少的地方，我就不管他了。

然而走過馬路，經過公園，她又心想：這裡人多，到了人少的地方，我就不管他了。

就這樣一路跟著少年，到了河畔，這下她更不能放心走了。萬一他想不開，投河自盡了怎麼辦？

那少年就靜靜坐著，顧笙笙就默默地看著。

她對他充滿了好奇。他的過去是怎樣的？他發生了什麼，為何失明？他以後會怎麼樣？他愛吃什麼？他喜歡什麼運動？

可是她不敢上前，她只敢在人多的時候偷偷護著他；在有阻礙的地方把障礙物搬走；在屋簷滴水的地方幫他偷偷撐起傘……

不知道過了多久，河畔起了風，他接了通電話，終於起身準備回家。

顧笙笙不遠不近地跟在他身後，走過與路遙分開的路口時，看到路遙在原地等她。

路遙飛撲過去，一把抱住顧笙笙，「嚇死我了，我還以為妳走丟了。」

「噓！」

顧笙笙比了個噤聲的手勢，生怕那個少年察覺到異常。

路遙不明所以，「妳神神祕祕的在做什麼呢？」

「沒幹嘛，妳等我，我等等就回來。」眼看少年走遠，顧笙笙有些急切地和路遙說道。

路遙順著顧笙笙的視線看到了少年，不由得扶額說：「再好看也就兩個眼睛一個鼻子。走啦，我們去找飯店啦。」

顧笙笙搖搖頭說：「不，我得送他回去。」

「唉——好吧，我陪妳。」路遙聳聳肩。

兩人悄悄跟在少年身後，直到少年順利回到家。

「承淮，你終於回來了，你怎麼不帶手機？」一個端莊的女人將少年迎進門。

盛承淮笑了笑說：「我只是出去散散步，在家裡太悶了。」

說完將門關上。

顧笙笙惋惜地說：「走吧，我們去找飯店吧。」

路遙看看緊閉的大門，再看看失落的顧笙笙，眼珠子一轉，「我們可以住在這附近。」

顧笙笙眼睛一亮，「聰明！」

※　※　※

嵐島的清晨有些朦朧，霧氣縈繞著島嶼，如夢似幻。顧笙笙起了個大早，她去了家事服務公司——應徵保姆。

這個主意是路遙出的，她查到盛家正在招聘一個住家保姆，顧笙笙想接近盛承淮，這是個大好機會。

然而……

「開什麼玩笑？妳還未成年吧？湊什麼熱鬧？」

顧笙笙剛說了自己的求職意向，就被家事服務公司的人趕走了。

「我很能幹的！我能扛米，我會修水管，我會做飯，我還會遛狗，我……」

「我們不招童工，妳這個年紀好好讀書吧，不要耽誤後面的人面試，走走走。」面試官不耐煩地對她擺擺手。

顧笙笙不死心地扒著門框不肯出去，「就考慮考慮我吧，我真的什麼都肯幹。我沒爹沒娘，也沒錢上學，要是再找不到工作，我就要餓死街頭了。」

面試官面露憐憫地說：「不是我們不招妳，妳這個年紀，哪家都不敢要，何況是盛家那種家庭。這樣吧，妳留個聯絡方式，如果有什麼零散的活，我會通知妳。」

「真的嗎？」顧笙笙大喜，扒著門的手也鬆開了，「謝謝啊！對了，我只去盛家，其他家我都不要，餓死也不去。」

面試官無奈地說：「下一個。」

顧笙笙把自己的電話留給家事服務公司，開心地回飯店，回去的時候還帶了蛋糕給路遙。

路遙對於顧笙笙的執著實在無法理解，「盛承淮有什麼好的？妳有必要這樣嗎？」

「欸——他啊，我第一眼看到他只覺得他長得好看，後來發現他失明了，我就莫名覺得心口被針扎了一下。書上不是說『當我看到他遭遇災難，我竟然覺得痛苦萬分。我猜想，我大概是愛上他了』？所以盛承淮搞不好是我命中注定的人。」顧笙笙煞有其事地解釋。

路遙搖搖頭說：「要不是我捨不得蛋糕，真想砸妳一臉。我們哪一本課本有這種『名言』了？要我說啊……」

顧笙笙挖了一口蛋糕堵住路遙的嘴，「要我說啊，這種感覺，就和妳第一次吃到蛋糕是一樣的，根本戒不掉。」

「完了，妳中二了。」「中二」是路遙從言情小說裡面學到的新詞。

顧笙笙聳聳肩說：「隨妳怎麼說，但是妳要幫我個忙。」

於是打從顧笙笙求職成功，盛家不是水管壞了就是電線壞了，反正每隔一兩天總有地方需要維修。而家事服務公司每次都會派一個嬌小的女孩過去，儘管個子小，每次都能修好。

※　※　※

「你好，我是來維修花園水管的。」顧笙笙穿著家事服務公司的服裝，有模有樣地向簡如卿自我介紹。

春日的傍晚，夕陽和煦，天邊的金色將花園鍍上一層顏色，微風吹過，花香四溢。

但顧笙笙不是來賞花的，而是來賞盛承淮。盛承淮正在陽臺上看書，他認真摸著書上的字，專注的側臉讓顧笙笙有些心疼。

她一邊檢查水管一邊哼著歌。這是一首很歡快的歌，來自她的世界。

盛承淮聽到歌聲，先是一愣，隨即放鬆下來欣賞。

水管沒什麼大問題，因為路遙知道顧笙笙根本不會維修，動手腳的時候只是旋開了螺絲，扎破了管子。於是沒多久，水管就修好了。可是盛承淮還在陽臺看書，顧笙笙便將這維修工作又拖了一小時。

一小時後，盛承淮離開了陽臺，顧笙笙也打算收拾收拾離開盛家。

剛要走，盛家管家卻問道：「少爺臥房的空調壞了，不知道能不能也麻煩請小顧師傅修一下，費用當然是另外算。」

「我不會……」「修」字還沒說出口，顧笙笙突然意識到管家說的是盛承淮的房間，「我當然不會推辭啊！在幾樓？我去看看。」

「二樓，我帶妳上去。」

顧笙笙趁機參觀了盛家。房子位於鬧中取靜的別墅區，裝潢並不奢華，反倒樸質溫馨。大廳寬敞明亮，連著花園，坐在沙發上就可以一覽花園的風光；樓梯是迴旋式，左右扶手高低適中，鏤刻著好看的花紋。

「就是這間。」管家將顧笙笙領到盛承淮的房間門口。

二樓是臥房，盛承淮的房間坐北朝南，一出陽臺就正對花園，採光良好。顧笙笙探頭探腦走進去，盛承淮正坐在書桌前，桌上是一些零件，他似乎正在拼模型。

「少爺，打擾了，家事服務公司的人來維修一下空調。」

盛承淮只是點點頭便離開了房間。

顧笙笙有點失落。她剛來，他就走了。

管家用遙控器打開空調，「小顧師傅，妳看這空調，不管按幾度冷風都出不來。妳看一下能不能修，不能修的話我就盡快換台新的。」

顧笙笙自然不會修空調——何止空調，水管、下水道、電路，她什麼都不會修。但是為了在這充滿盛承淮氣息的房間多待一會兒，她故作鎮定地說：「我檢查一下，你去忙吧。」

「那就麻煩小顧師傅了。」

管家放心地離開。因為顧笙笙最近頻繁地來盛家進行維修，不管是什麼東西壞了，在她手裡都能好起來，所以她完全取得了管家的信任。

管家一走，顧笙笙就放飛了自我——她在盛承淮的床上打了兩個滾；坐在他剛才離開的書桌前，翻閱他看過的書；欣賞他親手組裝的各種模型……

她還在書架上找到一本相冊，裡面竟然有他從小到大的照片。不管是他蹣跚學步的樣子，還是運動的模樣，每一張都讓她怦然心動。

顧笙笙看著照片中的盛承淮，眼裡含著笑意，充滿陽光和正能量；而現在的他，和照片給人的感覺已經完全不一樣了。

假如他能重新看到，那該多好——顧笙笙心想。

一個大膽的想法在她心裡萌芽。

※　※　※

「顧笙笙！妳說什麼？」路遙嚇得一嘴的洋芋片掉到床上。

顧笙笙把床鋪拍乾淨，嫌棄道：「雖然我們明天就要走了，好歹還要再睡一個晚上，妳能不能注意點？」

「現在是關心這個問題的時候？」路遙的震驚還未散去，「妳剛才說了多麼驚世駭俗的事情，卻要我關心床鋪？」

「有什麼驚世駭俗的？不就是治病嗎？」顧笙笙收拾好床就躺下來，身體陷在軟軟的被褥裡，感覺簡直和躺在棉花上一樣。

路遙強行將顧笙笙拉起來，「讓我看看，妳是不是發燒了？」

顧笙笙無奈地嘆口氣說：「我沒發燒，我很正常，我知道自己在說什麼。我不能看著盛承淮這麼消沉下去。這裡沒有眼角膜讓他換，我就帶他回去。我們的世界醫學那麼發達，多的是人造眼角膜。」

自從今天從盛家回來，顧笙笙就更加篤定了要把盛承淮帶回去治療的想法。她想看他笑，想看他眼裡裝滿希望和自信的樣子。

路遙震驚得已經吃不下洋芋片了。她將洋芋片隨手往床頭櫃上一放，抱住顧笙笙的雙肩說：「我提醒妳，妳隨便帶一個地球人進行跳躍是犯法的！」

顧笙笙當然知道這不合平行世界的規定，也知道要冒多大的風險。可是，為了盛承淮，她有什麼不敢的？

「妳不知道盛承淮是個多好的人。他那樣的人，怎麼可以一輩子看不見世界？我最近每天都去盛家，我看著他那樣子就覺得難受。我保證，我就悄悄帶他回去，再悄悄送回來。」顧笙笙一副很可憐的樣子。

路遙用手打了個叉，「首先，妳怎麼知道他會跟妳走？人家說不定會把妳當精神病呢。其次，妳說悄悄就悄悄啊？妳當時空糾察隊的人是吃閒飯的？最後，妳覺得我會同意這件事嗎？」

「路遙……遙遙……親愛的……」

「不行。」路遙態度很堅定。

兩人陷入了僵局，但是局面並沒有維持太久。路遙知道顧笙笙的脾氣，所以主動打破了冰凍的局面。

「這樣吧，我們先回去。就算要治療盛承淮，我們也要找好醫院，準備好錢。這麼早就把他帶回去，很容易曝光，妳能保證不被我哥發現嗎？」路遙拋出問題。

顧笙笙是吃軟不吃硬的個性，被路遙這麼一問，便覺得自己考慮得確實不周到。路遠和她從小玩到大，她實在沒有信心可以瞞住他，所以必須速戰速決。

「妳說得對，我們先回去，等準備好了再來帶他走。」

顧笙笙不知道這只是路遙的緩兵之計，路遙的目的是阻止顧笙笙，絕不能讓她以身犯險。

翌日，春日的清晨微涼，帶著花草的香味，沁人心脾。和煦的陽光逐漸照亮大地，為嵐城帶來生機和活力。

這是顧笙笙在嵐城的最後一天，她打算見見盛承淮，和他告別。

顧笙笙戴著鴨舌帽，穿著快遞制服，抱著一個大箱子按了盛家的門鈴。開門的是盛承淮的母親簡如卿，她帶著溫柔的微笑，一如春日的陽光，「妳好。」

「妳好，這是盛承淮的快遞。」顧笙笙特意低著頭，「寄件者要求收件人親自簽收，能麻煩叫一下盛承淮嗎？」

快遞是真，但是親自簽收是假的。這個快遞來自盛承淮的同學之一，箱子上畫著生日蛋糕，顯然是為了生日禮物準備的箱子。

簡如卿點點頭說：「稍等。」

沒多久，盛承淮果然出來了。顧笙笙遞上筆，握著他的手放在簽名欄上，「簽在這裡。」

盛承淮皺了皺眉，卻也沒說什麼，只是快速簽好，將筆還給她。

他拿著盒子，顧笙笙卻沒有要鬆手的意思。兩人暗自較勁，顧笙笙才不情不願地鬆開手。

「等一下。」盛承淮拿了快遞準備關門，卻被顧笙笙用手擋住了門。

「還有其他事嗎？」

顧笙笙遲疑了一下，開口說道：「生日快樂。」

「謝謝。」

顧笙笙抬頭看他，不捨地說道：「那……再見。」

「慢走。」

盛承淮不知道站在他面前的人對他有多麼留戀，只是把她當作普通的快遞員來對待，甚至覺得這個快遞員有點多話。

「那……我走了？」

「嗯。」

說完，盛承淮就關上門。

顧笙笙呆呆地看著門，嘆了口氣。她甚至沒來得及幫他準備生日禮物，「也不知道下次見面是什麼時候……」

※　※　※

跳躍回平行空間的時間選在晚上，地點在當初落地的嵐城河畔。夜空多雲，月光黯淡，也沒有星光，夜黑風淒的環境完全應和了顧笙笙的心情。

鬱鬱寡歡的心情持續到了跳躍結束，平行世界的明媚陽光也無法驅散顧笙笙內心的陰霾。她心繫盛承淮，擔心他的眼疾加重，也不知道他生日那天過得是否開心，更不知道她在歷史課上做的手工銅錢有沒有寄到他家。

事實上，生日那天盛承淮過得很平淡，沒有派對，沒有熱鬧的人群，沒有祝福的歌聲，只是安靜地和簡如卿吃了蛋糕。若說有什麼值得注意的，那應該就是十二點前收到的快遞，裡面是枚銅錢，方孔圓錢，方孔四周刻著「to 盛承淮」，很明顯是手工製造。

盛承淮聽簡如卿描述這枚銅錢，竟然覺得和製作者應該是舊識，可是到底是誰，他一點頭緒都沒有。

另一邊，顧笙笙連續幾個月除了上課就是打工，終於和路遙把錢存夠了，蠢蠢欲動地要進行第二次跳躍。

路遙拗不過顧笙笙，陪著她進行了第二次跳躍，卻沒想到在嵐城河畔落地的時候看到了令人震驚的一幕。

草地上赫然是一具女屍，看服裝應該還是個國中生，鮮血染紅了她的校服，散落在屍體旁邊的學生證上寫著：顧深深。

顧笙笙趕緊上前查看，卻被她的容貌嚇壞了。這個國中生，和顧笙笙完全就是一個模子刻出來的！

「路遙……妳看到了嗎？」

顧笙笙一直知道在這裡有個和她長得一樣的人，可是沒想到第一次見面就是這樣的場景……

路遙探了探顧深深的鼻息，再摸摸她的體溫，惋惜地說道：「死了……」

「路遙，用還原儀看一下案發現場。」在平行世界犯罪率非常低，因為員警有一個神器叫作「還原儀」，可以重現案發現場。當然時空糾察隊也有，而路遙手裡這個就是從路遠那裡偷來玩的。

※　※　※

一個戴著面具的男人將一個女人拖到河裡溺斃後，從包包裡掏出一張照片。那是盛承淮的全家福，他在簡如卿的臉上打了個叉，然後圈住了盛承淮。

岸邊不遠處，顧深深目睹了事件的發生，非常震驚，手裡的可樂「喀」一聲掉落在地。

面具人聞聲看去，一步步走向顧深深。她想往馬路方向跑，但還沒跑幾步就被面具人追上。他從背後勒住顧深深的脖子，左手捂住她的嘴，右手持刀將她制伏。匕首沒入她的心口，一共兩刀，都正中要害。

面具人鬆開手，那名少女便軟綿綿地倒在地上，血染紅了她的校服，在胸口盛開一朵紅色的花……

過了好一會兒，面具人探了探少女的鼻息，確認人已死亡後將匕首扔進河裡，離開現場。

※　※　※

「笙笙，盛承淮是凶手下一個目標……」看完現場還原，路遙說道。

顧笙笙的腦子已經是一團糨糊了。盛承淮的母親死了，顧深深死了，而且盛承淮是凶手的下一個目標！這幾個月到底發生了什麼？為什麼這個世界會變成這個樣子？

月色被厚重的烏雲遮擋，夜空中毫無星光；河面倒映著城市的光影，城市的模樣在波瀾中搖曳；晚風微涼，四下寂寥，唯有蛙鳴和蟲鳴聲交織。

顧笙笙在顧深深身邊沉默了許久，終於做了決定：「我要留下來，保護他。」

「不行！」路遙覺得顧笙笙已經失去理智了，「兩個世界之間的平衡是不能被打破的，被發現是重刑！妳想一輩子被禁足嗎？」

「那就做到不被發現！」顧笙笙有些激動，「路遙，妳幫我想想辦法，我得留下來！我要陪著盛承淮，他的母親去世了，他會有多難過。而且他是下一個目標，他有危險，我怎麼可能不管他？」

路遙搖搖頭，將顧笙笙一把拉起來，「妳不能那麼做，規定妳都忘了嗎？絕對不能插手地球上的事情。走，我們回去，以後再也不要來了，也不要和任何人提起今晚的事情。」

顧笙笙甩開路遙的手，「不，我不回去，我要留在這裡，我要一直陪著他，絕不讓他死！」

「妳瘋了嗎？妳到底知不知道自己在說什麼？」

顧笙笙目光堅定，「我從沒有像現在這麼清楚，明確地知道我要什麼。求求妳了，幫我，我要留下來！」

路遙從小鬼主意就多，就算翹課也有一萬種讓老師不能懲罰的理由，顧笙笙覺得路遙心裡一定有主意。

路遙低著頭不說話。她知道顧笙笙的強脾氣，一旦做了決定，十節火車都拉不回來。可是她不能讓顧笙笙做傻事。在平行世界不是沒有企圖永久留在地球的旅行者，但是無一不被時空糾察隊找到並帶回。

況且，路遠這次訓練結束就要加入時空糾察隊，按照路遠對顧笙笙的了解，不可能察覺不到異常。

「路遙，我知道妳有辦法，幫幫我，我得留下來，我不能看著他孤獨地生活。」顧笙笙哽咽著說道。

路遙依舊不說話。

顧笙笙拉了拉路遙的袖子，「其實不管妳幫不幫我，我都要留下來。以後可能很難見到了，我會想妳的。」

她說完，轉身離開。

路遙眼一閉，心一橫，「等一下。」

在路遙的幫助下，死去的那個國中生成了顧笙笙，由路遙帶回平行空間；而顧笙笙則留下，用顧深深的身分生活。為了防止被時空糾察隊發現，顧笙笙用藥物消去了自己所有的記憶，完全成為一個地球人。

但即便忘卻了一切，顧笙笙還是把拯救盛承淮的信念牢牢地種在心裡了。

第十一章 重生

秋夜的風呼嘯著拍打窗子，發出可怕的聲音。盛承淮坐在顧笙笙房間的懶人沙發上，淺淺地睡。

顧笙笙因為發燒，悶出了一身汗，加上作了一場夢，睡得極不安穩，凌晨五點多便喊著「盛承淮」的名字醒來。

盛承淮聽到動靜便開燈，見顧笙笙滿頭大汗坐在床上，就幫她擦了汗，又用自己的額頭碰了碰她的額頭，確認她是否退燒了。

「還有一點燒，喝點水好嗎？」

盛承淮起身要去倒水，卻被顧笙笙一把拉住。

「我……記起來了，全部的事情，我都想起來了。」她的聲音有些沙啞，有些顫抖，帶著一絲不可置信。

盛承淮有些意外。他做好了顧笙笙會永遠失憶的心理準備，卻不料她竟這麼快恢復記憶。他轉身將她抱住並說：「嗯。」

「我不知道該從哪裡說起……我在這個世界生活了快十年，卻沒想到這只是黃粱一夢，什麼都是假的。關皓跟我說的時候，我想過無數的可能，可是我沒想到真相是這樣。」

盛承淮對於真相沒有迫切了解的想法，他只希望她不受傷害。他拍拍顧笙笙的背，「不知道該怎麼說就先不用說，妳還有點發燒，再睡一會兒。」

這種時候，顧笙笙怎麼可能還睡得著？

「不睡了，你陪我看日出好嗎？我想和你說說話。」

「好。」

盛承淮的家靠海，樓層也高，很輕易就能看到海邊。

盛承淮在窗台上鋪了厚實的毛毯，然後環抱著顧笙笙坐在窗台上。

遠眺而去，就是嵐城最棒的海灘，細軟的沙子，綿長的觀光棧道，一望無際的碧海，安靜而美好。

一輪紅日從海平線冒出了頭，周圍的海域波光粼粼。此刻的顧笙笙突然覺得自己和朝陽一樣，開始了新的一天——從今日起，她不再是顧深深，而是顧笙笙。

她看著太陽從海平面一點一點升起，直到晨光將她和盛承淮兩人包圍，「承淮，新的一天開始了。」

「不用太執著於過去，因為每一天都是新的。」他輕輕碰了碰顧笙笙的額頭。

顧笙笙決定坦白過去：「承淮，我不是顧深深，我的名字是顧笙笙，『一片笙歌醉裡歸』

的『笙』。」

盛承淮將毯子拿高，把顧笙笙蓋得嚴嚴實實，「名字只是代號，在我眼裡，妳還是妳。」

顧笙笙帶著深深的自責說：「可是，我霸占了別人的名字、別人的朋友、別人的父母、別人的生活……」

顧笙笙將多年前的故事一一告訴盛承淮，從兩人認識、相處到離別，以及二次跳躍時顧深深遇害。

盛承淮知道她不是顧深深，卻沒料到她竟然來自另一個空間，對此他有些震驚。

「是不是嚇到你了？」顧笙笙尷尬地笑道。當她記起所有事情的時候，她覺得當年的自己實在太荒唐，可是假如重來一遍，她還是會選擇留下來。

盛承淮搖搖頭。比起存在一個平行空間的震驚，顧笙笙的選擇更讓他震撼，「路遙曾經告訴我，妳為了我，放棄了整個世界，我當時無法理解，現在終於明白了她的話。謝謝妳，願意來到我身邊。」

顧笙笙轉身抱住他，「可是我現在很難過、很內疚、很自責，我一想到我占用了顧深深的身分，過著她的人生，就覺得心口鬱悶。我該怎麼辦？我該怎麼贖罪？」

即便顧深深已經過世，顧笙笙也無法原諒當年的自己。

盛承淮摸摸她的腦袋說：「把名字和身分還回去，替她照顧好父母，妳只要做妳自己。」

「關皓要我瞞著爸媽，嗯……瞞著顧深深的父母。」顧笙笙一時間無法適應將稱呼改過來。

盛承淮思索片刻後說：「關皓的話有道理，讓兩位長輩再承受一次失去女兒的痛苦，這太殘忍了。暫時先瞞著吧，走一步算一步。妳接下來有什麼打算？是留下來還是……」

「我要留下來。」她打斷盛承淮的話，將他抱緊。

這個世界對她而言，存在的唯一理由就是盛承淮，無論發生什麼事情，她都不會放棄。

※　※　※

日子一天天過去，幾場秋雨之後天氣漸涼，枝頭的鳳凰花也開始凋落。顧笙笙逐漸接受了現實，她搬離外婆留下的老房子，在盛承淮所在的社區租了一間小房子，偶爾到盛承淮家裡蹭吃蹭喝，心境倒是平和了許多。

這天下班後，顧笙笙和同事在公司附近的站牌等車，興致勃勃地討論著週末的安排。馬路上車流如龍，和往日無異。

但是顧笙笙卻感覺到投向她的目光，讓她背脊發涼。她環顧四周，並沒有發現異常，直到一輛貨車從眼前開走才發現這種不適感來自馬路對面。

馬路對面的男人身著黑色西裝，身材挺拔，一雙大長腿惹人注目。他看向顧笙笙的眼光包含太多東西：憤怒、留戀、欣喜、感動……

顧笙笙愣在原地，直直地望著他，心裡的內疚之情慢慢擴大。

這個人多年不見，依舊俊朗，他的五官還是如雕刻般深邃。

可是，路遠為什麼會在這裡？當年路遙將顧深深的屍體帶回平行空間，路遠應該沒有起疑。難道他已經發現了真相，是來帶她回去的嗎？

九十八號公車緩緩駛來，擋住了顧笙笙的視線。

「深深，車來了，我先走了。」同事和顧笙笙道別。

顧笙笙卻和同事一起上了車，「我突然想起我要去一趟圖書館，我們一起走吧。」

上車後，她不安的心才平靜了些。她甚至不敢往後看，她擔心路遠那種不捨和憤怒的眼光會讓她心軟。如果換作其他人來帶她走，她都有信心對抗，可是來的人是路遠，和她從小一起長大的哥哥一般的人，她沒辦法冷靜面對他。

假如路遠是來帶她回去的，那他應該已經知道當年的騙局，他會有多麼寒心。一想到這裡，她就內疚得無以復加。

「妳怎麼想起要去圖書館？」同事問道。

顧笙笙心不在焉地說：「想去借幾本書看看。」

「噢，這樣啊。」女同事原本還想問些什麼，卻突然驚訝地說道：「深深，妳看——」順著同事目光的方向，顧笙笙看到了盛承淮，還有幾個交警。他的車子撞到了路邊的行道樹，整個車頭慘不忍睹。

「深深，那個男人好像是妳的男朋友……欸，深深……」

顧笙笙在距離車禍現場最近的公車站下了車，然後一路往回跑。她剛才看到盛承淮的手上有血跡，他一定是受傷了。

等她到的時候，保險公司的人到了，拖車公司的人也到了，交警也問完話了。顧笙笙滿心的擔憂在看到他的一剎那變得脆弱，「你的手給我看看。」

盛承淮用沒受傷的右手揉揉她的頭髮，「沒事，不嚴重。」

「走，我們去醫院。」顧笙笙隨手攔了一輛車，前往仁民醫院。

人群中，有個和顧笙笙有七八分相似的少女不甘地看著他們兩人離去。

仁民醫院的外科門診人來人往，蘇晨認真地幫盛承淮包紮好傷口。

「謝謝。」盛承淮說道。

蘇晨笑了笑說：「不客氣，是我應該做的。不過，怎麼會受傷？」

盛承淮心裡同樣有疑問。他受傷是因為車子撞到了行道樹，可是之所以會發生這樣的事情，是因為車子失靈。先是剎車異常，然後方向盤失靈，為了避免造成更大的損失，他只能讓車子撞向行道樹以便停下。

「車子好像被人動了手腳。」盛承淮若有所思。

顧笙笙十分緊張，「是不是邢志彥回來了？」

「不是很清楚，但也有這種可能。」盛承淮說道：「最近我們都小心點，有什麼動靜就及時聯繫警方。」

「嗯。」

※　※　※

從醫院離開的時候已是晚上九點，華燈初上，街上人流穿梭。或許是週五的關係，街上也比往日熱鬧許多。

顧笙笙和盛承淮都饑腸轆轆，便在回家路上隨意找了家麵館吃飯，竟恰好就是顧笙笙和路遙在這個世界初次見面那天去的拉麵館。

顧笙笙回想起那時，路遙假裝是塔羅師幫她算命，說什麼她的過去重生，現在遇到了命中注定的戀人，未來有無限可能。原來和牌面沒什麼關係，都是路遙瞎說的。

可是，代表過去的那張狸貓換太子，竟然真的應驗了現實；那代表未來的那張空白塔羅牌呢？那張到底是「一無所有」還是「無限可能」？

「妳在想什麼？想得這麼入神？」盛承淮將筷子擦乾淨遞給她。

顧笙笙接過筷子說：「我和路遙來這家店吃過，路遙騙我說她是塔羅師，還幫我算了過去、未來和現在。」

「那她有算到我會出現嗎？」盛承淮自然地將碗裡的牛肉夾到顧笙笙碗中。

顧笙笙則將自己的滷蛋移到他的碗裡，「她說你是我命中注定的戀人。這個答案你滿意嗎，盛先生？」

「嗯，不錯。」他點點頭。

「可是，代表未來的那張塔羅牌牌面是空白的，你說這是不是代表我以後會失去一切？我現在已經失去了朋友和家人，只剩你了，如果連你都失去，我該怎麼辦？」顧笙笙戳著拉麵，憂心忡忡。

盛承淮微笑著說：「不管發生什麼，我都會陪著妳。」

他在心裡補了一句：妳為了我，放棄了世界；我為了妳，可以放棄一切。

顧笙笙因為盛承淮的話安心了不少。她失去了關皓，失去了父母，她絕不會允許再失去他，「我會一直黏著你，不管你去哪裡。」

已經過了吃飯時間，拉麵館裡人不多，顧笙笙和盛承淮坐在最角落，卻還是吸引了不少關注。當然，這些關注不是對顧笙笙，而是盛承淮。

幾個女生拿著手機對比網路上流傳的盛承淮的側臉照和真人，興奮得滿臉通紅，嘰嘰喳喳地小聲討論：

「側臉完全一樣，真的是他喲。」

「比我想像的還要好看，我的少女心都要活過來了。」

「我想跟他要簽名，妳說他會同意嗎？」

「我想要合照！」

在並不嘈雜的環境下，顧笙笙將那些對話聽得一清二楚，酸溜溜地說道：「今天的拉麵好像沒有上次的好吃。」

盛承淮喝了一口顧笙笙碗裡的湯，「嗯，酸，大概是廚師不小心打翻了醋罎子。」

顧笙笙啼笑皆非，「我才沒有吃醋！」

「我知道。」盛承淮點點頭。

顧笙笙覺得自己這輩子大概是逃不出盛承淮的手掌心了，「我問你，在你心裡，愛情是什麼模樣？」

「妳的樣子。」他的回答毫不猶豫。

顧笙笙心裡泛起暖意，滿滿都是感動，方才打翻的醋罎子已經消失不見，她現在就連聞空氣都覺得是甜的。

「今天的麵還是挺好吃的。」她羞赧地說道。

盛承淮笑而不語。

圍觀的幾個女生終於按捺不住，結伴上前索取簽名，「盛教授，我們都好喜歡你，你能不能幫我們簽個名？」

顧笙笙托腮看著他，一副坐等看戲的模樣。

「抱歉，我只是醫生。」盛承淮禮貌地拒絕了。

盛承淮拒絕了簽名的請求，這在顧笙笙的意料之中。可是，按照顧笙笙平時對偶像的狂熱，這些女生應該還有招。

「那我們拍個合照可以嗎？拜託拜託了，我們都是醫學院的學生，我們班好多人都很崇拜你。」女生們誠懇的眼神讓人心軟。

盛承淮看看顧笙笙，顧笙笙只是笑了笑。

「可以。」盛承淮邊起身邊說道。

顧笙笙托腮的手滑落，心裡嘀咕著：唉，這樣就答應了，還有沒有節操？

「啊，真的嗎？哈哈，好棒，你人真好！」一個女生開心地拿出手機和自拍棒。

顧笙笙就看著他們擺姿勢，心裡盤算著等一下要怎麼和盛承淮算這筆賬。

「笙笙，過來。」

「啊？」顧笙笙一時間沒反應過來。

「過來，一起拍。」盛承淮笑得像隻狐狸。

顧笙笙也笑了，大方地站在他身邊。他摟住她的肩膀，和大家一起拍了合照。

晚餐後，兩人步行回家，一路上說說笑笑，絲毫沒注意到車禍現場的那個少女一路尾隨，那少女的眼中充滿嫉妒和仇恨。

※　※　※

那個少女望著顧笙笙遠去的背影，眼中的憤怒和嫉妒更甚。她緊握拳頭，告訴自己要克制，現在還不到時候。

可是……她要怎麼克制？那個人奪走了她的身分，霸占了她的父母，那個人根本不是顧深深，她才是！她才是真正的顧深深。

回憶漸漸湧上她的心頭。

某天放學路上，有一個男人攔住她，信口開河地告訴她未來會有一個和她長相一樣的人替代她。她只當那個人是在發瘋，可是她被那個人強行帶去未來，親眼看著自己的屍體倒在血泊中，她才認清了事實。

她哭著搖搖頭說：「不可能，我還這麼年輕，我怎麼可能會死？」

那個男人指著屍體，「看清楚，這是妳的屍體！妳會死在二〇〇八年，妳看不到奧運會，妳也沒機會讀大學，妳不能陪著父母安度晚年，因為妳死了。」

「求求你，救我，帶我回到事情發生之前好不好？讓我救救我自己。」她苦苦哀求。

那個人自然不會同意。因為那個男人是——邢志彥。

他逃離看守所之後，打算綁架顧深深來引出盛承淮和盛言，將他們一網打盡。但是他卻在夜裡發現鬼鬼祟祟離開顧家的路遙。

之前他跟蹤顧深深時多次有下手的機會，可是都被路遙識破，讓他不得不一而再再而三延遲計畫，以至於他現在的處境更加艱難。

於是，他決定在綁架顧深深前先把路遙解決了，便一路跟著路遙，卻不小心來到另一個空間，並且發現在另一個空間可以穿越時空。他終於明白為什麼當年他明明殺了顧深深，現在卻還有一個一模一樣的顧深深。

所以邢志彥改變了計畫，他要戳穿真相，讓真相毀滅他們。

「不是我不想救妳，只是不管是過去還是未來都是不可改變的。假如我救了妳，時空糾察隊不但會糾正歷史，也不會放過我。註定要發生的事情，妳無能為力，我也一樣。」

邢志彥所說的確是事實。

在平行空間中，科技高度發達，根據科學研究需要可以進行時空探索，價格高昂的時空旅行也逐漸被開發，但是不管是前者還是後者，都是在不改變過去和未來的前提下發生的。然而為了利益，勢必有人不遵守規定，於是便有了時空糾察隊，針對時空誤差進行修正和補救。

少女痛苦地接受事實，巨大的悲痛之後憤怒湧上心頭，「你一定知道是誰殺了我對不對？」

邢志彥面不改色地說：「一個和妳長得一樣的人。她一直生活在平行空間，為了替代妳在地球生活就殺了妳，替代妳活了下去。」

「為什麼？她為什麼要這麼做？她憑什麼這樣做？」少女的理智已經被邢志彥摧毀，她的精神幾近崩潰。

當她看到顧笙笙和路遙將自己的屍體運走時，她相信了邢志彥的說辭，將所有仇恨對準了顧笙笙。

邢志彥以一種悲憫的情緒說道：「孩子，我很同情妳。儘管我沒辦法救活妳，但我也要幫助妳，帶妳去未來，妳就知道為什麼她要頂替妳的身分了。」

誠如邢志彥所言，她被帶到了二〇一七年。她在二〇一七年做的第一件事就是回S城找到自己的父母。可是，她的父母認不出她，他們笑著和她擦肩而過，然後竊竊私語。

「剛才那個女孩和我們家深深小時候長得真像。」

「簡直一模一樣！哎呀，說到寶貝女兒，也不知道她最近怎麼樣了。上回她說她公司部門捐血，她自己瘦成那樣還去捐血，不是胡鬧嗎？」

「欸，這妳就不懂了。捐血可以降低血液的黏稠度，減少冠心病等心腦血管系統疾病的發生，甚至可以減少癌症的發病率。所以啊，妳就不要瞎操心了，深深有分寸的。」

她看著父母遠走的背影，忍不住失聲痛哭。連父母都認不出她，還有誰會相信她？她想到了關皓。

她回嵐城找到關皓，卻在醫院看到關皓對一個女醫生殷勤有加，便找了個護理師問，結果卻得到「關警官是我們外科蘇醫生的男朋友」這個答案。這句話成了壓垮她的最後一根稻草，她絕望了，決定要讓顧笙笙付出應有的代價。

「總有一天，我會拿回我的名字、我的父母和我的愛情。」她對著顧笙笙離開的方向堅定地告訴自己。

※　※　※

經過社區的便利商店，顧笙笙心血來潮想吃冰淇淋。

「已經入秋了，而且現在是晚上。」

盛承淮無奈地說著，卻掏出錢包走向便利商店。

順利得到冰淇淋的顧笙笙心情大好，「在平行世界根本沒有冰淇淋——不只沒有冰淇淋，就連洋芋片、辣條之類的零食都沒有，所以小說裡面女主角在冬天心情不好就吃冰淇淋這種腦殘情節根本不會發生。可是，教科書一樣的生活一點也不有趣，也毫無生機。」

「那妳以前都做些什麼？」盛承淮對於她的過去幾乎一無所知。

顧笙笙狡黠一笑說：「這麼好奇啊？那你明天請我吃綿綿冰，我就告訴你。」

「那我不問了。」盛承淮大步流星地往前走。

「啊？」這與顧笙笙想的不一樣，「不是，你這答案不對。按照小說發展，你應該說『明天，後天，大後天，一輩子我都願意』，欸，你等等我。」

話音剛落，顧笙笙就撞上盛承淮的背。她痛得摸摸自己的鼻子，「幹嘛突然停下來？」

「妳不是要我等妳嗎？」盛承淮故作無辜。

顧笙笙竟然無話反駁，但轉念一想，他似乎有些不對勁，總覺得是故意為難她。盛承淮難道對她的過去就這麼介意？

吃了幾口冰淇淋，她終於想明白了，於是誇張地嗅了嗅，說道：「今天的空氣有點酸，原來是某人打翻了醋罈子。」

盛承淮確實介意，介意路遠參與了她十幾年的過去，陪著她從一個娃娃成長為亭亭玉立的少女。而他在過去的十幾年間，和她甚至不在同一個空間，更別提參與她的過去。

但是這種事情，他會承認？

顧笙笙見盛承淮沒有反駁，便明白了他的心情，愉快地主動說起以前的事情：「我們都出生在實驗室，沒有父母，在十六歲前國家養我們，十六歲後就要靠自己的能力生活了。我和路遙、路遠在同一個『家』，這個概念類似於你們這裡的育幼院。七歲開始，我們就進入學校，開始了各項理論知識和技能的學習。從宏觀來說，和這裡生長軌跡沒有太多區別，只是在生活細節上有很大差異。比如平行世界沒有垃圾食品，像膨化零食、奶油、油炸之類的食物，也沒有遊樂場這種娛樂設施，我們平時的娛樂是手工、科學研究、運動。」

盛承淮嘴上說不聽，心裡卻記得十分清楚，「那妳和路遠，嗯……和路家兄妹倆平時都有什麼消遣？」

「哈哈，你果然還是問出口了，你就是想問我和路遠嘛。」顧笙笙毫不留情地拆穿了盛承淮的心思。

盛承淮故作鎮定地說：「我問的是路家兄妹。」

「路遠是個好學生，他平時沒什麼消遣，我大多是和路遙瞎玩，翹課去鄉下種田什麼的，想想也是有點傻。」顧笙笙自我吐槽。

盛承淮強忍住笑，「種田？妳拿種田當消遣？」

「欸……你別笑啊，我和路遙當時覺得種田是最好玩的事情了！你是不懂我們生活有多無聊，大家都太冷靜，太理智了，循規蹈矩，一本正經。」顧笙笙解釋。

盛承淮點點頭說：「確實，如果人生沒有意外，那就沒有驚喜了。」

「那我是你的意外嗎？」顧笙笙厚著臉皮問道。

他笑了笑說：「妳是驚喜。」

月亮緩緩地從雲朵後露出了臉，將皎潔的光灑向人間，照亮夜行旅人歸家的路。

※　※　※

時光如流水般一去不復返，入秋之後的日子一天天變冷，蓄勢待發迎接冬季的來臨。最後一朵鳳凰花不捨地離開枝頭，以優雅的姿態投入大地的懷抱，隨風旋轉，戀戀不捨。然而，離開並不悲傷，因為離別將帶來更美的相遇。待來年四月，又將滿樹繁花。

顧笙笙從被窩裡伸出一隻手，關掉鬧鐘，然後又緩緩縮回被窩，像冬眠的烏龜一樣沉睡。冬天的週末對顧笙笙而言，大概只有一個意義，就是睡覺。

南方普遍沒有使用地暖，而顧笙笙的租屋處沒有空調，被窩裡外的溫度差讓她深深沉浸於床鋪，無法自拔。但是溫暖並沒有持續太久，電話震動了許久，顧笙笙都沒有聽到，直到門鈴響起，鍥而不捨地一遍又一遍，將她從床鋪驅逐。

顧笙笙隨手披了件外套，心不甘情不願地去開門，心裡嘀咕著：哪家快遞這麼早送貨？結果她一開門，瞬間石化。門外的人一身休閒打扮，精神奕奕。來人正是——盛承淮。

顧笙笙眼睛往上瞟了瞟自己鳥窩般的頭髮，再往下看看自己鬆垮垮的睡衣，然後艱難地抬起頭正視盛承淮，「稍等一會兒。」

「我……」

「砰！」

盛承淮話還沒說完，就被「砰」的一聲關門聲打斷。他愣了愣，隨即忍不住揚起嘴角。

屋裡，顧笙笙衝到浴室，看看鏡子裡面蓬頭垢面的自己，後悔極了。當初難拒美色，租了位於盛承淮所在的社區的房子，近水樓臺。但是離得近了，他就更容易發現自己的劣習和缺點，例如……現在。

她迅速將頭髮理順，整好睡衣，脫了外套，擦掉眼屎，然後重新開門，「你怎麼來了？」

「今天冬至，想和妳一起去超市採購，晚上在家做飯。打妳電話妳沒接，所以我就直接來敲門了。」盛承淮說著將她睡衣的領子翻出來。

顧笙笙傻笑著看著他。她覺得盛承淮一邊幫她整理領口一邊說著要去超市買菜的樣子特別好看，再也沒有什麼時刻比現在更溫柔幸福了。單是為了這一刻，她先前放棄的所有都值得了。

「怎麼不說話？」

顧笙笙眉眼間都是笑意，「忙著看你。」

盛承淮把眼光從她的領子上挪開，落在她的臉上，「秀色可餐嗎？」

「不。」顧笙笙狡黠一笑，「你是滿漢全席，令人垂涎三尺。」

他順了順顧笙笙的頭髮並說：「快去換衣服，我們去超市。」

顧笙笙側身讓他進門，「那你在客廳等我一下，我去盥洗。」

等她盥洗好從房間出來，餐桌上已經擺好了早餐：熱牛奶和三明治。雖然簡單，卻令顧笙笙心情愉快，這樣的一日之初美好得不真實。

「我看妳冰箱也空了，順便多買點食材，減少出門的次數。」儘管盛承淮知道顧笙笙非顧深深，他還是擔心邢志彥找上她。人一旦窮途末路，就不知道會做出什麼事來。

顧笙笙吃著三明治，點點頭。等嘴裡的食物嚥下去了才說：「放心吧，給我一個冰箱，我可以過一整個冬天。」

兩人面對面坐著，吃著早餐。

「嘴角有番茄醬。」

「哪裡？哪裡？」顧笙笙隨手抹了一把，沒擦到。

盛承淮起身，「我幫妳。」

他身子向前傾，俯下身，嘴唇輕輕落在她的唇邊，又輕輕離開。

顧笙笙拿著三明治石化了。她感覺到自己的心似乎要蹦出胸腔……一大早的，她就被撩撥得春心蕩漾。

他的食指指腹來回擦拭顧笙笙的嘴角。她覺得他的指尖帶著火，將她的臉頰也燃了起來。可是點火的某人依舊神色平靜，坐回自己的位子繼續吃早餐。

顧笙笙眨眨眼說：「說好的禁欲系呢？」

「禁欲系？妳一直是這麼認為嗎？」盛承淮擰了擰眉頭，「妳可能猜錯了。」

猜錯的顧笙笙：「……」

※　※　※

十一點多正值吃飯時間，超市人並不多，零零星星的幾個顧客，沒有人聲鼎沸的嘈雜，只有音樂靜靜流淌，倒是比平時安靜了不少。

盛承淮推著購物車，顧笙笙在一旁尋找合適的食材。

這是她第一次和盛承淮逛超市，感覺很奇妙，覺得兩人親近了不少。一邊逛一邊聊聊日常生活，聊聊工作中遇到的難題，就像……新婚夫妻。

「我們今晚吃湯圓吧，畢竟是冬至。」顧笙笙經過冷凍櫃的時候隨手拿了一包湯圓，扔進購物車。

「今晚我們做什麼菜呢？牛肉看起來不錯，羊肉也不錯，蔬菜也很新鮮的樣子。」顧笙笙一邊晃悠一邊碎碎唸，心情十分愉悅。

盛承淮看她的眼光十分柔和，好似在看一件珍寶，「都不錯的話，我們就煮火鍋吧。」

「好主意。」顧笙笙把喜歡的食材全都丟到購物車裡，「可惜路遙不在，不然人多點熱鬧。」說起路遙，顧笙笙不免有些傷感。

盛承淮將她的情緒看在眼裡，「前面是零食區。」

「啊，那我們去買零食吧。」一說到零食，顧笙笙立刻就有精神了。

逛超市有個奇妙的地方：你總以為你沒買多少，實際上卻並非如此。收銀台前，顧笙笙有些吃驚地看著眼前的三大袋，其中兩袋還都是零食。

盛承淮拎好東西說：「我去開車，妳在門口等我。」

「好，給我一袋。」

「不重。」

說完，盛承淮就往停車場的方向走去。

超市的地下停車場燈光昏暗，車子不多，也沒有保安巡邏，空蕩蕩的讓人心生不安。盛承淮找到自己的車，把食材裝進後車箱，之後便往駕駛座走去。

車門剛開，他就從車子的後視鏡瞥見身後有個人影正在接近。那個人戴著帽子，看不清臉，但從身形來看，個子嬌小，並非邢志彥。

正當身後的人要偷襲，盛承淮俐落地關上車門，一個旋身踢腿，那個人應聲倒地。但是顯然對方沒有放棄，緊握著匕首準備正面攻擊。

盛承淮敏捷地側身躲過一擊，閃到對方身後，握住對方的手腕奪下匕首，控制住對方。

盛承淮能感覺到對方的力量並不強，若是偷襲倒還有一兩分機會，正面衝突根本不是他的對手，到底是什麼人？

對方掙扎著試圖掙脫盛承淮的束縛，拉扯之間，對方的帽子掉落。

盛承淮看著她熟悉的五官，一時錯愕。她趁機掙脫逃跑，而他甚至沒反應過來要去追。等人跑遠了，他才反應過來，懊悔不已。襲擊他的人和顧笙笙的長相有八九分相似，簡直就是一個小版的顧笙笙，這就是他那麼震驚的緣故。

「糟了。」盛承淮下意識地考慮到顧笙笙可能有危險，便立刻上車，到約定的地點接她。

到了超市門口，遠遠就看到一身黑衣的少女正要靠近顧笙笙。他立刻下車，那個人見他出現便倉皇離去，還不等盛承淮去追，就消失在人群當中。

顧笙笙順著他的目光望去，超市門口正在促銷優酪乳，似乎很優惠的樣子，吸引了不少顧客和路人，萬頭攢動。

「你要喝優酪乳嗎？」

盛承淮回過神來說：「不。我們走吧。」

「嗯。」

回家的路上，顧笙笙一直在醞釀如何將昨天碰到路遠的事告訴盛承淮，但一路上他的表情都很凝重，導致她始終不知道該如何開口。

直到火鍋煮好了，熱氣讓周遭的氣氛暖了起來，顧笙笙又開始琢磨著該怎麼開口。

盛承淮將涮好的羊肉放到她的碗裡，「妳想說什麼？」

「啊？」顧笙笙一愣，「你怎麼知道？有這麼明顯嗎？」

「在車上的時候，妳就一直欲言又止的模樣。」盛承淮毫不留情地拆穿她。

顧笙笙故作矯情地說：「討厭，那你不早點問倫家，害倫家憋了一天。」

「咳咳。」他被顧笙笙的演技嗆得一口水差點嚥不下去，「好好說話。」

顧笙笙板著臉說：「喔。」

盛承淮繼續往她的小碗裡加菜，「說吧。」

「喔，我昨天看到路遠了。」

「咳咳。」盛承淮再次被水嗆到。他將杯子挪遠，決定暫時不再喝水，「妳確定沒看錯？」

顧笙笙鬱鬱寡歡地吃肉並說：「怎麼可能看錯？畢竟是從小一起長大的人。」

盛承淮對這句「畢竟是從小一起長大的人」有些介懷，「妳和他……有說上話嗎？」

「沒有啊。」顧笙笙說道：「他是時空糾察隊的人，我現在是個時空逃犯，我當然一見到他就跑，哪還敢和他說話？」

「嗯。」這個回答讓他釋懷了方才那句話，「妳認為他是來帶妳走的？」

顧笙笙愁得連肉都覺得不好吃了，「我想不到其他可能。」

路遠不會無緣無故來這裡，他一定是發現了什麼。他是路遙的哥哥，對路遙瞭若指掌，能瞞這麼多年已是萬幸，現在被發現倒也是意料之內。

盛承淮思索不語。他的車子被人動了手腳，今天又在超市停車場遇襲，而路遠從平行時空過來，邢志彥卻一點蹤影都沒有。這幾件事之間似乎有千絲萬縷的聯繫，可是，到底是什麼呢？

「你怎麼了？怎麼不說話？」顧笙笙邊吃邊問。

盛承淮搖搖頭說：「沒事，吃飯吧。」

他雖然嘴上說著沒事，心裡卻有些慌亂，不僅是因為最近發生的種種，更是因為路遠的出現讓他有一種即將失去顧笙笙的預感。

※　※　※

幾天後，天氣陰沉，黑雲壓頂，北風呼嘯，似乎有一場暴雨即將到來。街上的行人也比往常少了許多。

盛承淮和關皓在一家咖啡店碰面，他將最近發生的事情仔細地告訴了關皓，當然，除去平行空間的事。

關皓也將自己得到的線索和盛承淮共享，但是兩人均無法推測邢志彥藏匿在何處，更不知道那個和顧笙笙相似之人到底是誰。

情勢陷入了僵局。

關皓見盛承淮面色凝重，便開解道：「船到橋頭自然直，不要太擔心，我們會盡力的。有什麼新消息我會及時通知你。」

「嗯。」盛承淮低沉地應了一聲，「我想拜託你一件事，和案情無關。」

「喲，還有你請我幫忙的時候？說吧，什麼事？」關皓調侃道。

盛承淮坦白：「我不會要求你原諒笙笙，她確實做錯了事情。但是我希望你可以重新和她認識，在她恢復記憶前，她始終把你當作和自己從小一起長大的玩伴，儘管她恢復記憶了，她依舊將你視作最好的朋友。或許你可以嘗試重新認識她，將她當作顧笙笙來認識。」

「她恢復記憶了？」關皓的驚訝中帶著一絲驚喜。

盛承淮聽到他的口氣，突然放下心來，「就前陣子的事情。她也記起顧深深是如何遇害的，對於頂替顧深深身分的事情，她非常內疚，一直希望可以彌補自己的過錯。」

顧笙笙曾經告訴盛承淮，她能想到的對顧深深最大的彌補就是抓到邢志彥，有任何用得上她的地方，她都願意幫忙，就算是當誘餌也在所不惜。

關皓面色悲痛，許久才緩緩說道：「我不恨她，也不討厭她，我只是不忍心看到她，因為看到她的臉，我總會想到深深的死。深深從小就怕痛，我甚至不敢想像她離開前經歷了怎樣的痛苦，一想到這裡我就心痛，像被針扎一樣痛。她說她長大以後要在嵐城開一家甜品店，邀請我去當店員一定會生意興隆，但我當時拒絕了她，因為我不喜歡甜食。高中招生考試前，她為我做了一份蛋炒飯，毫不客氣地說，我當時是哭著吃完的，實在是太難吃了，但我現在卻再也吃不到口味那麼奇葩的蛋炒飯了。我現在很後悔，當初有那麼多時刻我可以對她好，我卻沒答應她……」

說到後面，關皓的聲音有些哽咽，眼眶也微微泛紅。

「顧笙笙和深深長得一樣，我一看到她，我就……我不敢面對她，我害怕自己會控制不住情緒。你給我一點時間，等我調整好之後，我會找顧笙笙好好談談。」

「謝謝。」盛承淮不再多說。

不遠處一桌女生竊竊私語，她們聽不到盛承淮、關皓在說什麼，卻看得到兩人的表情。盛承淮嚴肅，關皓悲痛，這是典型的分手戲碼啊！

女生A：「這不就是上次那對嗎？」

女生B：「我當時還忍痛割愛，祝福了他們，沒想到這麼快就分手了。」

女生C：「好可惜啊，我覺得他們好配耶。」

幾人竊竊私語了一會兒，終於鼓足勇氣上前，「你們好，還記得我們嗎？」

盛承淮和關皓面面相覷，實在是沒有印象。關皓收起方才的悲痛，禮貌地露出微笑說：

「嗯……請問有什麼事情嗎？」

關皓禮貌性的微笑在幾個女生眼中成了強顏歡笑，她們其中一人十分惋惜地說：「吵架是難免的，但是做決定還是要慎重一些。這是我們今天早上去廟裡求的符，送給你們，希望你們可以好好的。」

「啊？」

還不等關皓理解她話裡的意思，她就放下兩個平安符，匆匆離開。

關皓拿起那個符，看起來倒是精緻，正面還有兩隻招財貓，難不成是招財符？他翻到背面，背面寫著「莫失莫忘」，另一個符背面寫著「不離不棄」……

關皓的嘴角抽了抽。每次來這家店都會被誤會是情侶，這是什麼鬼設定……

「一人一個？」關皓問道。

盛承淮自然是看到了背面的字，就算再遲鈍也知道幾個女生誤會了什麼，便嫌棄地說：「不客氣，都給你，祝福你和蘇晨。」

關皓聳聳肩，將東西收起來，「要下暴雨了，早點回去吧。不要太擔心，萬事有我。」

盛承淮：「……」

※　※　※

另一邊，為保障人身安全而「被請假」在家的顧笙笙百無聊賴，看看劇，刷刷微博，逛逛淘寶，等著盛承淮下班回來做飯。

但是不上班的時光真的過得很慢，她已經將微博熱門刷了幾十頁，時間也才到下午四點，她無聊到想出門逛逛。

雨越下越大，她擔心盛承淮沒帶傘，便傳了訊息給他：下雨了，你有帶傘嗎？

沒多久就收到盛承淮的回覆：車上有，妳待在家就好。

顧笙笙回覆：本來想去樓下便利商店買個熱狗，既然你這麼說，那我就不出門了。嘖嘖嘖，我這麼聽話有沒有獎勵？

『我回家的時候帶吃的給妳，不要出門。』

『快點回來，我無聊得要爆炸了。』

『半小時後回去。』

顧笙笙正要回訊息，另一則訊息進來了，來自路遙：我在翠園南路的XXX咖啡店等妳。

顧笙笙激動得從沙發上蹦起來。路遙竟然回嵐城了。她本以為路遠不會讓路遙再離開平行空間，她這一輩子可能都見不到路遙了，沒想到驚喜來得這麼突然。

她迅速回了訊息：馬上到。

回完訊息，顧笙笙隨手拿了把傘便冒著大雨出門了。原本想叫計程車過去，結果一輛車都沒有，她只好步行過去，好在那家店離她住的社區不遠。

等到了地方，顧笙笙的外套也濕了一半。

或許是因為天氣惡劣，店裡沒什麼客人，只有零散的一兩桌有人，十分安靜。她走進去，四處張望，並未發現路遙。

「人呢？」她疑惑地拿出手機打給路遙。

一陣鈴聲在她身後響起，她驚喜地回頭，卻看到路遠接起了電話：「好久不見，笙笙。」

顧笙笙怔在原地。

等她反應過來，不自覺後退了兩步，準備逃跑。

路遠將她的反應看在眼裡，有些受傷，「現在這個距離，妳是逃不掉的。」

顧笙笙咬著下嘴唇，不知所措。路遠說得沒錯，以現在這個距離，憑路遠的身手，就算是蒼蠅都逃不過，何況是她一個大活人。

「請問兩位要喝點什麼？」服務人員不明真相上前詢問，「這是菜單，要不要……坐下來慢慢看？」

路遠拉著顧笙笙坐在咖啡店最角落的位子，幫她點了一杯紅棗桂圓薑茶。

顧笙笙小聲地說了句：「謝謝。」

「擦擦臉。」路遠拿出素色手帕遞給她。

顧笙笙遲疑了一下，接過手帕。這個場景她再熟悉不過了，小時候她哭，路遠都會給她手帕擦眼淚。這麼多年了，他還保持隨身帶手帕的習慣。

路遠將紅棗桂圓薑茶裡面的生薑片挑出來後，才將杯子推到顧笙笙面前。

顧笙笙喝了口茶，暖意從胃部擴散開來，驅散了方才的冷意，「你是怎麼發現的？」

「妳認識邢志彥嗎？」路遠反問。

顧笙笙一愣，「你是怎麼知道這個人的？」

路遠將之前發生的事情細細道來。邢志彥跟著路遙去了平行空間，發現顧笙笙的真實身分，便偷偷回到九年前的平行空間並進行了跳躍，將九年前的顧深深帶到被殺的地方，讓她誤會謀殺她的人是顧笙笙。之後，他又帶著顧深深回到現在，也就是說，九年前的顧深深和現在的顧笙笙正處在同一個時空。

時空糾察隊發現了違規穿越和跳躍現象，一路調查便跟到了地球。

顧笙笙簡直難以置信，邢志彥竟然將九年前的顧深深帶來了，「前陣子，我碰到一個和我長得很像的人……」

「她對妳做了什麼？」路遠可以肯定顧深深現在對顧笙笙恨之入骨，必定會找到顧笙笙。

顧笙笙現在回想起來有些害怕，「她說……我會得到報應的。」

路遠整個心都懸著，「太危險了，妳跟我回去吧，我來保護妳。邢志彥和顧深深都在這裡，他們一定會報復妳的。」

「不。」顧笙笙十分堅定地拒絕了。

這個答覆讓路遠很難過，「為什麼？」

顧笙笙悶悶地說了句：「對不起。」

「哪裡對不起了？」明明是質問，從他嘴裡說出來卻很溫柔。

顧笙笙不知道該從何說起，便低頭喝茶不說話。

路遠只能幽幽地嘆氣。

顧笙笙有些內疚地說：「我錯了……」

「既然做錯了，為什麼不回頭？」路遠對顧笙笙是愛之深責之切。

顧笙笙有些無奈地說：「我哪還回得去？更何況，我不想離開這裡，這裡有我愛的人……」

路遠的眼光忽然黯淡許多，但是顧笙笙並未發現，她繼續說：「已經到現在這一步，就不能假裝平行世界的顧笙笙已經死了嗎？」

「時空糾察隊的存在就是為了保持兩個世界之間的平衡，不讓空間和時間產生任何差錯。妳現在的存在就是空間的誤差，既然妳已經被發現，平行世界就不會允許妳繼續留在這裡。」路遠不得不將殘忍的事實告訴她。

顧笙笙搖搖頭說：「我不回去，有本事就把我抓回去。就當我求你，不要抓我回去。」

「就算我能答應妳，其他人呢？」路遠痛心疾首，「既然妳開口了，好，我不對妳動手。但是妳要知道，就算沒有我，妳也是要回去的。」

顧笙笙感激地看著他說：「謝謝。」

路遠不經意看向窗外，之後神色如常地說道：「這附近有其他隊員。」

顧笙笙順著他的眼光看去，糾察隊的一個隊員正在對街買咖啡，看樣子還沒發現她。她立刻起身，和路遠匆匆道了別便一路趕往家裡。

她把傘壓低，腳步慌忙，雨水劈劈啪啪打在傘上，她甚至聽不到周圍的其他聲音。一不小心，她撞上了路人，手一滑，傘也掉了。

被撞到的是個中年男人，拉著顧笙笙罵了幾句。

顧笙笙一邊看著糾察隊隊員的方向，一邊心不在焉地說著「對不起」。

糾察隊隊員已經買好咖啡，轉身朝她的方向走來。顧笙笙心裡著急，掙脫了路人的手，更顧不得拿傘便冒著雨跑了回去。

第十二章　塵埃落定

回到社區的盛承淮帶著點心按了顧笙笙家的門鈴，但是許久都沒人應，他又打了電話給顧笙笙，結果是關機狀態。他心裡的不安逐漸擴大，把手裡的紙袋放在門口，準備出門尋人。到了電梯間，電梯還在一樓，他心急如焚，哪還有空等電梯？結果他從樓梯下樓，剛到樓下就在大門口碰到了渾身濕透的顧笙笙。

他腳步慌亂地走向她，將自己的外套脫下幫她披上，「先回家。」

顧笙笙冷得瑟瑟發抖，牙齒上下打架，臉色蒼白，一句話也說不出來，靠在盛承淮的懷裡上了樓。

盛承淮將她帶到他家，一進門就將暖氣溫度調到最高，然後幫顧笙笙準備了厚實的浴袍，「去沖個熱水澡，我去煮點薑湯給妳。」

顧笙笙點點頭，顫抖著進了浴室。

等盛承淮煮好薑湯，顧笙笙已經從浴室出來了。她把自己包在大大的浴袍裡面，臉色比方才好了許多。

他將薑湯遞給顧笙笙，趁著顧笙笙喝薑湯的工夫，拿了吹風機把她的頭髮吹乾。

一碗薑湯下肚，顧笙笙總算感覺自己活了過來，手腳也逐漸暖和起來，「胃裡面暖暖的感覺真好啊……」

盛承淮摸摸她的頭髮，確認已經吹乾，「出了什麼事？」

顧笙笙低頭不語。

盛承淮感受到她的情緒，也不催促，只是默默地坐在她的身邊。

過了許久，顧笙笙終於開口了：「我今天見了路遠，除了他，這裡還有其他隊員。邢志彥和顧深深也在這裡。」

「顧深深？她不是已經……」盛承淮有些遲疑，「難道？」

顧笙笙點點頭說：「就是你想到的那樣，邢志彥回到過去，把遇害前的顧深深帶來了。」

「他想做什麼？」盛承淮有些疑惑。

「他告訴顧深深，我是謀殺她的凶手。」顧笙笙的聲音有些悲傷。

此話一出，盛承淮立刻明白邢志彥的想法，他是想藉著顧深深的仇恨來毀滅他們。

「前幾天我們去超市的時候，我在停車場碰到她了。」

「誰？顧深深？」顧笙笙很意外，為什麼顧深深會找上他？

盛承淮點點頭，「嗯。假如妳是顧深深，妳得知自己被害，凶手代替了自己的身分，妳會怎麼做？往最壞的方面想。」

顧笙笙略微思索後說：「會希望那個人失去一切吧……」

「是的，所以顧深深的最終目標雖然是妳，但在毀滅妳之前，她要毀滅妳所擁有的愛情、友情、親情，妳的工作、妳的生活。」盛承淮說道。

顧笙笙駭然，她終於理解那天顧深深的那句「妳會得到報應的」……

「我已經失去了朋友，遠離了父母，所以顧深深找上你！」顧笙笙情緒有些激動，「不行，我不能讓她傷害你，我要找到她，我要和她解釋清楚，她不能就這麼被邢志彥蒙蔽了。」

「笙笙，冷靜一點。」盛承淮輕輕抱住她，「相信我，她傷害不到我。」

顧笙笙把頭靠在他的肩膀，悶悶地說道：「我害怕，我害怕你會受傷，我害怕我會失去你。除了路遠，這裡還有時空糾察隊的其他隊員，他們要帶我回去。」

「我保證，妳擔心的事情絕對不會發生。相信我，不管妳去了哪裡，我都會找到妳。」盛承淮鄭重承諾。

顧笙笙不安的心安定了許多。

「妳休息一會兒，我去妳家拿衣服。」盛承淮說道。

之後他拿了顧笙笙放在他家的備用鑰匙，前去她家拿衣服，卻不料在她家門口看到一個戴著黑色圓帽的年輕男子。他立即反應過來，拐向另一個方向，在拐角處透過消防栓的玻璃觀察那個人的行動。

那個人憑空畫出了一個顯示幕，上面赫然是顧笙笙的資料——

姓名：顧笙笙

代號：1994511028

學校：十一區第五中學

現居住地：翰林社區十一號樓一一〇五號

事件概況：二〇〇五年，顧笙笙詐死，並違規跳躍至地球，捲入一場凶殺案。案件當事人邢志彥、顧深深循跡發現平行世界的存在，違規進行空間上的跳躍、時間上的穿梭，導致時空秩序被破壞。

處理手段：帶回平行世界，終身禁足。

盛承淮心裡有了判斷此人必定是時空糾察隊的隊員，並且不是路遠。因為按照顧笙笙的說法，路遠顧念過去的情分，不會為難她。

黑帽男按了顧笙笙家的門鈴，自然是沒人開門；他又拿出一個狀似鑰匙的長條，輕鬆地打開顧笙笙的家門。

黑帽男進去沒多久便疑惑地出來，並且把門帶上，嘴裡嘟囔著：「竟然沒人，難道是我剛才看錯了？明明是進了這個社區啊。」

這時，他手上一個方形小儀器「滴滴」響了幾聲。他對著儀器說道：「路隊長，我還沒有回去，我沒找到顧笙笙。嗯，好，再聯繫。」

盛承淮猜測此人口中的路隊長十之八九是路遠。

黑帽男變戲法似的從口袋裡掏出一張凳子，然後正襟危坐在顧笙笙家門口，守株待兔。

盛承淮嘴角抽了抽。時空糾察隊的人難道都習慣隨身帶椅子？這種習慣真是十分別致。

想來顧笙笙家是進不去了，盛承淮便決定悄悄離去。他若無其事地走向電梯，正要進電梯，黑帽男卻抬頭看了他一眼，「等一下。」

盛承淮僵在原地，思考著是不是自己哪裡露出了破綻，但還是一臉冷冽地回了個「嗯？」

那個人一秒收起嚴肅的臉，咧開嘴笑著問道：「你認識一一〇五的住戶嗎？」

「不認識。」

黑帽男點點頭說：「也是，你看起來這麼像精英，不太可能認識那個人。」

盛承淮進電梯前忍不住看了黑帽男一眼，眼中帶著一絲懷疑。這種智商的人是怎麼進入時空糾察隊的？

盛承淮回到家時，顧笙笙已經在沙發上睡去。盛承淮俯身在她額頭上烙下一個吻，然後小心翼翼地將她抱去主臥室。

剛將她安置好，她就迷糊地睜開眼說：「你回來啦？」

「吵醒妳了？」盛承淮聲音輕柔。

顧笙笙搖搖頭，「餓醒的……」

盛承淮聽到這個答案忍不住輕笑，「我去做飯，妳再睡一會兒。」

他正要起身，顧笙笙就拉住他的手，「不睡了，我要當你的助手。」

說完就要起身。

盛承淮一邊幫她披上外套一邊說道：「時空糾察隊的人在妳家門口守著，妳暫時先住我這裡，衣服我請人明天一早送來。」

顧笙笙正在穿衣服的動作停滯了一下，隨即苦笑，「沒想到這麼快就找上門了。」

盛承淮一把抱住顧笙笙，「不要害怕，明天我送妳回S城，等事情結束了我再去接妳。」

「不，我不走，我要和你待在一起。」顧笙笙將他抱緊。

盛承淮摸摸她的腦袋耐心勸她：「我和警方一直保持著聯繫，不用擔心我。妳留下會讓我分心，妳去顧家住一陣子，陪陪兩位老人家。我保證我和關皓很快就會抓到邢志彥。」

顧笙笙埋頭不語，因為她覺得盛承淮說得有道理，她這種戰鬥渣渣留下來只會扯後腿。以前每次看小說，總有搞不清楚狀況的女主角吼著：「不，要走一起走！」結果最後都是男主角挨刀。她不希望自己給盛承淮添麻煩，但是明知情勢危急卻還離開他，她怎麼做得到？

「我保證我就在你家待著，哪裡也不去，你讓我待在嵐城好不好？」顧笙笙抬起頭，可憐兮兮地仰望他。

盛承淮搖搖頭說：「只有保證妳的安全，我和關皓才無後顧之憂。」

顧笙笙垂下眼簾，輕輕點頭。

※　※　※

隔天，雨過天晴，昨日的暴雨將天空沖洗得湛藍；白雲朵朵，將天空點綴得像畫一般，一切美好而寧靜，唯有街上的落英繽紛昭示著昨夜的狂風暴雨。

顧笙笙和盛承淮從地下停車場悄然離開，直到遠離了社區，兩人才放下心來。

顧笙笙惆悵地看著盛承淮的側臉，想到接下來一段時間都見不到他，只覺得一口氣悶在胸口，萬分難受。

盛承淮正在開車，感覺到她注視的目光便轉頭看了她一眼，「就算妳一直看著我，我臉上也不會開出一朵花來。」

「你就是一朵花啊，高冷之花。」顧笙笙如此調戲。

盛承淮搖搖頭說：「把我誇成花也沒用，我是不會讓妳留下來的。」

「哼。」小心思被看穿的顧笙笙不願意搭理盛承淮。

「把早餐吃了，還有三個多小時的路程。」

早餐是盛承淮一大早出門買的，全是顧笙笙愛吃的：城南某巷子深處的煎包、城西頗有美譽的豆漿、城北聲名遠揚的油條。

開始吃早飯的顧深深已經完全忘記決定不搭理盛承淮的事，自己吃一口就餵他一口，等她吃完了早餐，兩人都飽了。

吃飽喝足後，車子也逐漸遠離市區，高速公路上沒有什麼令人驚豔的沿途風景，但是蔚藍的天空讓人心情舒暢。

「今天天氣真好啊，風也不大，真是個適合郊遊的天氣。」顧笙笙忍不住感慨。

相對於顧笙笙的放鬆，盛承淮始終高度緊張。離開得太過順利，沒有任何阻礙，他反倒有些不安。

路程過半，顧笙笙、盛承淮決定在休息站稍作休息。休息站沒什麼人，商店也是門庭冷落。顧笙笙在車上坐得腰痠背痛，想四下走走，盛承淮卻有點猶豫。

「不要離開我的視線，不要走太遠。」

顧笙笙笑顏逐開，「好，我看到有咖啡店，你要喝咖啡嗎？」

「好。」

盛承淮的視線一直跟隨著顧笙笙，直到她進了咖啡店。這時候電話響起，是關皓打來的。

他心裡有種不祥的預感，擰著眉頭接了電話：「關皓。」

『盛承淮，你在哪裡？』關皓的聲音有些著急。

盛承淮回答：「玉屏高速公路，我在將笙笙送去S城的路上。」

『糟糕！』關皓恍然大悟。『我說那個人為什麼出了嵐城，原來是跟著你們去了。笙笙和你在一起嗎？邢志彥有可能衝著你們去了！』

盛承淮立刻警覺地尋找顧笙笙的身影，然而一無所獲。方才還在收銀台買咖啡的人，現在已經消失在店內。

他扔下電話衝進咖啡店，「剛才買咖啡的那個女孩呢？」

店員被盛承淮的氣勢所震懾，結結巴巴地說道：「買完就走了……和她的同伴……」

「同伴？」

店員補充：「嗯，一個女孩子，兩人應該是姊妹，長得很像。」

盛承淮心想糟糕，顧笙笙被顧深深帶走了！也就是說，顧深深和邢志彥合作了。

他衝出咖啡店，找遍了休息站，卻沒有任何發現。於是他聯絡了關皓：「笙笙不見了。」

『靠！邢志彥這王八蛋！』關皓忍不住爆粗口，我馬上查一下笙笙手機的位置。』

盛承淮讓自己冷靜下來，「笙笙沒帶電話。關皓，我需要你的幫忙。邢志彥恨我入骨，他一定會藉這次機會打壓我，我猜不到一小時他就會聯繫我，要求我單獨赴約。之後我的手機很可能會處在關機狀態，我需要你時刻注意我的動向，不管怎麼樣一定要找到笙笙。」

『好！』

誠如盛承淮所料，不到一小時，邢志彥就聯絡他了。

『不許報警，否則我打爆顧笙笙的腦袋！』邢志彥威脅道。

盛承淮隱忍著內心的煎熬，「你在哪裡？」

『你往R城方向開，半小時後在休息站停下，我會再跟你聯絡。』

盛承淮按邢志彥的要求，往R城方向開了半小時，在休息站停下後，邢志彥果然聯繫了他。但是邢志彥要求他將手機關機扔在休息站，用邢志彥提供的手機，並往另一個方向開。盛承淮只好照做。

車子重新上路後，邢志彥才將地址發送到指定的手機上。

※　※　※

盛承淮到達指定地點後，發現那是一個廢棄的修車廠，遠離公路，背靠山巒，位置十分偏僻。工廠內彌漫著濃濃的汽油味，滿地的廢銅爛鐵。他擔憂不知道他沿路留下的線索能否指引闞皓找到這裡。

他警惕地推門而入，便看到被綁在椅子上的顧笙笙。她低垂著腦袋處於昏迷狀態，身上還綁著炸彈。

盛承淮心裡著急，正要奔向顧笙笙，一把冰冷的槍便從門後出現，抵住他的太陽穴。一道稚嫩卻冰冷的聲音嘲諷地說：「還真是真愛啊，要你來，你就來。」

「顧深深？」

顧深深一愣，隨即嘲笑：「既然你知道我才是真的顧深深，你還願意為了一個假貨來冒險？你是不是傻瓜？」

盛承淮不敢輕舉妄動，但是不代表他可以忍受有人侮辱顧笙笙，「她是顧笙笙，和妳顧深深是完全不一樣的人。她善良、熱心、樂觀開朗，和妳完全不一樣。」

顧深深將槍口狠狠抵住他的太陽穴，「你是什麼意思？我不善良，我不熱心是嗎？呵呵，盛承淮，沒有人生來就陰暗，都是生活逼的！」

「是妳自己逼自己！我承認，笙笙不該在妳死後借用妳的身分，除此之外，她做錯了什麼？妳現在這樣是在謀害她的性命，是在犯罪！」盛承淮反駁。

顧深深冷笑兩聲，「她謀害了我的性命，你怎麼不說她也犯罪了？」

「不是她！」盛承淮正要解釋卻被邢志彥打斷，他一直躲在暗處觀察。

「妳跟他廢話什麼？妳不是想看他們感情有多深嗎？還等什麼？」邢志彥用冷水將顧笙笙潑醒。

顧笙笙頭痛欲裂，搖搖腦袋，艱難地抬起頭，「承淮？」

再看看邢志彥和顧深深，心裡立刻了然，「你走，不要管我。」

「給你兩個選擇：一、你和顧笙笙現在死；二、顧笙笙身上的炸彈還有半小時就會爆炸，我給你個機會，你要是解開炸彈密碼，我就放你們走。」顧深深說完，收起了槍。

盛承淮不顧一切衝向顧笙笙，試圖解開炸彈的密碼，但是不管怎麼試驗，密碼都是錯的。

眼看時間一分一秒地流逝，顧笙笙哭著說：「盛承淮，你走吧。我不愛你，我們也不可能在一起，我們甚至不是同一個世界的人。」

「不是同一個世界又如何？就算妳在銀河之外，我還是依舊愛妳。」盛承淮堅定地說道。

顧笙笙低頭看了炸彈，時間只剩不到十分鐘，「可是我不愛你，我不愛你了啊。求你了，你走吧。」

顧深深在一旁嗤之以鼻，「你怎麼不求求我？或許我會大發慈悲把密碼給你。」

盛承淮連頭都沒抬一下，因為他知道顧深深不可能說出密碼。

「好吧，被你看穿了，我確實不會給你密碼。但我提醒你，只剩十分鐘嘍，盛承淮，你是要走還是要陪著顧笙笙去死？」顧深深明亮的眼睛撲閃著。

「我和笙笙，會活著走出這裡！」盛承淮看著顧深深說道，眼神淩厲。

顧深深冷笑，「可以，你不走，那我們走。走吧，邢大哥。」

盛承淮現在已經沒有心思管他們的去留，他只想解開顧笙笙的炸彈。

然而，顧深深和邢志彥剛到門口，卻又一步步退回工廠。

關皓及時趕到，他拿槍指著顧深深和邢志彥兩人，將他們逼回工廠。然而警方的大部隊還沒到，關皓現在是孤軍奮戰。他的任務就是拖住顧深深和邢志彥，直到後援趕到。

「密碼是多少？」關皓問的是顧深深。

顧深深不可置信地說：「關皓，你知不知道那個人不是顧深深？」

「我知道。」關皓的聲音十分堅定，「我什麼都知道，那天在醫院第一眼看到妳，我就認出妳了，所以我來了，深深。不要犯錯，把密碼告訴我。」

顧深深搖搖頭說：「關皓，既然你什麼都知道，你為什麼要幫著她？你說過你這輩子都會對我好，但你現在卻拿槍指著我！」

關皓的手明顯有些動搖，不過他很快就鎮靜下來，「深深，就當我求妳，停下來吧。顧笙笙不過是代替了妳的身分九年，你現在卻要她的性命。」

「她謀害了我！她是殺人凶手！」顧深深言辭激烈，情緒激動。

關皓把槍口對準邢志彥，「他才是凶手！因為妳目擊了犯罪現場，他就殺妳滅口。妳醒醒，不要被騙了！」

「不可能！」顧深深舉起槍對準關皓，「邢大哥不可能是凶手。你為了幫顧笙笙開脫，竟然編出這麼一個漫天大謊！」

關皓痛心疾首，顧深深已經完全被仇恨蒙蔽了心，即便說出真相她也不願意相信。

「深深，從小到大，我什麼時候騙過妳？」

「我不信，你現在被顧笙笙這個假貨蒙蔽了，你已經不是我當年認識的關皓了。」顧深深絲毫沒有要放下槍的意思。

趁顧深深分散關皓注意力的工夫，邢志彥的右手摸到自己的腰間，掏出槍直指向關皓。

顧深深看到邢志彥的動作，立刻將槍口對準邢志彥，「不許傷害關皓！」

邢志彥露出笑容說：「深深，妳信我還是信他？妳的關皓已經變了，他一味地包庇顧笙笙，還把髒水往我身上潑，妳覺得妳應該相信誰？」

顧深深看看關皓，又看看邢志彥，猶豫地放下槍。

這時，綁在顧笙笙身上的炸彈不到兩分鐘就要爆炸，但是盛承淮仍舊不願放棄，顧笙笙痛哭著說：「求你，你走吧，就當我從沒認識過你，也從來沒有愛過你，我們分手！現在就分手！」

「就算死，也要死在一起。」盛承淮仍舊嘗試解開密碼。

顧笙笙見勸不動盛承淮，只好求助關皓：「關皓，把盛承淮帶走！你們都走！」

關皓槍指著邢志彥，倒退著走近盛承淮身邊說：「走！」

盛承淮不為所動，「時間不多了，你走吧，我是不會讓笙笙一個人面對的。」

話音剛落，一個腳步聲慢慢靠近。他乾淨的氣質和工廠的氣氛完全不搭，關皓警戒地注視來人的一舉一動。

盛承淮抬眼，猜測道：「路遠？」

路遠看著他，心情複雜。不管盛承淮會不會丟下顧笙笙，他都會出現解開密碼，但是他卻沒料到盛承淮寧可死也不願意留下顧笙笙一個人，他不知道自己該欣慰還是難過。

顧笙笙為了盛承淮，放棄自己的生活、自己的世界，他也確實是值得顧笙笙付出的人。可是，路遠希望盛承淮不曾出現過，如此顧笙笙就還是那個沒心沒肺、無憂無慮的顧笙笙。

路遠拿出一個小儀器，對炸彈進行檢測，然後輕易地獲得了密碼，解開炸彈。

盛承淮懸著的心終於放了下來，向路遠道了謝，趕忙解開顧笙笙身上的繩子。

顧笙笙一把鼻涕一把淚地蹭在盛承淮的肩頭，「我以為我要死了，我以為我再也見不到你了，嚇死我了。」

盛承淮拍拍她的肩膀。

顧深深見炸彈已被拆除，邢志彥被關皓制伏，擔心計畫失敗，便趁著眾人不注意，舉起手裡的槍對準顧笙笙。

「砰」的一聲巨響，顧笙笙倒在盛承淮的懷裡。

一片混亂中，邢志彥伺機逃脫。情急之下，闞皓開槍擊中了邢志彥的小腿；路遠制伏了顧深深，將她交給陸續趕到的時空糾察隊的隊員，他們會將顧深深送回原本的時空。

而盛承淮抱著顧笙笙茫然失措，他嘗試幫顧笙笙止血，但他發現他多年學到的醫學知識根本派不上用場，眼睜睜看著顧笙笙一點點變虛弱，直到昏迷。

警笛聲大作，後援部隊馬上就要趕到了。

路遠決定將顧笙笙一併帶走，「讓我帶走笙笙，留在這裡會耽誤治療。」

警笛聲越來越近，盛承淮艱難地鬆手，「好。」

這一個字，他用盡了全身力氣。

待警方趕到時，空蕩蕩的現場只有闞皓、被制伏的邢志彥以及失魂落魄的盛承淮。

※　※　※

數月後，春暖花開的某天，邢志彥接受了法律的制裁，由他引出的一系列案子得以結案，所有被害人的冤屈得以昭雪。

盛承淮作為受害者出庭，親眼見證了邢志彥自食惡果，但是即便邢志彥受到了制裁，他深愛的那個人也回不來了。

他面無表情地走出法院，法院外的陽光明媚燦爛，他的心卻依舊被寒冬冷藏。

初春的陽光不比夏天熱烈，卻明媚溫柔，伴著輕風拂面，帶著青草和泥土的芬芳，街上的行人似乎被這美好的春日感染，連腳步都格外輕快。

盛承淮就站在那裡，看著人來人往，卻不知道自己該去哪裡。

關皓拍拍盛承淮的肩膀問：「想什麼呢？」

「沒什麼。」盛承淮淡淡回答。

關皓知道顧笙笙的離開對盛承淮的打擊很大，數月以來，他的眉頭就沒有舒展開過，即便今天邢志彥被判刑，他也沒有表露出太多情緒。

關皓有意疏導他，便建議：「今晚一起去酒吧，邢志彥案結了，你是頭號功臣，我們得好好慶祝慶祝。」

盛承淮正要開口拒絕，關皓卻一把捂住他的嘴巴，「不許說要去研究所，晚上去什麼研究所？研究鬼啊？」

經過的路人意味不明地朝著他們兩人笑，盛承淮扒下關皓的手，「能好好說話嗎？」

「是你先不好好說話。」關皓聳聳肩，「我說去吃飯，你說研究所有事；我說一起去打球，你說研究所有事；我說去健身，你說研究所有事；我要是不捂住你的嘴巴，你們研究所今晚是不是又得出事了？」

盛承淮無奈，只好丟下一句「地址傳到我手機」便趕緊逃離現場。

回到研究所後，他一如既往埋頭工作，就連同事叫他一起吃飯都沒聽到。大家只當他醉心研究，便也沒上前打擾。

直到華燈初上，關皓的一通電話打破了研究室的寧靜。

盛承淮這才想起他和關皓有約，便慎重地將手裡的課題報告放進抽屜，鎖好辦公室後前往約定的地點赴約。

盛承淮拿著手機對照關皓傳來的地址：東大路一二三號，他確實沒找錯地方。但是，這個酒吧……為什麼還是 BE ONLY 酒吧？

到底在嵐城有幾家 BE ONLY？

盛承淮擰著眉，轉身準備離開，卻被到門口透氣的關皓抓個正著，「我說盛教授，您這是要去哪裡？」

「回研究所。」

關皓努努嘴，「都到這裡了，你好意思就這麼走了？」

「好意思。」盛承淮面不改色。

說完就往自己的車子方向走。

關皓一把拉住盛承淮，「別走別走，我需要你。」

盛承淮嫌棄地甩開關皓的手，「注意言辭。」

「不是，我真的需要你，我需要你的幫忙。我是來執行任務的，上次那個小白臉跑了，我收到線人的消息，他今晚要來酒吧見他的男人。」關皓只好實話實說。

盛承淮瞥了他一眼，「你可以向局裡請求支援。」

「現在不是人手不足嗎？大家都出外勤了，哪還有人支援？」關皓理虧地摸摸自己的鼻頭，「你就幫我一把，不然我就……我就抱住你。」

關皓張開手臂就要湊近盛承淮，盛承淮揉揉眉心，往酒吧的方向走去。

關皓笑了笑，跟上盛承淮。

逮捕工作比關皓預計的順利，兩人將犯人弄回局裡後便隨便找了家日式料理店一起吃宵夜。

關皓本意是藉著工作的事情來轉移盛承淮的注意力，但事實上，盛承淮依舊沒有開心半分。吃宵夜的時候，盛承淮更是一個勁地灌自己酒，關皓本想阻止，但想到盛承淮心裡藏著太多事便作罷了，讓他一醉解千愁。

「你有什麼打算嗎？」關皓問道。

盛承淮看起來似乎還算清醒，回答：「去找她。」

關皓詫異地問：「你要去找她？怎麼找？」

「總有辦法的。」盛承淮又是一杯清酒下肚，「明年你們結婚的時候，我可能沒辦法參加婚禮，但是祝福你們。蘇晨是個好女孩，希望你能好好待她。」

關皓和蘇晨已經訂婚，婚期就定在來年的秋天。

關皓不可思議地搖搖頭，「哥們兒，你可別亂來。你要做的事情在咱們地球相當於偷渡，你堂堂一個醫學教授，願意放下身分？」

盛承淮苦笑著說：「我還要什麼身分？她不在了，我要一個身分做什麼？你放心，你想像的事是不會發生的。」

「你到底要做什麼？」關皓怎麼想都覺得盛承淮不對勁。

盛承淮正要開口，卻「咚」的一聲栽在飯桌上。

關皓扶額，「早知道你酒量這麼差，我就該拉著你。現在可好，我還要把你扛回去。」

關皓打電話給蘇晨，問了盛承淮家的地址，將人送了回去。夜深人靜，關皓把盛承淮安頓好便悄然離開。

月光灑進窗戶，將盛承淮的睡臉照亮，他在夢中輕輕喊了一句「笙笙」……

※　※　※

時間荏苒，轉眼又是一年盛夏，嵐城在蔚藍海水的環繞中明媚動人。全城的鳳凰木花開得正豔，朵朵鮮紅，一樹繁花；木棉已結出蒴果，果中的棉絮隨風飄落，柔軟地覆蓋大地。

盛承淮最後一次走在落英繽紛的林蔭路，踩著斑駁的光影，聽著花開花落的聲音。

他辭掉研究所的工作，和父親道別，提前為闞皓、蘇晨準備了結婚禮物，帶著自己的研究課題即將去另一個世界。闞皓曾察覺盛承淮的異常，多次試探，但都被他一筆帶過。

一切都是未知，然而盛承淮對於未知的嚮往多於恐懼。

帶著不安，帶著彷徨，帶著希冀，帶著堅定，他踏上了一段未知的路程。

跳躍的過程中，盛承淮回憶起三個月前。

那時候邢志彥剛被判刑，盛承淮去監獄探視，不是因為原諒了他，而是要向他打聽跳躍的方式。但邢志彥的戾氣並沒有因為被判刑而消亡，他對盛承淮的恨意依舊，可想而知，他拒絕了盛承淮的請求。

不過盛承淮並沒有放棄，他用自己所有的人際關係查找邢志彥的過往，終於得到了回報。

當他第二次在監獄中見到邢志彥的時候，事情有了反轉。

「你走吧，我什麼都不會告訴你。」邢志彥十分堅定地說道：「我孑然一身，你也別想威脅我。以後不要來了，我是不會見你的。」

盛承淮不急不慌，「如果我告訴你，這世界上還存在一個和你有血緣關係的人呢？」

「你說什麼？」邢志彥瞪大眼睛，不可置信地看著盛承淮，「你別想騙我，我不會相信。」

「你出生在嵐城婦幼保健所對吧？」盛承淮問道。

邢志彥並不回答。在育幼院的時候，他就知道自己出生於嵐城婦幼保健所，但也只有出生資料，其他一無所知。

盛承淮繼續說：「我查了當年的醫療紀錄，和你同一天，同手術室，比你晚幾分鐘，還有一個孩子出生，你認為這是巧合嗎？我知道你想問為什麼你沒查到，因為你和另一個孩子的醫療紀錄被分成了兩份，但是兩份上面的父母一欄是一樣的。」

「這怎麼可能……」邢志彥喃喃自語。

當初因為妻兒雙亡，他失去了所有生活的希望。要是知道自己還有一個兄弟或姊妹，或許他就不會選擇復仇。

「我沒有騙你，你還有一個妹妹。」盛承淮拿出兩份出生證明書影本以及一疊醫療紀錄。

邢志彥激動地比對兩份出生證明書。正如盛承淮所說，同一間醫院，晚幾分鐘，相同的父母，同樣的住址，但醫療紀錄卻是兩份。

「她在哪裡？我妹妹在哪裡？」邢志彥紅著眼眶問道。

盛承淮淡然說道：「告訴我，當初你是怎麼跳躍到平行空間的？」

「我不會告訴你，我要讓你也嘗到失去摯愛的心情。」邢志彥咬牙切齒。

盛承淮起身說：「沒有我，光靠一個名字，你是找不到你妹妹的。」

說完，他便離開了。現在的主導權在他手裡，他可以肯定不出一週，邢志彥必定會主動要求見他。

果不其然，三天後，盛承淮收到監獄的口信，說邢志彥要求見他一面。

盛承淮帶著一份資料，第三次拜訪了邢志彥。

邢志彥將自己從路遙那裡得知的跳躍方式告訴了盛承淮，作為交換，盛承淮將他妹妹的資料交給了他。

之後，盛承淮一直積極準備某個醫學課題，直到課題成功，他正式進行了跳躍。

天旋地轉之間，他和過去的關聯正在一點一點地剝離。他的生活、工作、朋友都將成為回憶，但在另一個陌生的世界，他將迎來重生……

番外一 重逢

陽光晴好，將大地染上一層明媚，柔軟的青草綠油油，昭示著春日的到來。微風拂面，帶著泥土的芬芳，令人心曠神怡。

顧笙笙抬頭看看陽光，突然撐起了傘，引來路人紛紛注目。

因為在這個世界的每一個人都不會懼怕紫外線，傘對於他們的作用是遮雨、擋雪。

顧笙笙茫然收起傘。她不知道自己為何會撐傘遮陽。這樣的動作似乎只是下意識，但是為什麼自己會如此？或許是和以前的經歷有關？

失神之間，顧笙笙踩空一個階梯。她驚恐地閉上眼，認命地用自己的臉迎接大地，但令人意外的是她的臉遲遲沒有著地。

她睜眼一看，雖然自己臉朝下，卻明顯和大地有著一段安全的距離。再往下看看，一雙有力而好看的手托住了她的腰。

這手色如蔥白，骨骼分明，十指修長。顧笙笙莫名產生一絲熟悉感，這樣的一雙手是做什麼的？

「妳要趴到什麼時候？」一個好聽的男性聲音說道。

顧笙笙在心裡忍不住感嘆：手好看，聲音也好聽，要是長得也好看，那簡直就是禍水！

她尷尬地在對方的幫助下起身，平視對方。然而她失敗了，她一百六十五公分的身高只能看到他的胸口。

於是，她慎重地後退兩步，仰頭看他，「謝……」

「謝」字剛出口，她就怔住了：為什麼這個人感覺這麼熟悉？我在哪裡見過他嗎？

這個人嘴角幾不可察地揚起小小的弧度，「走路的時候要看路。」

顧笙笙拍拍自己的腦袋，強制讓自己清醒：不能看到帥哥就犯花痴！

「我看路了，是因為地上滑！」顧笙笙如此辯解。

他看看四周，沒有果皮，也沒有水窪，「嗯，好像是吧。」

顧笙笙尷尬地想挖個洞把自己埋了，「謝謝你救了我。」

「這是我應該做的。」

顧笙笙看著他的眉眼，熟悉感再次湧上心頭，「那個……我想問問，我們是不是見過？我覺得你有些眼熟。」

話一出口，她就後悔了。這話像極了俗套的搭訕手法，「你別誤會啊，我不是要搭訕你，我是真的覺得你眼熟。」

然而，越描越黑。

他唇邊的笑意擴大，「沒關係。」

「啊，真的嗎？你人真好。」顧笙笙心裡幫他貼上顏值高、心地好的標籤。

他煞有其事地說：「我們以前見過，不但見過，我們還很熟。」

「啊？」顧笙笙不可置信，「什麼時候？所以你認識我對嗎？我們是朋友嗎？」

「我們相互認識，但我們不是朋友。」他說道。

顧笙笙的好奇心一下子被挑起，「那我們是什麼關係？」

他看著她的眼睛說：「妳是真的不記得了嗎？」

「嗯……」顧笙笙垂下眼簾，失落的表情簡直不能再可憐。

「如果妳願意請我吃飯，我就告訴妳。」他說道。

顧笙笙狐疑地看著他，心裡想著：這個人不會是騙子吧？搞不好從哪裡知道我失憶，來騙財騙色？

他看著顧笙笙完全藏不住表情的樣子，不由得覺得好笑，「我不是騙子。」

顧笙笙驚悚地看著他：這個人難道會讀心術？

「我不會讀心術。」

顧笙笙的眼睛瞪得更大了。

他忍不住笑了起來，「這世界上，沒有人比我更熟悉妳的一切。」

顧笙笙看著他的眼，燦爛如星河。這樣好看的人怎麼可能是騙子？於是她毫無原則地選擇相信他。

※　※　※

餐廳。

柔和的燈光，優雅的小提琴曲，舒適的環境，誘人的食物香氣。奇怪的是，這樣精緻的餐廳竟然沒有客人，顧笙笙是僅有的一桌。

既然是請客，顧笙笙便大方地邀請他隨意點。他也當真沒客氣，從前菜到湯，從主菜到甜點，足足十三道，其中包含了法式鵝肝、法式黑松露菌湯等招牌菜。他還點了一瓶紅酒，順便「貼心」地幫顧笙笙點了一份一模一樣的菜色。

顧笙笙摸摸自己的錢包，算著自己帶的錢夠不夠結帳。

他將顧笙笙的小動作看在眼裡，「既然妳這麼大方請我吃飯，妳可以問妳想問的。」

顧笙笙心想既然花了錢，這錢就要花得值得，「這可是你說的喔，你要知無不言。」

「嗯。」

「你叫什麼名字？」總要知道和自己一起吃飯的人是誰吧。

他十分認真地看著顧笙笙的眼睛，說出了三個字——「盛承淮」。

顧笙笙心口一顫。她的記憶中沒有這個人，更沒有這個名字，但是當她聽到「盛承淮」這三個字，心跳顯然失了常態，隱約有些疼痛。難道真如他所說，她和他是舊識？

待心跳平復，顧笙笙問了第二個問題：「你是做什麼工作的？」

「醫學研究。」

顧笙笙點點頭。這是個好工作啊，不但收入高，靠著這份工作還可以免費在其他時空和平行空間之間穿梭。嘖嘖嘖，眼前這個男人不但長得帥、身材好，就連工作也這麼好，這種精英她以前竟然認識？

「我們以前是什麼關係啊？」這是顧笙笙最關心的事情。他說他們之間很熟悉，卻不是朋友，那就有可能是敵人。和這樣的人成為敵人並不是一件好事。

盛承淮從容淡然地回答：「妳是我的前女友。」

「匡噹」一聲，顧笙笙的刀叉掉在盤裡，發出巨大聲響。

「你……你剛才說什麼？」她覺得自己可能是幻聽了。

盛承淮放下自己的刀叉，鄭重其事地重複道：「前女友。」

顧笙笙的下巴已經快掉到餐盤了。眼前這個男人竟然是她的前男友！她當年是怎麼追到這種男人的？

「你沒開玩笑吧？」

「妳覺得我像在開玩笑的樣子嗎？」

「不像。」

「前女友妳好，好久不見。」

顧笙笙一時間竟然不知道該說什麼，久久才吐出一句：「你好……」

她不知所措地重新拿起刀叉，默默吃飯。正當氣氛尷尬得要凝固的時候，她想到了一個重要的問題——

「為什麼我們會分手？」

「妳說妳不愛我了，所以要和我分手。」他說話的口氣就好似「今天天氣不錯」。

顧笙笙剛剛合攏的嘴巴再次張大：我是腦殘嗎？這種男人我怎麼可能不愛？當年到底發生了什麼？

顧笙笙用手把自己的下巴托回原位，「這個……過去的事情就不要計較了，人生是要向前看的，畢竟生活還有那麼長，對吧？我呢，可能當年不懂事，所以現在的我代表過去的我向你道個歉，對不起，我曾經傷害了你，請你原諒我。」

「不接受。」盛承淮斬釘截鐵。

「啊？」顧笙笙感到錯愕，「這個……盛先生，我失憶了，以前的事情我都不記得了。

你非要和我計較過去的事情，我也很無奈。再說，人生哪有過不去的坎？一次情傷罷了，時間久了，總會治癒的。」

「妳這兩年倒是學會安慰人了。」

顧笙笙尷尬地摸摸自己的瀏海，「這中間可能有什麼誤會，不然你可以跟我說說過去的事情，等我想起來了就知道到底是怎麼了。」

盛承淮並不作聲，只是安靜地吃飯。顧笙笙也猜不出他到底有多生氣，便不敢多言。

吃完飯，服務人員遞上帳單，顧笙笙自覺地接下，看到金額便倒吸一口涼氣。一共花了一萬兩千塊人民幣，光是一瓶紅酒就花了五千多！

她狠狠地瞪了盛承淮一眼，他這是蓄意報復！

盛承淮坦然地回了個眼色，示意她趕緊結帳。

顧笙笙掏出乾癟的錢包，現金顯然不夠結帳。她顫抖著抽出信用卡，萬般不捨地遞出去。

服務人員用食指和中指夾著卡，顧笙笙卻捨不得放開。

「不好意思，能否稍微鬆開一下，我幫您結帳。」服務人員委婉地提示。

顧笙笙眼一閉，手一撒，卡離開了她的指尖。

然而不到十秒，服務人員便禮貌地說道：「客人，您這張卡額度不足，能否換一張？」

「啊？」顧笙笙這才反應過來，自己卡裡的錢還不夠付這一餐的錢，「我就只有這一張卡，那什麼……你們這裡有分期付款嗎？」

服務人員只能尷尬又不失禮貌地搖搖頭。

顧笙笙欲哭無淚，可憐兮兮地看著盛承淮，「借我一點錢。」

盛承淮拿出卡，爽快地結了賬。

走出餐廳的時候，顧笙笙由衷道了聲「謝謝」。

盛承淮面不改色地說：「不用謝，記得還錢。」

身為一名月光族，她什麼時候才能攢到足夠的錢？

「我分期還你，大概需要半年……你看可以嗎？」

盛承淮搖搖頭，「不行，我急用，妳一個月內還我。」

「你怎麼可能有急用啊？你收入那麼高！」顧笙笙拆穿了他的謊言，「你是不是想故意刁難我？」

「是啊。妳看出來了？」他理直氣壯地承認了！

顧笙笙氣極了，「你這個人怎麼可以這樣？」

「我怎麼樣？就許妳任性，說分手就分手，還不允許我要求妳還錢？」盛承淮反駁。

被他這麼一說，顧笙笙竟然覺得自己很渣，隨隨便便就分手，答應請人吃飯，結果卻借了他的錢結帳。

「可是……我沒那麼多錢。」

盛承淮俯身湊近她的耳邊低語：「那就用妳的身體償還。」

顧笙笙下意識地後退兩步，護住自己的胸口，「你變態啊？信不信我報警抓你！」

「我缺一個私人助理，從明天開始，妳打工還錢，什麼時候還清了就什麼時候辭職。」

盛承淮說完便驅車離開。

顧笙笙在餐廳門口氣得直跺腳。

「盛承淮，你一個大男人報復心怎麼這麼重！」

※　※　※

隔天，天空飄著綿綿細雨，春風和煦，吹散了冬日留下的寒意，帶來懶洋洋的春意。城市籠罩在煙雨迷濛中，頗有世外桃源的模樣。

顧笙笙撐著傘走過大街小巷，享受清晨的寧靜和安詳。當然，如果可以選擇，她更願意享受睡眠。

「該死的盛承淮，這麼一大早就開始使喚人，一點人性都沒有。人美心善原來都是騙人的！」顧笙笙忍不住小聲抱怨。

凌晨，天還未亮，她就接到盛承淮的電話，要求她七點前到他家報到。她迷迷糊糊地答應了，等掛了電話看了鬧鐘，才發現時間不過六點半！不睡懶覺怎麼對得起週末！但是為了還債，她還是咬牙起床了。

於是，便有了現在這一幕。

打了第N個哈欠後，顧笙笙到達盛承淮的家門口。她剛要抬手敲門，門就開了。

盛承淮看看手錶，「七點零三分，妳遲到了三分鐘，扣錢。」

「啊？」顧笙笙錯愕，「我還沒開始打工你就扣錢，你是慣老闆啊？」

盛承淮看著秒針走過十二，「妳還沒進門，遲到四分鐘了。」

顧笙笙立刻進門。

玄關處放著一雙粉色Hello Kitty拖鞋，顧笙笙露出狡黠的笑容，心裡想著：本以為你是禁欲系，原來金屋藏嬌。

盛承淮關好門才轉身，正好錯過顧笙笙的表情。

顧笙笙指著拖鞋問道：「我穿這雙？」

「妳可以選擇光腳。」盛承淮不帶感情地說道。

春寒料峭，顧笙笙毫不猶豫地選擇了那雙粉紅色拖鞋。

站在玄關處，顧笙笙環顧四周，毫不客氣地打量盛承淮的家——

客廳的主色調為黑色和原木色，傢俱風格簡約，沙發、茶几、書櫃稜角分明。廚房和書房皆是開放式，廚房和客廳之間以兩根紅磚柱子隔開，書房與客廳之間則以吊燈隱形分割，空間布局乾淨俐落；餐桌和客廳正上方皆有金屬材質的黑色吊燈，暖光照射在木質餐桌上，給人溫馨之感。大大的落地窗給了室內良好的採光，地上的圓形地毯讓硬朗的客廳添了一絲柔和。整個客廳給人舒適寬敞的感覺。

顧笙笙不由得點頭讚許：「這個裝潢風格我喜歡。」

「開始幹活吧。」盛承淮並沒有多餘的話，「妳今天早上有三項工作：一、除了臥室，其他房間都打掃一遍；二、冰箱裡面有食材，在八點前做個早餐，因為我九點上班；三、置物籃裡有些衣服，手洗。」

私人助理顧笙笙：「……」

盛承淮見她不說話，便問道：「有意見？」

顧笙笙哀怨地看著他說：「不是說要我來當助理嗎？」

「是私人助理。」盛承淮糾正。

顧笙笙撇著嘴，不甘心地辯解：「好嘛，就算是私人助理，也不用打掃做飯吧？我又不是來當保姆的。」

「嗯，妳說得對。」

顧笙笙喜形於色。果然有反抗才有勝利，但是盛承淮下半句卻說——

「那我這裡沒什麼事可以讓妳打工還債了。」

顧笙笙給了他一個白眼，「好，我打掃、我做飯、我洗衣服行了吧？」

說完就開始捋袖子準備幹活，一邊做家務一邊絮絮叨叨：「我上輩子一定是毀滅了地球，才會有你這麼一個前男友，長得這麼好看，嘴巴卻這麼壞，吐槽人就跟喝水一樣輕而易舉。」

盛承淮靠在書架上，看著顧笙笙忙碌的背影，將她的每一句抱怨都聽在耳裡，心裡卻是無限歡喜。這樣的場面他幻想許久了。

顧笙笙擦完茶几，覺得有些疑點忍無可忍，便突然轉身問道：「前男友的事情到底是不是真的啊？」

盛承淮迅速斂起笑容說：「我有什麼必要騙妳？妳長得一般，脾氣也不溫柔，做飯也沒我做的好吃，騙妳對我來說一點好處都沒有。」

「我……」被嫌棄了一番的顧笙笙火大，隨手拿起沙發上一個抱枕扔向盛承淮，「既然我這麼差，你當初為什麼看上我？可以見得你的眼光爛到家了！」

盛承淮輕鬆抬起手接到抱枕，扔了回去，「何苦這麼說自己？妳還是有優點的。」

顧笙笙露出期待的眼神。

「妳智商情商雙低，對他人不構成威脅。」

顧笙笙傲嬌地哼了一聲以示抗議。這算什麼優點？

盛承淮忍住笑意去了衣帽間。顧笙笙見客廳和書房都收拾得差不多了，便對臥室起了心思。他不讓她打掃，說明裡面有祕密。一想到這裡，顧笙笙就心癢難耐。正所謂「好奇心殺死一隻貓」，顧笙笙心裡的貓已經抓得她蠢蠢欲動了。她趁盛承淮不在，偷偷進了臥室。

臥室的裝潢延續客廳的輕工業風，簡約大氣。

顧笙笙躡手躡腳進了門，反手將門帶上，臥室一覽無遺，似乎沒有什麼可疑之處。

「感覺也沒什麼啊，為什麼不讓我進來？」她覺得無趣，撇撇嘴準備出去。

顧笙笙轉身之際，卻被床頭櫃上的相框吸引。相框雖是金屬風，卻是粉藍色的，和整個房間的風格格格不入。她忍不住拿起來，卻發現相片中的人竟然是自己！照片裡面的她正在吃冰淇淋，但是冰淇淋這個食物在平行世界只是存在於課本裡，為什麼自己會……

她丟失的記憶中到底經歷了什麼？

「嘎吱」一聲，把手輕輕轉動。顧笙笙趕緊放下相框，假裝收拾房間。

盛承淮開門進房，「妳為什麼在我房間？」

「我在打掃啊。」顧笙笙將枕頭擺在正中間，又撫平被子的皺褶。

盛承淮將門反鎖，一步步走近，「我說過，臥房不需要打掃。」

顧笙笙尷尬得不知所措，當場被抓這種事還是頭一回，「我是覺得其他房間都打掃了，所以順便收拾一下臥室。你不喜歡是不是？我馬上走。」

「來都來了，我帶妳參觀一下。」盛承淮步步逼近，將顧笙笙堵在床和櫃子之間。

顧笙笙擺擺手說：「啊，不用這麼客氣。啊，對了，我想起來早餐還沒煮，我去做飯了。」

她想從盛承淮身旁溜出去，無奈一點縫隙都沒有。

盛承淮一把摟住她的肩膀，帶著她側身倒在床上，又一個翻身將她固定在身下，用低沉沙啞的聲音說道：「笙笙，妳為什麼要忘記我？」

顧笙笙差點要淪陷在他的聲音中，但是理智告訴她這個時候應該掙扎一下。無奈盛承淮左手將她的雙手固定在上方，右手還遊刃有餘地輕輕觸碰她的眉眼。

「我沒有故意要忘記你，我失憶了！」顧笙笙見掙扎已是徒勞，便乾脆放棄，改用語言攻勢，「你先放開我，我可以解釋的。」

盛承淮卻將她的手腕箍得更緊，「放開了，妳就離開我的世界，妳就忘記我了，妳要我怎麼能放手？」

顧笙笙嘆了口氣，無奈地說：「忘了就結束了吧。我甩了你，你還有什麼好留戀的？你想啊，失去我，你有一片森林。你這麼優秀的人，眼光不至於這麼差，對不對？」

「那我寧可瞎一輩子。」盛承淮目光灼灼。

顧笙笙琢磨這句話到底是誇她還是貶她？還沒琢磨出什麼來，盛承淮的脣就覆上了她的脣。

脣齒間的摩擦讓顧笙笙莫名緊張起來，她甚至忘記掙扎，不自覺地順著盛承淮的節奏配合他，觸碰他。

當盛承淮鬆開她的那一刻，她竟然有些意猶未盡。

「嘴上說著忘了，身體倒是很誠實。」盛承淮如此調侃。

顧笙笙本就因為缺氧而微微泛紅的臉頰此刻已經紅到了耳根，「你……流氓！」

她推開盛承淮，起身離開臥室，剛走到玄關處就被盛承淮一把拉住，「別走。」

顧笙笙回頭，正準備狠狠訓斥他一番，不料他的眼眶微紅，似乎隱忍著巨大的痛苦。她哭笑不得地說：「哎，你這麼委屈巴巴地看著我做什麼？是你非禮我好嗎？你一副我強上了你又始亂終棄的樣子是什麼意思？」

盛承淮一把將顧笙笙拉進懷裡，「這是妳第二次忘記我，我原本打算不這麼輕易原諒妳，可是那天看到妳的瞬間，我已經忘記我要生氣的事情了。」

「咳咳，我不走不走，你先鬆開我好不好？我要斷氣了，咱們有話好好說，有冤報冤，有仇報仇。」顧笙笙拍拍他的手臂。

盛承淮鬆開她。

「你能不能先告訴我，你為什麼說我是第二次忘記你？」顧笙笙大口吸氣。

盛承淮神情黯淡。他將二〇〇七年至今的故事一一說給她聽，盼著她能記起一星半點。然而，兩個小時過去了，故事結束了，顧笙笙卻是一臉茫然。盛承淮口中那個為了拯救自己喜歡的人而離開原有世界的人真的是自己嗎？既然她這麼愛他，為什麼又一次將他忘記？

盛承淮早有心理準備，知道她恢復記憶的可能性渺茫，但他還是忍不住失落。被自己所愛的人遺忘，這種體驗實在是太糟糕了。

顧笙笙有些傷感。假如她沒有失憶，現在會是什麼樣的光景？這是她失憶以來頭一次如此迫切地想找回記憶。

「雖然覺得很抱歉，但是關於你方才說的那些事情，我全都沒有印象……」顧笙笙有些內疚，「既然我和你已經分手，我也正好失憶了，那過去的就讓它過去吧，你也不要介懷了，找個好女孩談談戀愛，然後結婚生子。」

盛承淮聽完這番沒心沒肺的話，握緊拳頭，忍住不發火，「顧笙笙，妳失憶了，難道妳也沒心了嗎？」

顧笙笙卻意識不到自己哪裡說錯了。從她的角度來看，等她還了飯錢，各走各的就是最好的處理方式了。

「你這樣說我就是你的不對了，我可是摸著良心為了你著想。我甩了你，又忘了你，我這麼狠心對你，你就應該以牙還牙，把我也忘了。」

盛承淮握住她的肩膀，直視她的眼睛，看得她心裡發慌。

他問道：「所以妳現在對我毫無感覺了是嗎？」

「唉……畢竟我已經忘記以前的事情了，所以……」雖然很為難，顧笙笙還是尷尬地回答。

盛承淮鬆開手。

顧笙笙感覺他渾身散發著生人勿近的氣息，謹慎地以做飯洗衣服為藉口溜走了。

※　※　※

日落西山暮，晚霞將天邊映紅，交織成一幅美麗的畫卷；河面波光粼粼，彷彿將日光揉碎了沉入河裡。白天的燥熱逐漸散去，路上行人漸多，但再好的景致都無法安撫顧笙笙盛怒的心情。

從早上七點到晚上七點，顧笙笙被盛承淮「虐待」了整整十二小時，做飯洗衣，拖地摺衣服，沒有一件工作是盛承淮滿意的。他總能挑出各種各樣的毛病，讓一個小時能夠完成的工作做到三個小時還結束不了。

以上這些還不是最讓人生氣的，最令人髮指的是一天的工作結束後，盛承淮告訴她：「妳的工作不合格，扣一半薪水。」

顧笙笙氣得想把手裡的麵粉糊到他臉上。當然，她忍住了，因為盛承淮是債主！再怎麼生氣，她也不能毆打債主。

「心眼比針眼還小，這麼會記仇！等我還完錢，翻身做主人，看我怎麼虐待你！」

顧笙笙正碎碎唸，電話突然響起，嚇得她差點被絆倒。結果拿出手機一看，是路遠的來電。

『笙笙，我回來了，晚上我們一起吃飯。』

顧笙笙笑著答應。每次路遠完成任務回來，都會帶她和路遙出去吃飯。

「好啊，我現在去找你們。」

『妳在哪裡？我去接妳。』

「好啊，我把定位傳給你。」

等到了餐廳，顧笙笙卻沒見到路遙的身影，「遙遙呢？」

路遠紳士地替顧笙笙拉開椅子，「今天就我和妳，我有事要跟妳說。」

「嗯……這樣啊，也好，我也有事情要問你。」失憶之後，她第一眼看到的人是路遠。她的所有過去都是路遠轉述的，但他為何獨獨沒有提起盛承淮？

路遠入座，將菜單先遞給顧笙笙，「好啊，邊吃邊聊。」

路遠挑的餐廳是中餐館，風格復古，菜式傳統。

被盛承淮折騰了一天，顧笙笙也沒什麼胃口吃大魚大肉，盡點些油燜春筍之類的清淡菜色。

點好菜後，路遠忍不住問道：「妳什麼時候改吃素了？」

「一言難盡，最近可能都要改吃素了。」顧笙笙幽幽嘆了口氣，「不說這些不高興的事情了，你不是有事情要跟我說嗎？」

路遠摸了摸口袋裡的小禮盒，有些緊張，喝了一口水鎮定情緒，「我們認識二十幾年了，經歷了很多事情，我想我們或許可以……換一種關係重新認識對方。」

「打擾了，你們的菜上齊了。」服務人員的話掩蓋了路遠所說的最後一句。

顧笙笙饑腸轆轆，立刻被色香味俱全的菜色吸引，一邊大快朵頤一邊問道：「你剛才說什麼？什麼關係？我沒聽清楚。」

路遠微微張口，卻發現沒有勇氣再說第二遍。古人云：一鼓作氣，再而衰，三而竭，誠不我欺。

「也不是什麼大事。妳先說吧，妳不是有事情要問我嗎？」路遠還需要一些時間積攢勇氣。

顧笙笙扒了幾口飯，放下筷子，鄭重地說道：「是關於我失憶的事情。」

路遠臉色微變。

「我到底是怎麼失憶的？」顧笙笙顯然沒有發現路遠的異樣，「你說意外撞傷腦袋，但我在醫院醒來的時候，腦袋好像沒什麼事啊，反倒是身上有個槍傷。」

路遠從容回答：「妳在一場槍戰中中彈，倒地的時候撞到腦袋。雖然表面上沒什麼傷，但大腦裡面有一塊淤血，所以導致失憶。」

「那我以前都沒離開過這裡嗎？我的意思是，我有沒有去過其他空間？」顧笙笙半信半疑。

路遠遲疑了幾秒，點點頭說：「去過。妳和遙遙幾年前去過其他空間旅遊。」

「當時沒發生什麼事嗎？」顧笙笙追根究底。

路遙一口否認：「沒有，我們國家對時空的管制有多嚴格，妳又不是不知道，怎麼還問這種傻問題？」

假如沒去過其他空間，那她和盛承淮是如何認識的？

顧笙笙懷疑地看著他。憑著直覺，她覺得路遠在撒謊，可是他為什麼要隱瞞她的過去？

「這是我第一次失憶嗎？」

「對。」

顧笙笙不再言語。她不明白，路遠為什麼要刻意隱瞞？從目前情況來看，盛承淮所說的應該最接近真相，那私自跳躍近十年的她，按照平行世界的法律，本該禁足的她為什麼還能這麼自在地生活？而路遠是否知道更多的祕密？

路遠見她低頭不語，心裡有些疑慮，「怎麼了？」

顧笙笙擠出一絲笑容說：「你想聽真話還是假話？」

「真話。」

她無奈地笑了笑，「你剛才撒謊了。我們認識了二十幾年，儘管我現在失憶，依舊能感覺到你說的話到底是不是真的。」

「妳多心了。」路遠笑了笑，「妳今天是怎麼了？為什麼突然關心起這些事情來了？妳不是說和過去告別，重新開始生活嗎？」

顧笙笙沉默。失憶之後，路遠是她最信任的人，換作在今天以前，她會將遇到盛承淮的事情告訴他，但是現在，兩人之間出現了信任危機，相互提防著被對方發現蛛絲馬跡。為什麼會變成這樣？

「笙笙。」

顧笙笙回過神來，搖搖頭說：「我沒事，吃飯吧。」

路遠落寞地將小禮盒放回口袋。

※　※　※

月色迷濛，晚風送爽，月光透過樹縫斑駁地灑落在林蔭道。顧笙笙踩著月光，和路遠並肩而行。

一路上顧笙笙都不說話，路遠早已察覺異常，卻仍舊打算死守祕密。

在路的盡頭，顧笙笙停住腳步，凝視著路遠，「我睜開眼的第一刻看到的人是你，你幫助我重新開始生活，告訴我兒時的故事，照顧我的情緒，安撫我的不安，比起相信自己，我更相信你。回來的路上我想了很久，不管你隱瞞了什麼，我都選擇相信你。」

路遠望著顧笙笙遠去的背影，心裡五味雜陳。

兩年前，顧笙笙重傷回到平行世界，傷勢痊癒之後，她被判了終身禁足。但是她仍舊不放棄，和路遙密謀要離開平行世界。

而路遠在顧笙笙禁足期間，為了減輕她的刑罰做了很多努力。一年後，顧笙笙被改判抹去記憶，終身不得離開平行世界。

但這些顧笙笙並不知情。執刑那天，她誤以為是常規體檢，卻沒想到眼一閉一睜，迎來的是重生。

之前路遠便陪著她重新適應社會，關於過去，也只留下美好。

他本以為未來會如他所願，過去的種種都隨著時間飄散，但沒想到顧笙笙今天卻忽然提起。難道她想起了什麼，抑或是有人和她說了什麼？

一陣風起，枝頭的樹葉飄落在他的肩頭，許久不肯離去。

※　※　※

顧笙笙打工還債的日子一天天過去，從盛夏到初秋，從花開正豔到麥田金黃，從蟬鳴蛙叫到大雁南飛。

顧笙笙不曾想到戰線這麼長，她原本以為一兩個月就可以還清債務，卻沒料到盛承淮是個黑心老闆，動不動就扣她薪水，導致她花了整整三個半月才還了那一萬二的飯錢。

這天是顧笙笙苦日子的最後一天，她興致高漲，哼著小曲在陽臺晾曬。洗過的白色床單散發著清新的香氣，讓人不禁心情愉悅。

盛承淮拿著一個淡藍色玻璃水杯，斜靠著牆，饒有興致地看著顧笙笙在陽臺忙活。陽光透過白色床單，柔和地籠罩著她。她臉上的笑容在一片明亮中格外生動。曬完被單，顧笙笙轉身，對上盛承淮的目光，「早啊。」

「妳今天心情不錯。」盛承淮說道。

顧笙笙立刻收起自己的笑，「這麼明顯嗎？不好意思，我會管理好自己的表情的。」話雖如此，顧笙笙的眼裡仍舊閃著愉悅。

「既然這樣，妳可以繼續保持妳的好心情，今天中午我做飯。」

顧笙笙的表情足以用「瞠目結舌」來形容。這三個多月以來，盛承淮每天往死裡虐待她，今天竟然要主動做飯。

「你要下毒嗎？我可跟你說，殺人是犯法的。雖然我以前對不起你，但罪不至死啊，而且你看，最近幾個月我勤勤懇懇地贖罪，將功補過。」

盛承淮直接走向沙發，將水杯放在茶几邊上，挽起袖子，「妳勤勤懇懇難道不是為了還債？我毒死妳，還要把自己賠進去，虧大了。」

「哼！」

顧笙笙用沉默表示抗議。

半小時後，顧笙笙忍不住翻了個白眼，「我以為你要做大餐。」當盛承淮主動要求做飯的時候，顧笙笙一度以為至少得是滿漢全席才是，最後擺上餐桌的卻是蛋包飯。

「不吃嗎？那我倒掉。」盛承淮說完就伸手去端盤子。

顧笙笙趕忙將蛋包飯從他的魔爪中解救出來，「為了不浪費糧食，我就勉為其難吃了吧。」

嘴上說著「勉為其難」，但是當她吃第一口的時候，完全被盛承淮的廚藝所折服。然而，為什麼這個味道如此熟悉？

顧笙笙又試了幾口，更加確定這個味道似曾相識。她茫然看著盛承淮，企望從他表情中找到一絲線索。

不過盛承淮並沒有太多表情，只是淡然地吃著另一份蛋包飯。

午餐後，顧笙笙照常去洗碗，盛承淮卻一會兒就使喚她，不是要拿充電器就是要拿書，再不然就是拿檔。

顧笙笙按捺住心裡的火氣，在廚房、書房之間跑了一趟又一趟。

「幫我倒杯水。」盛承淮的魔音再度傳來。

顧笙笙咬牙切齒，小聲抱怨道：「龜毛！」

她將滿手的泡沫沖洗乾淨，卻發現紙面紙已經空了。

「水呢？」

「催什麼催，倒水不用時間啊？」

在盛承淮的催促下，顧笙笙放棄找面紙，將手隨意甩了幾下就去倒水了。液體在淡藍色玻璃杯中顯得格外好看。顧笙笙覺得盛承淮雖然脾氣臭，但眼光尚可，從家裡的裝潢到傢俱、碗碟，都十分精緻。

顧笙笙小心翼翼地捧著水杯朝書房走去，生怕因為一不小心就把這杯子摔了。但墨菲定律告訴我們，越不希望發生的事情偏偏越會發生。顧笙笙手心的水珠讓她有些手滑，她剛走到客廳就聽到清脆的一聲「啪」——水杯碎了……

盛承淮循著聲音望去，只看到一地的水、玻璃碎片和呆若木雞的顧笙笙。過了好一陣子顧笙笙才反應過來，帶著歉意說道：「我……手滑……」

「嗯，我看出來妳手滑了。」盛承淮點點頭。

顧笙笙趕緊蹲下收拾。

盛承淮卻一個箭步上前，將她拉起來，「不要碰，放著我來。」

「啊？」顧笙笙對這突如其來的關心有些不適應，「我沒關係。」

盛承淮卻拉著她坐到沙發上，又拿出一個醫藥箱，指著她的小腿問道：「不疼嗎？」

顧笙笙這才發現小腿被玻璃碎片劃傷，「好像是有點疼……」

盛承淮有些無奈，蹲下幫她的傷口消毒。

顧笙笙看了一眼地上的玻璃碎片，心裡嘀咕：杯子看起來很貴，不知道一天的薪水夠不夠賠，「盛承淮，我這算工傷嗎？」

盛承淮抬了抬頭，「妳又想說什麼？」

「嘿嘿。」被看穿的顧笙笙尷尬地笑了笑，「既然是工傷，那我摔壞的杯子就不要叫我賠償了吧？」

盛承淮清理好傷口，從醫藥箱中找出紗布和膠帶，「既然是工傷，妳的醫藥費我負責，杯子是妳摔的，我不負責。」

顧笙笙整個人都垮了，心裡的小人戳著盛承淮的額頭罵「小氣鬼」：「喔，那我買一個一樣的還你，多少錢？」

處理好傷口，盛承淮起身，「一萬塊。」

「你說什麼？」顧笙笙聽到價格後從沙發彈起來，連小腿都不覺得疼了，「你是認真的嗎？一個杯子一萬塊？你不會被人騙了吧？」

「我像在開玩笑嗎？」盛承淮一臉嚴肅。

顧笙笙欲哭無淚。他根本就不是會開玩笑的人。

「你為什麼要買這麼貴的杯子？」

「這個杯子材質是稀有礦物石，有良好的保溫作用。物以稀為貴，一萬塊的價格很正常。」盛承淮正經八百地解釋。

顧笙笙一屁股跌回沙發。她本以為是惡夢的最後一天，沒想到卻是第一天！打工還債的日子還要繼續。

盛承淮看著顧笙笙的表情，忍不住嘴角上揚，輕輕擁抱住她。

秋日的陽光和煦，午後的枝頭慵懶，秋蟬也偃旗息鼓，陽臺上的君子蘭悄悄張開了花蕾，惹一室清香。時間彷彿定格在相擁的一剎那，一切美好而真實，他和她的另一段故事從此開始。

番外二　你還欠我十份章魚燒呢

路遙離開平行世界的第十九天，輾轉世界各地完成樣本收集的任務後，她回到了嵐城這個曾經改變她和顧笙笙命運的地方。

嵐城的陽光依舊如多年前那般明媚，正值木棉花開的時節，和煦的春日下，街道兩側的木棉樹皆是一樹繁花。一陣風過，枝頭亂顫，紅色的花朵隨風飄落，一地繽紛。

春景依舊，卻物是人非。

路遙伸出手接住一朵木棉花，小心翼翼地放入一個玻璃瓶中。她要把這朵花鑲進水晶，作為禮物送給新婚的顧笙笙和盛承淮。畢竟在那個世界，沒人比顧笙笙夫婦更想念嵐城吧。

路遙心想：加上這朵木棉花，這趟出差算是圓滿結束了。

路遙的出差期是一整個月，但是她擔心錯過嵐城木棉樹的花期，便加快了工作進度，提早回到嵐城。

這也意味著她可以在嵐城待上十一天。

路遙喜歡嵐城，她在這個明媚溫暖的城市中有很多美好回憶。並且，這是多年來她第一次回到嵐城。

※※※

夕陽為城市鍍上一層金黃，在碧藍的海水包圍下，嵐城這座小島彷彿寶石般璀璨。書店內的一角，路遙坐在臺階上捧著一本《霸道總裁的嬌妻》如痴如醉。餘暉透過落地窗籠罩她。她感受到溫暖，忍不住將視線從書本移向夕陽。

一個身材挺拔的男人從她身邊走過，直接走向工具書的區域。

路遙欣賞完夕陽，看了看手裡的書，僅剩幾頁，便低頭繼續閱讀。

男人選好書走向收銀台，「你好，結帳。」

這個聲音？

路遙猛地抬頭。這個聲音為何有點熟悉？她朝聲音方向看去，卻被書架擋住了視線。等她起身看過去，收銀台除了收銀員，別無其他。

她心想：難道是我聽錯了？

路遙看完最後幾頁小說便去了以前常去的日式拉麵館，點了一碗熱騰騰的豚骨拉麵、一份起司厚蛋燒、一份鮭魚和一壺清酒。

食物的熱度和香氣消除了她出差二十天以來的疲憊。一口濃香四溢的拉麵下肚，填飽了饑腸轆轆的胃；新鮮的鮭魚搭配清酒，更是讓路遙深陷其中。她後悔自己以前怎麼沒發現這種搭配的魅力。

「老闆，再一壺清酒。」

對於平日滴酒不沾的路遙來說，兩壺清酒足夠讓她醉得分不清東南西北。等她吃飽喝足離開拉麵館的時候，走路已呈「S」形。

她一路扶著人行道的木棉樹跟跟蹌蹌地往前走，沒走多遠便忍不住蹲在路邊吐了出來。

一個身材挺拔的男人慢慢走近，蹲在路遙的旁邊，遞上一條手帕給她。

路遙感激地接過。

在男人的攙扶下，路遙軟綿綿地站了起來。

「妳家在哪裡？需要我幫妳叫個車嗎？」一個好聽的嗓音對她說道。

路遙抬頭，還未開口就被對方驚訝的聲音打斷：「路遙？」

路遙定睛一看，眼前的人既熟悉又陌生，但她不敢確信，又晃了晃腦袋想讓自己清醒一些。

這麼一晃，她心口泛起一陣噁心，捂住嘴就要嘔出來。

男人說道：「不許吐。」

路遙看了看他，用力嚥了口口水，將噁心感強壓下去。

男人滿臉嫌棄地看著她說：「妳住哪裡？我送妳回去。」

路遙正要開口，但方才被壓下的噁心又湧上來，她忍不住「哇」的一聲……吐了出來。

男人乾淨整潔的黑襯衫毀於一旦。

他仰天長嘆，後悔自己剛才為何要遞出那一條手帕。

路遙吐完後，用手帕將嘴角擦拭乾淨，有氣無力地說：「對不起啊。」

他脫掉上衣，扔進垃圾桶。而路遙或許是見到了他，突然覺得安心就開始犯睏。

於是，等他扔完襯衫一回頭，便看到路遙抱著樹幹昏昏沉沉地睡了過去。

他忍不住扶額。怎麼都遇到這種事啊？

他走到路遙身邊用腳尖踢她，「起來，我送妳回去。妳要是不起來，我就把妳扔在路邊。」

路遙咂著嘴，依舊睡得香甜。

他蹲下身拍了拍她的臉，「醒一醒！」

路遙自然是沒反應，但是路人卻對他們投以懷疑的目光。

他憤恨得捏著路遙的臉頰，「為什麼每次碰到妳都沒好事？」

「時江，好久不見。」路遙夢囈道。

這個讓她安心得敢在大街上睡覺的男人，正是時江。

他的五官依舊和多年前一樣，標準的雙眼皮，鼻梁高挺，還有一雙就算不笑也含著笑意的眼睛，唯一不同的是他已經退去了青澀，時光在他臉上沒有留下風霜，反而增長了魅力。

時江和路遙在多年前並沒有因為共同好友顧笙笙而產生友誼，反倒結下了不少梁子。正如時江所言，他每一次碰到路遙，準沒好事。

時江從大一開始就喜歡上和自己一起在便利商店打工的學姊顧笙笙，但他一直不敢表明自己的心意，直到顧笙笙要畢業時，他終於下定決心要在顧笙笙畢業典禮當天表白。

但是，那天便利商店發生了爆炸，顧笙笙受傷住院。也正是那時候，他認識了路遙。

等顧笙笙痊癒出院，他多次想表白，卻都因為路遙陰差陽錯而被破壞了。

※　※　※

時江的第一次告白。

他傳訊息給顧笙笙，說學校有一份畢業生資料要給她，約在咖啡店見面。但等到約定時間，出現的人卻是路遙。

「聽說老師有資料要給笙笙，我出來買吃的，順便幫她帶回去吧。」

第一次告白，卒。

第二次。

時江有一本畫冊，裡面每頁畫的都是顧笙笙，從他和顧笙笙第一次見面、第一次一起去學校、第一次一起加班、第一次一起吃宵夜……他記錄了記憶中的所有顧笙笙。畫冊的最後一頁，是情書。

他將畫冊寄到顧笙笙家裡，卻遲遲沒有得到回覆，便試探性問了顧笙笙。

「遙遙拿完快遞，不小心摔了，好多快遞都掉進水坑，畫冊弄濕了好多，不過還好只破損了最後幾頁，倖存的部分遙遙已經烘乾收起來了。」

「路遙收起來了？」

「對啊。我是真沒想到啊，你背地畫了一整本的遙遙。好好加油啊，少年。」

時江：「……」

第二次告白，卒。

第三次。

時江覺得不能讓顧笙笙繼續誤會下去，便約她出來吃飯，打算把話說清楚。

那天餐廳的氣氛很好，食物很美味，音樂很動聽，但是他不知道為何兩人約會變成了三人聚餐。當顧笙笙找藉口離開後，又演變成他和路遙的單獨約會。

第三次告白，卒。

第四次。

顧笙笙骨折，時江藉機探望，趁著路遙不在的時候去了顧笙笙家。那天陽光很好，時機也剛好，他正打算坦承自己的心意，路遙就吃著冰淇淋回來了，並且「不小心」滑了一跤，摔在他的身上，場面一團混亂。

第四次告白，卒。

之後的每一次，時江都失敗得慘不忍睹。而他的失敗和路遙有著直接或間接關係，路遙就像一個魔咒困擾著他。直到顧笙笙和盛承淮在一起，他才放棄。

他之所以放棄，不是因為盛承淮有多優秀，而是因為顧笙笙看著盛承淮的眼神。他知道自己撼動不了那樣的眼神。

後來，他收到消息說顧笙笙被綁架了，員警趕到的時候她已經中彈身亡。課堂上的他哭得像個傻子。

他想找路遙證實，可是路遙也不見了，就像人間蒸發一樣。

這麼多年過去，路遙又忽然出現了……

時江看著路人懷疑的眼神，只好將路遙抱到自己車上。

看著在副駕駛座上睡得香甜的路遙，他無奈地搖搖頭。他到底是造了什麼孽，才會碰到這麼個魔王？

由於不知道路遙住哪裡，時江便把她帶去飯店。但是他找不到路遙的身分證，被飯店櫃臺拒絕入住，最後他只得把人扛回家，扔在沙發上。

※　※　※

翌日清晨。

窗簾遮住了大部分的光線，房間裡晦暗不明。

時江鼻頭發癢，感覺有什麼毛茸茸的東西在蹭他的鼻頭。他擰著眉睜開眼，卻發現困擾他的竟然是頭髮。

時江捏著一小撮頭髮陷入思考。哪來的頭髮？這時，他旁邊的被子輕輕動了一下，把他嚇了一跳。他輕輕拉開被子，裡面睡著一個女人……

「早啊。」路遙睡意朦朧地說道。

時江不可置信地眨眨眼，「妳……」

路遙翻了個身，「砰」的一聲——不小心滾下了床。她揉揉撞到的額頭，艱難地爬上床，人也清醒了許多，這才發現床上的時江，兩個人面面相覷。

「時江？你怎麼在這裡？我還以為我在作夢。」

路遙淡然得讓時江懷疑她的性別。正常女生這時候應該會先尖叫，然後抱著被子哭吧。

「我家、我的臥室，妳說我為什麼會在這裡？」

「啊……這樣啊。」路遙若有所思，「看來真的不是作夢啊。謝謝你，沒讓我醉死街頭。」

時江強忍著怒火，「如果我沒記錯，妳應該睡在客廳。」

「昨天半夜醒過來，全身黏糊糊的，覺得難受就去沖了個澡，然後……就是你現在看到的這樣。我昨晚以為我在飯店……」路遙如此解釋。

「妳還洗澡了？」

被路遙一提醒，時江這才發現她身上的睡衣是自己的T恤！這個女人神經到底有多粗？

路遙跳下床拉開窗簾，陽光灑進臥室。她站在落地窗前伸了伸懶腰，「你這裡風景真好。」

時江一時語塞。路遙的思維總是如此跳躍。

「我的包包呢？」路遙轉身笑著問道。

時江有些恍神。在他的記憶中，路遙總是笑得這麼開心，彷彿沒有任何煩惱，在她的世界似乎不存在陰暗的角落。

「妳的包包在客廳。」時江冷冷地說，「妳收拾一下，我送妳回去。」

路遙眼珠子骨碌一轉，靈光一閃，「哎呀，頭好痛。一定是昨晚喝多了，我現在感覺腦子都要炸開了，能幫我做個醒酒湯嗎？」

「嘿，妳也知道妳喝多了。」時江嘲諷道。

路遙眨眨眼，撇著嘴可憐兮兮地說：「我們認識這麼多年，竟換不到一碗醒酒湯。」

「好，喝完就回去。」時江妥協。

半小時後，路遙對著面前的米湯緩緩開口：「這難道就是醒酒湯嗎？」

時江也盛了一碗小米粥給自己，「米湯中含有多醣類及維他命B群，有解毒醒酒之效。加入白糖飲用，療效更好。妳要不要試試？」

他將糖罐放在餐桌上。

路遙撇撇嘴。這和她想的不一樣。

「多喝點，鍋裡還有，就當我連早餐也一併提供了，不用謝。」時江說道。

「狗子，你變了，你以前不是這樣的！」路遙指控，「你以前會做很好喝的醒酒湯！酸酸甜甜的，特別爽口。裡面放橘子、蓮子、青梅、山楂糕！」

她想起第一次喝到時江做的醒酒湯，色澤鮮豔，酸甜可口，至今念念不忘。

時江若有所思地看著她，「原來我以前做給笙笙學姊的醒酒湯都到了妳的肚子裡？」

「啊，我覺得你這個米湯做得不錯，你快喝。」路遙心虛地轉移話題。

提起顧笙笙，時江不免有些感傷，臉上的笑容也逐漸消失。

但路遙完全沒發現，畢竟她還一直和顧笙笙生活在另一個世界。

正當路遙喝著米湯，時江突然冒出一句：「下午妳要不要和我一起去墓園？」

「啊？去幹嘛？」她反問。

時江帶著點悲戚，「去看看笙笙學姊。」

「噗——」路遙一口米湯噴到餐桌上。

她連忙抽出紙巾將桌子擦乾淨，內心卻很慌亂。去墓園祭拜顧笙笙，這算什麼？

「妳怎麼了？燙到了嗎？」時江喝了一口米湯，「不燙啊。」

路遙尷尬地擦擦嘴巴。要她去祭拜大活人，這種事她怎麼做得出來？回頭盛承淮那個寵妻狂魔知道了，一定會打死她；但倘若不去，時江肯定會起疑。

「不燙不燙，我只是噎著了。是這樣的，我昨天一回嵐城就去墓園，和笙笙瞎聊了好幾個小時，我要是再去，她都要嫌我煩了。我看我下午就不陪你去了，何況我還有工作。」

時江點點頭說：「好。不過，妳不是無業遊民嗎？」

「少瞧不起人！」路遙放下碗筷，從隨身包包裡拿出一份自己收集到的樣本，「看，我這次出差就是為了收集這些樣本，我們公司是做科學研究的。」

時江接過一看，三個５ＭＬ大小的密封格連在一起，第一格放著土壤，第二格放著水。

「第三格怎麼是空的？」

「第三格是空氣。」路遙得意地說，「我這次收集了二十份不同氣候區的樣本，你手裡拿的那份是嵐城的，亞熱帶季風氣候的樣本之一。」

時江有些疑惑，「你們公司研究這些要做什麼？」

路遙自然不能透露真實的研究目的，便故弄玄虛：「這種商業機密我能告訴你？作為一名科研人員，我有著高度的保密意識。」

「嘿。」時江放下手裡的樣本，「裝神弄鬼。」

路遙挺直腰板。俗語有言，輸人不輸陣，「你們這些凡人對於自己不知道、不理解的領域，就說是裝神弄鬼，這種態度一點都不謙遜。」

「那謙遜的路遙小姐，請您吃完後盡快離開可以嗎？我等一下還要開會，沒時間陪妳慢慢耗。」時江說道。

路遙本來想找間飯店住下，但是她一路吃吃喝喝，開銷過大，錢已經所剩無幾了，現在最好的辦法就是賴在這裡。

時江見她不說話，猜想她又在打什麼鬼主意。

「我要出門開會，妳和我一起走。」

「你變了。」路遙重重嘆了一口氣。曾經的小奶狗不見了，現在的時江恐怕是一隻狼狗吧。她覺得委屈，「要是以前，你會先問我有沒有地方去。」

時江無奈地擠出一絲笑容，「好。請問，妳有沒有地方去？」

「沒有！」

時江被她的理直氣壯唬得一愣，正要開口，這時他的手機鈴聲響起，是公司打來的，他只好先接起來。

「怎麼了？嗯，好，我現在馬上回去。」

掛完電話，他還沒開口就被路遙搶先：「你趕緊去公司，碗筷我來收拾，有什麼事情回來再說。」

「你……」時江話剛出口又被電話打斷。他看了來電顯示，只好匆匆出門。

路遙聽到門「砰」的一聲關上，終於安心了。收拾好廚房之後，她就開始打遊戲。這裡的遊戲可比平行世界有意思多了。儘管這裡的技術相對落後，情節卻十分有意思，就像是把小說遊戲化，深得她的喜愛。

※　※　※

時江到達公司的時候，公司已經是一團亂。公司網路被病毒入侵不說，遊戲伺服器全面崩潰，玩家的投訴電話不斷響起。

時江畢業後就和朋友一起開發遊戲，利用遊戲得到第一桶金，成立了現在的公司，主營業務是遊戲開發。一週前，一款新遊戲剛完成內測上線，大獲好評，今天卻出了這樣的亂子。

時江到了公司，花三分鐘召開緊急會議，將人員分成三撥，一撥維護公司網路，一撥維護遊戲伺服器，一撥負責公關。

如果遊戲不能在短時間內正常運行，對公司影響無疑是致命的。然而一個半小時過去了，伺服器還未修復完畢。

但令人驚訝的是，全部玩家都被強制下線的時候，有一個帳號卻自由行動。遊戲ＩＤ是：路遙知馬力。

「老大，這不科學，我們的伺服器全都崩潰了，這個玩家怎麼可能還……」程式設計師欲言又止。

時江沉思了片刻，進入遊戲後臺尋找原因，卻無法在公司提供的伺服器上找到這個玩家資訊，「這個ＩＤ不在我們的伺服器上。」

程式設計師驚訝得合不攏嘴，「你是說，這個玩家有自己的伺服器？」

時江點點頭。

「這不可能啊！」程式設計師激動得拍桌站起來，「我就沒聽過哪家公司有這種技術！」

但時江不管對方是怎麼做到的，「找一下這個ＩＤ的實名認證資訊，我要聯絡這個人。」

五分鐘後，程式設計師說：「老大，路遙知馬力的電話號碼。」

時江立刻打了過去，但是他的手機卻顯示撥出號碼為「路遙」……

路遙？路遙知馬力？他早該猜到的。

『喂，你好，哪位？』電話裡傳出路遙的聲音，以及鍵盤和滑鼠的敲擊聲。

時江看了看電腦螢幕上奮力打魔王的路遙，無奈地開口：「是我，時江。」

『噯，你什麼時候換號碼的？我看來電末碼三個五，還以為是推銷電話呢。』

「妳在打遊戲嗎？」

『沒有沒有，我在掃地呢。我保證，等你回來時，你的家一定閃亮亮的，比鑽石還閃。』

時江看了看魔王血條，路遙馬上就要贏了，「我覺得是時候發大招了，妳覺得呢？」

『那是必須的！』

話音剛落，一陣白光如利刃一般切中魔王的額心，魔王血條瞬間見底，「路遙知馬力」樂呵呵地滿地撿裝備。

時江看著螢幕上到處蹦跳的小人說：「裝備不錯。」

這時，螢幕上的小人靜止了。

『時江，你這個變態，你在家裡裝了監視器嗎？』

時江解釋：「這款遊戲是我們公司開發的。」

『嗯……我馬上下線掃地去……』路遙弱弱地說道。畢竟人在屋簷下，不得不低頭。

時江立刻制止了她：「不，我需要妳幫我一個忙。」

時江將事情的前因後果告訴路遙。

電話那頭的路遙立刻明白了——時江需要她的伺服器。

『讓我在你家住十來天，我就把伺服器借你，直到你們公司的伺服器可以正常運作。』

若不是時空管理處有規定平行世界的物品不能遺落在這裡，她甚至可以把伺服器送給他。

時江轉身問了維護人員：「大概還需要多久可以恢復？」

「最快也要一天。」

時江只能妥協：「好，我答應妳。」

於是，路遙利用一個再便宜不過的伺服器順利換得了住處。

※　※　※

嵐城的夜幕降臨，城市燈光星星點點地亮起。

當時江回到家時，只見路遙慵懶地躺在沙發上玩手機，桌上散亂著水果和零食。她時不時「哈哈哈」幾聲，好不愜意。

路遙聽到關門聲，猜到是時江回來了，便眼睛盯著手機說道：「你回來啦。飯煮好了，你趕緊吃飯吧。」

身為有強迫症的人，時江此時只想把桌上收拾整齊。他揉了揉眉心克制自己的情緒，開始默默收拾桌子。

路遙的目光落在時江的手上，「那個蝦條我還要吃的……」

時江的手從蝦條上挪開，準備將零零散散的果凍收到盒子裡。

「果凍也還要吃。」

時江的內心是：我忍。

「水果也不要動，我要吃！」

「有什麼妳不吃的嗎？」時江問道。

路遙認真掃視了茶几，「都要吃。」

時江認命，零食沒有收起來，只是將它們一一排列好。然而，他轉身喝水的工夫，茶几又重新變得凌亂。

路遙毫無察覺，樂呵呵地吃著零食，「你怎麼還不去吃飯？飯菜都要涼了。」

時江沒有走向廚房，而是轉身進了書房，沒多久便拿出一份文件遞給路遙，檔案名是

《臨時同居合約》。

路遙眨眨眼睛，無辜地說：「這是什麼？」

「我們合住期間妳需要注意的事項。」時江如此解釋。

路遙看了一遍，條條框框規定了許多她必須做或不可以做的事情，例如：保證家裡的整潔，用完東西要放回原位；早上八點前，晚上十一點後，不可以發出十分貝以上的聲響；不許進入主臥、書房，活動範圍只能是客房、客廳和廚房……

「前幾項我勉強可以理解，但是第十項，不許在家裡吃香菜。請問我吃不吃香菜和你有什麼關係？」路遙如此指控。小說、零食、香菜，這些她無論如何都不會放棄。

時江面無表情地解釋：「我不喜歡香菜的味道。」

於是，接下來的一個小時展開了一場關於「食物要不要加香菜」的辯論。在路遙的堅持下，第十條協議被修改成：家裡不能出現零點五公克以上的香菜。

路遙心裡感慨：技術改變命運。

要不是平行世界的技術領先一籌，她也不敢在時江家裡作威作福。

「不過，協議上都是對我的限制，這不公平。既然是合住，你也要配合我的生活習慣。」路遙理直氣壯地說。

「妳說。」

她笑著在協議上補充：「第一，你不能對我發脾氣，幾年不見，你脾氣差了不少；第二，我們合住期間，不許帶異性朋友來家裡；第三，在我需要你的時候出現。」

「第一，我不會無緣無故發脾氣；第二，我不會帶朋友到家裡，不管異性還是同性；第三，什麼叫在妳需要的時候出現？這種抽象的表達，妳叫我怎麼遵守？」時江反駁。

路遙把協議推到他面前，「那你要不要簽字？」

為了公司，時江不簽也得簽。

至此，路遙和時江正式開始了合住生活。

※　※　※

合住生活比時江預計的順利，路遙每天都在外面吃喝玩樂，對於協議上的規定，她大部分都遵守了。

當然，偶爾他會忘記家裡還有一個人，半夜起來喝水被敷面膜玩手機的路遙嚇到、洗澡後圍著浴巾在家裡亂晃被她撞到、飯前只擺一副碗筷而被抱怨的事情都頻頻發生。

等他適應了，他發現不論自己幾點下班，家裡的陽臺和玄關總是亮著燈；偶爾早上起來會有早餐驚喜；在公司加班到太晚會有宵夜；胃痛的時候家裡剛好有胃藥；苦悶的時候和人一起喝酒；開心的時候有人一起慶祝。

這麼多年來，他第一次覺得有人陪伴的感覺也不錯。

「時江！」

聽到路遙的聲音，時江回神，應了一聲：「沒事別叫我，我在忙。」

「有事！」路遙從浴室探出腦袋，「蓮蓬頭好像壞了，快來修！」

「自己修！」時江頭也不抬地回應。

路遙翻了個白眼，「信不信我今晚就駭了你們的遊戲網頁？」

自從上次伺服器事件後，時江對路遙的IT技能深信不疑。他覺得路遙之所以什麼都不會，是因為上帝將她所有的技能都點在了電腦上。

然而，真相卻是路遙對電腦、網路、代碼之類一竅不通，她甚至不知道這些詞是什麼意思，只不過出差前帶了許多先進設備，故而唬唬時江還是可以的。

時江無奈，放下手裡的文件，走進浴室，「說吧。」

「蓮蓬頭出不了水。」路遙本來是要進來洗澡的，結果衣服還沒脫，就在試水溫的時候發現蓮蓬頭出不了水。

時江打開浴室的儲物櫃，拿出一個新的蓮蓬頭打算換上。

正當他要擰下舊的蓮蓬頭時，蓮蓬頭突然出水，在水壓的作用下，蓮蓬頭徹底放飛自我，浴室全方位遭殃，包括時江和路遙。

等時江關上蓮蓬頭，兩人都是一身狼狽。

濕答答的頭髮沾了路遙一臉，她隨意用手一抹，將臉上的水珠和頭髮抹掉，鐵青著臉說：「我可以理解為你在報復嗎？」

「妳覺得我這樣，像嗎？」他指了指自己。

時江不比路遙好到哪裡去，他的白襯衫已經濕透，緊緊貼著身體，顯示出身體的曲線。人魚線、八塊腹肌，該有的他都有。顯然儘管他工作忙，健身時間卻沒少。

路遙盯著他的胸肌暗自吞了口口水。什麼叫穿衣顯瘦、脫衣有肉，她總算是見識到了。

時江埋頭修理，才發現不是蓮蓬頭的問題，出問題的是開關，才導致時而出水時而不出水。

「蓮蓬頭沒問題，是開關壞了。家裡沒有開關，看來今天只能委屈妳了。」

「所以，我今天可以用你房間的浴室？你果然還是我認識的時江。」路遙兩眼發光。

時江扯下浴巾架上的兩條毛巾，一條扔到她的腦袋上，一條拿來自己擦頭髮，「想太多是一種病。我的意思是，妳今晚就不要洗澡了。」

路遙擦擦臉上的水珠說：「我拒絕你的提議。」

「我拒絕妳拒絕我的提議。」他反駁。

她擦著頭髮走出浴室，「幼稚。」

時江一愣，突然驚覺最近自己行為確實有些反常，他覺得一定是「近墨者黑」，受了路遙的影響。

最後，路遙不但徵用了時江的浴室，還徵用了他的浴袍，因為她的睡衣在「蓮蓬頭失控事件」中壯烈犧牲了。

晚上十點，書房透出昏黃的燈光，裡面不時傳出「喀噠喀噠」敲打鍵盤的聲音。路遙在房間玩餓了，到客廳覓食。

打開冰箱一看，裡面盡是一些蔬菜瓜果，她失望地關上冰箱門。

「好想吃炸雞啊……」

路遙是個說風就是雨的人，她敲開書房的門，「我要點外賣，炸雞你吃嗎？」

「不吃。」時江高冷地回答。

話音剛落，路遙便聽到一陣「咕嚕嚕」的聲響。

時江尷尬地說：「算我一份。」

路遙忍著笑幫他關上門。

※　※　※

十五分鐘後，門鈴響起，路遙興奮地跑去開門，然而門外的人並不是外送員，而是……

「關皓？」

時江聽到門鈴響，也從書房走了出來，「是外送到了嗎？」

關皓看了看他們兩人身上的浴袍，露出一副恍然大悟的神情，「好久不見。那麼，我先走了，打擾了。」

路遙還搞不懂發生了什麼事，時江卻已經明白過來，解釋道：「你誤會了。」

關皓笑了笑說：「差點忘了，蘇晨要我去藥店買點東西。時江，那我走了，下次『方便』的時候我再找你喝酒。」

關皓還「貼心」地幫他們把門關上。

路遙眨眨眼睛說：「他怎麼就這樣走了？」

「妳說呢？」時江口氣無奈。

「我怎麼可能會知道？」她無辜地說道：「我的炸雞呢？」

關皓沒走多久，門鈴再次響起。這次時江搶在路遙開門前打開了門口的監視器畫面，畫面上是一個年輕女孩，揹著書包，似乎還是個學生。

「時江哥哥，我知道你在家，幫我開開門好不好？我再也不駭你們公司的網路了，我也不攻擊你們的遊戲伺服器了。我知道錯了，你原諒我好不好？」

路遙貼在門上聽了好一會兒，大致聽懂了。這女孩駭了時江遊戲，是路遙成功入住時江家的神助攻，算起來也是半個恩人。

時江關上監控，打算不理會這位訪客。

但是門外的女孩依舊在道歉：「對不起，時江哥哥，我真的知道錯了。遊戲公測那幾天，你都不理我，我心想遊戲癱瘓幾天，你就會陪我玩了，我真的沒有惡意，我不知道後果會那麼嚴重。我昨天去你家聽叔叔說到這件事，才知道我對你們造成那麼大傷害。」

路遙調侃：「要不要我幫你把你的青梅竹馬請進來喝杯茶？」

「如果妳願意和這位駭客榜上的第一名切磋一下，隨妳。對了，她對妳倒是很有興趣。」時江冷冷地看了路遙一眼，然後就回書房繼續工作。

路遙對他的青梅竹馬可沒興趣，她更關注她的炸雞什麼時候來。

她忍不住打電話給外送員：「小哥你好，我剛才點的炸雞為什麼還沒送到？」

『送到了啊！我不是在門口碰到妳，直接給妳了？』

「啊？」

難道她的炸雞被「青梅竹馬」攔截了？

路遙打開監視器畫面，女孩果然拎著一袋炸雞朝鏡頭得意地晃了晃。她掛斷電話，氣勢洶洶地朝門口走去。竟然劫持她的炸雞，這怎麼可以忍！

「喀」一聲，鎖開了。

「喀」一聲，門開了。

「喀」一聲，炸雞掉地上了。

路遙立刻撿起自己的炸雞，心疼地打開檢查，好在袋子裡面還有紙盒，炸雞毫髮無損，不然她非得和「青梅竹馬」拚命不可。

「妳是誰？妳為什麼會在這裡？時江哥哥呢？妳和時江哥哥是什麼關係？妳身上的睡衣為什麼這麼眼熟？」「青梅竹馬」發出一連串疑問。

路遙沉醉在炸雞的香氣中，懶得回答這麼多問題，更何況她也記不住這麼多問題。

「這睡衣是時江的。」

「喀」一聲，「青梅竹馬」的心碎了。她紅著眼眶說：「這不可能，我不相信，時江哥哥不是這樣的人，妳騙人！」

「嗯？」路遙眨眨眼。她怎麼覺得「青梅竹馬」這番話有點怪怪的？結合方才關皓的反應，她恍然大悟，「喔，妳誤會了，我可以解釋的……」

「沒什麼好解釋的。」聽到動靜後從書房出來的時江打斷了路遙的話。

路遙驚訝地看著他走到門口，和她並肩站在一起，「沒什麼需要解釋的地方，事情就是妳看到的這個樣子。」

路遙掐了掐時江的腰，時江瞪了她一眼，她回瞪他一眼，暗示他趕緊解釋。但這一切在第三人看來，更像是情侶間親暱的互動。

路遙見他不打算解釋，便開口：「妳不要難過，其實我和時江是……」

「是情侶。」

「咚」的一聲，好像一顆石子丟進池塘，路遙的心上泛起一圈圈漣漪。她不可置信地看著時江，時江卻摸摸她的腦袋，溫柔地說：「乖，妳先進去吃宵夜，我等等就來。」

溫柔的聲線讓路遙有些恍神。這話簡直太油膩了！

路遙給了他一個白眼，然後抱著炸雞回到屋裡，再耗下去炸雞都要涼了。

看到這一齣「柔情似水」、「兩廂情願」的戲碼，「青梅竹馬」終於沒忍住眼淚，「哇」的一聲哭了出來。時江也不說話，就靜靜地看她哭。

過了幾分鐘，「青梅竹馬」號啕大哭轉成哽咽哭泣，「時江哥哥，我從小就知道你不喜歡我，但是我一直都覺得沒關係，我可以努力，一點一點讓你喜歡我。可是現在，你竟然有了喜歡的人，那個人居然不是我，我對你很失望。從明天開始，不，從現在開始，我再也不會喜歡你了！請你以後不要纏著我！」

時江點點頭說：「好。」

「好？」「青梅竹馬」瞪大眼睛，「我哭了這麼久，說了這麼多，你竟然只說一個『好』。你果然……果然是個負心薄倖的人！嗚嗚嗚……」

啃著雞腿，看著大戲的路遙忍不住搖搖頭：時江就是塊木頭，根本不懂憐香惜玉。

時江這次回答了一整句話：「我不喜歡妳，不要在我身上費心思了，好好讀書。」

「青梅竹馬」咬著下嘴唇，努力憋著不讓自己哭出來，「時江哥哥，我會好好讀書，變得更好、更優秀，總有一天我要讓你後悔。」

「加油。」

時江的回答讓路遙忍俊不禁，他真的有氣死人不償命的天賦。

「青梅竹馬」憋住眼淚，轉身離開。

「拉住她拉住她。」路遙小聲吶喊。

然而「砰」的一聲，門關上了，路遙失望地唏嘘一聲。

時江板著臉坐到餐桌前，「看得開心嗎？」

「怎麼說呢？和小說裡的發展有些出入。」路遙煞有介事地評論，「按照小說發展，這『青梅竹馬』的定位是女一，你應該挽留她，然後將誤會解釋清楚，最後 Happy ending。」

路遙的解說讓時江只想呵呵冷笑，「那按照小說的發展，妳這個惡毒女配角是不是要被掃地出門了？」

路遙抿嘴。她似乎幫自己挖了個坑。

※　※　※

「青梅竹馬」的話題在時江的「不解風情」下終結，家裡重歸安靜。

「明天你有時間嗎？」路遙一邊吃著炸雞一邊問。

「沒有。」

「那你就擠一擠，抽出一天陪我逛一逛嵐城。」再過幾天，路遙就要回去了，在回去前，她有一些必須去的地方。

時江搖頭說：「明天要出差。」

「那好吧。」路遙難掩失望。

看到路遙的表情，時江的內心竟然動搖了。他居然莫名想看她笑，「妳明天要去哪裡？」

「嗯……很多地方。」路遙腦海裡有許多關於嵐城的回憶，「遊樂場、書店、咖啡館、海邊……對了，你的相機借我吧，我就用明天一天。」

時江覺得路遙有些奇怪，如此鄭重其事不像她的作風，「妳會用嗎？」

她搖搖頭說：「不會，我吃完就上網學學，應該不難吧。」

「為了防止妳弄壞我的相機，我明天幫妳拍照吧。」時江為自己找了個理由。

路遙的表情又重新變得明亮，「哈哈，我就知道你刀子嘴豆腐心。」

時江的嘴角微微揚起弧度。看到她笑，他總是會忍不住心情好起來。

※　※　※

按照約定，時江陪著路遙去了以前住過的老房子、玩過的遊樂場、愛去的咖啡館；一起走過落英繽紛的林蔭小路，一起在遊樂園瘋狂玩耍，一起吃同一塊蛋糕，一起在書店的角落看書，一起去照相館洗照片。

從照相館出來，時江有些不解。再普通不過的風景和事物，路遙都認真地拍照保存，好像一個要離開很久的人。

「為什麼要拍這麼多照片？」

她隨口玩笑道：「可能是因為我對這個城市愛得深沉。」

但事實是她不知道這一次離開之後，何時才能回來，而她能帶走的只有這些回憶。

兩人漫無目的地邊走邊聊，到了海邊時已近日暮。

黃燦燦的夕陽在海面鋪上一層金色，波光粼粼，耀眼得讓人無法直視。

路遙脫掉涼鞋，用觸覺感受這一片細軟的沙灘，「落日真好看，幫我拍一張吧。」

時江拿起相機，「喀嚓」一聲將夕陽與她同框，逆光下，她的背影顯得有些感傷。

「我們……要不要合照一張？」

時江一愣，拒絕了她。

他覺得今天的一切都像離別的儀式，包括合照的要求，他並不想接受這樣的結局。

路遙點點頭說：「也是，你本來就討厭我。」

「不是……」時江想解釋，但是不知道該從何說起。是該從多年前她阻撓他追求顧笙笙說起，還是該從他放棄顧笙笙，而路遙一直陪伴安慰他說起，抑或是從這次重逢開始說起？

路遙笑了笑說：「我開玩笑的，你還當真了？」

時江無奈地嘆了口氣。他越來越不明白自己為何總是被她牽動情緒。

路遙沒有看出時江的異常，她按照自己原本的計畫，向時江道了歉：「對不起，我有事情瞞著你。你不要說話，聽我說完。你送給笙笙的便當都是我吃的；你送她的畫冊，她沒有看到，被我收起來了；你寄給她的演唱會門票，她以為是你送給我的；還有很多……你一定覺得我很討厭，一直妨礙你的計畫。你肯定也覺得我虛偽，最後你放棄了，難過了，我再去安慰你。但是如果我告訴你，我一開始就知道笙笙一定不會和你在一起，我才一直阻止你，你會相信嗎？」

其實時江不知道，好多年前的時空旅行，路遙和顧笙笙走散的那一晚，顧笙笙遇到雙目失明的少年盛承淮，而路遙遇到了年少的時江。

誤會她身上沒錢的時江請她吃了一個冰淇淋，那是她第一次嚐到冰淇淋的味道。那個時候，她還不知道時江會遇到顧笙笙這個坎。

後來顧笙笙在便利商店爆炸案中失聰，路遙和時江重逢，路遙認出了他，他卻沒認出路遙。出於私心，她冒險去了時江的未來。

她目睹了在顧笙笙綁架案中，時江趕往救援而遭遇車禍。為了不讓這個結局發生，她一直攔著時江追求顧笙笙。

「好吧，雖然這話確實有些荒唐。」路遙自嘲。

時江搖搖頭說：「雖然難以置信，但我相信妳。」

他放棄顧笙笙那天，是路遙陪著他坐在海邊，從日落到日出，從潮漲到潮落，從黑夜到黎明。但是，當時的她卻沒有解釋過為何一直阻攔他。

路遙因為他的話，神情變得明亮。但時江的下一句話將她打回了現實。

「妳是想聽我這麼說嗎？」時江表情冷漠，口氣疏離，「事情過去這麼多年了，沒什麼可計較的，但是妳用這麼扯的理由糊弄我，妳覺得我會信妳？」

路遙一愣。她好不容易找到機會回來和他道歉，他卻不相信。眼看馬上就要走了，以後更加沒機會解開誤會了。

這麼一想，她便莫名有些惱火，「不信拉倒。我當年就不應該管你的死活，你愛出車禍就出車禍，愛死就去死，跟我有什麼關係？」

「妳在說什麼亂七八糟的？」時江聽得一頭霧水。

路遙撇撇嘴，不再解釋，「好冷，胃痛，回去。」

「嗯？」

初夏時節，哪裡冷了？

回去的路上，兩人再也沒有交流。

※　※　※

翌日，路遙被陣陣雷鳴聲吵醒。她拿起床頭鬧鐘一看，不過才八點。但她躺在床上，毫無睡意。

豆大的雨滴打在窗戶上，「劈劈啪啪」作響，路遙聽得內心一陣煩躁。想到昨天的事情，她就惱火。早知如此，她應該憋在心裡一輩子不說，也好過被某人冷嘲熱諷。

她翻來覆去了一會兒，肚子便開始叫了，她只好離開房間去廚房做早餐。

路遙剛走到飯廳，就看到餐桌上放著三明治和熱牛奶，餐盤下壓著一張便條紙：我要出差幾天，請房客保持家裡整潔，防火防盜。

路遙哼了一聲，將紙條丟到一邊。

半個小時前，時江收拾好行李準備出發，想到路遙昨晚說胃痛，擔心她又隨便解決早餐，便做了兩個三明治，熱了一杯牛奶，用保溫杯裝著，留下便條紙：吃完早餐記得吃藥。

但是想到昨晚的事情，他就將便條紙揉成一團扔進垃圾桶，又重寫了一張：我要出差了，妳自己在家注意安全。

看了兩眼，覺得這樣寫也不對，又撕了重寫：我要出差幾天，防火防盜

但他覺得這樣的寫法，關心有些明顯，於是便有了路遙發現的那一張。

路遙吃著吃著，竟逐漸消氣了。

「時江是個普通人，他不知道未來會發生什麼，他不理解也是很正常的。」

「不不不，我那麼做是為了保住他的命，他可以不理解，但怎麼能冷嘲熱諷呢？」

「可是……要是有人阻止我追求喜歡的人，我肯定也會不高興，何況時江似乎早看開了。」

「算了，看在他做早餐賠罪的分上，我度量這麼大的一個人，就勉強原諒他吧。」

路遙的想像很豐富，但是時江做早餐的時候想的是：要是回頭她胃痛導致胃潰瘍什麼

的，累的還是我。

吃過早餐，路遙將家裡收拾得乾乾淨淨，然後拍了照傳給時江。

在和客戶洽談的時江收到照片，忍不住微笑。

客戶調侃道：「女朋友的訊息？」

時江收起手機說道：「還不是。」

「哈哈哈，那你得好好加油了。」

三天後，時江順利拿下合約，他訂了最快一班回嵐城的機票。

※　※　※

時江上飛機前傳了訊息給路遙，但是一直到他抵達嵐城都沒有收到回覆。從機場回家的路上，他看著窗外的天，心裡莫名多了一絲慌張。

他忍不住打了路遙的手機，電話裡的女聲反復提醒他：『您所撥打的使用者不在服務範圍。』

他失望地放下手機，心裡開始慌亂。

當時江站在家門口時，他竟然不敢開門。他害怕一開門，家還是那個家，卻空無一人。

躊躇了許久，他終於開門了。

玄關處整齊地擺著路遙穿過的棕色拉拉熊拖鞋。

因為這雙拖鞋，他們曾經吵過一架。起因是時江認為路遙只是暫住，穿家裡的男用拖鞋就可以了，但是路遙堅持要買一雙新的，於是他們去了超市。在拖鞋區，路遙選了一雙粉色兔子拖鞋，但時江接受不了家裡有粉色，便拿了一雙毫無款式的男女通用拖鞋給她。她說他是直男癌，兩人當著超市員工的面因為一雙拖鞋開始了何為「直男癌」的辯論。最後，一人退一步，買下雙方都能接受的棕色拉拉熊拖鞋。

拖鞋在玄關，這就說明路遙不在家。但時江希望她只是不在家而已。

他進了客廳，客廳整潔明亮，看得出路遙特意收拾過。茶几上的每一個東西都擺在指定的位置，只是多了一瓶鮮花，讓整個家添了一絲溫馨。

花瓶裡的鮮花開得正好，散發著清香，沁人心脾。

時江放下行李，輕輕撫摸花瓣，掐算這花被擺放進花瓶的時間。

路遙住過的客房房門虛掩著。他推門進去，不復往常的凌亂，客房整齊得一如……沒有住過人。

以前，時江會要求路遙將房間收拾整齊，但是她不但不收拾，反倒乾脆把門關上，讓他「眼不見為淨」。

現在，房間整齊如新，他卻不自在了。這個房間，完全失去了路遙的痕跡。

他抱著僥倖的心理打開衣櫃……

空空如也。

路遙走了。

時江知道路遙遲早要走，他也從來沒覺得她的離開會對他有什麼影響，但是現在看著空空的房間，他卻突然很難過。

他想或許是因為路遙沒有道別，如果她好好道別，他一定不會難過。

時江茫然若失地回到客廳，從行李箱裡拿出要給路遙的禮物，擺在客房的書桌上。那是一個天然大貝殼做的首飾盒，裡面的夾層和分格用的是大小各異的貝殼。大貝殼所孵化的珍珠點綴在首飾盒的鎖上。

他努力擠出一絲笑容，假裝自己不被路遙的離開所影響，甚至下廚為自己做了一桌子菜餚：紅燒小排、可樂雞翅、鍋包肉、糖醋魚、油燜筍、秋葵炒蛋、龍井蝦仁、宋嫂魚羹、蟹釀橙……一直到冰箱空了，他才停下。

餐桌上每一道菜都冒著熱氣，散發著誘人的香味。他洗了手，轉身去盛飯。

打開鍋蓋後，他才發現鍋裡沒有飯——他忘了煮飯。

時江蓋上鍋蓋，端著空碗坐到餐桌前。

明明每一道菜都色香味俱全，他卻如同嚼蠟。

飯後，他在書房處理了一些工作，晚上十一點半回到自己的房間，在床頭發現了一封信。顯然這就是路遙的「告別」。

時江沒有拆開信，而是將它鎖進了抽屜。

※　※　※

一週後，擺在客廳的花謝了，家裡唯一的亮色消失了。

時江的生活回歸兩點一線。路遙離開後，他半夜起來喝水不用擔心被誰嚇著，洗完澡圍著浴巾在家裡亂晃也沒關係，加班到幾點都不會有人催促他回家。

只是，下班回家的時候，陽臺和玄關不再有燈亮，早上也沒人一起吃早餐，冰箱不再是滿的，家裡不再凌亂；沒有嘻嘻哈哈的說話聲，沒有爽朗明亮的笑聲，沒有劈劈啪啪的遊戲聲。

吃飯的時候，他偶爾會多擺一副碗筷，頭幾次他會馬上收起來，次數多了就不管了。

他告訴自己路遙剛走，他不適應是正常的，等時間久了，自然就會習慣了。然而，路遙在這個家住不到十天，他花了數十倍的時間還是沒能將她從記憶裡抹去。

這天下班，時江路過賣章魚燒的小店，停住了腳步。

有一次下班前，他收到路遙傳的訊息，說回家的時候幫她帶一份章魚燒。但是由於他加班到太晚，攤位收攤了，他空手回家，於是他承諾以後還她十份。

「好，那我五份要番茄醬，五份要沙拉醬。」當時她笑著這麼回答，完全沒有因為沒吃到章魚燒而不開心。

沒想到十份還沒還，她就走了。

時江走到店裡，「你好，我要十份。五份加番茄醬，五份加沙拉醬。」

「哎，您一個人吃的話，十份有點多。」店員好意提醒。

時江卻已經掏出錢來，「十份，結帳。」

帶著十份章魚燒回家後，他拍了照片傳給那個始終「不在服務範圍」的號碼。

「十份章魚燒，五份加番茄醬，五份加沙拉醬。」

訊息成功傳出後，依舊沒有收到回覆。等他吃完第五份章魚燒，訊息提示音響起，他立刻放下手裡的筷子，打開手機查看。

『時江先生您好，恭喜您在×××節目的抽獎中獲得一等獎，獎勵現金一萬元，請您聯繫35585584領取獎勵。』

時江看到這則垃圾詐騙訊息，有股想摔手機的衝動。

他放下手機，走進臥室，打開抽屜拿出那封信。

『時江，我走了。謝謝你這幾天收留我，所以我把你的冰箱填滿了，那是我滿滿的謝意，你不用太感動。如果你特別感動，就先把感動保留著，等下次見面請我吃飯打遊戲，雖然我也不知道下次見面是什麼時候……我的家鄉特別遠，而且不能隨便離開，這幾年我一直等著這個出差機會，因為我一直想跟你說聲對不起。不管你是否可以接受我的解釋和道歉，該說的我都說了。我也不強求你接受我的道歉，只希望你開心。當然，回去之後我會努力工作，爭取升職加薪，然後經常來你這裡出差。對了，建議你每隔兩三個月就整理一次醫藥箱，把過期的藥扔掉，否則再像上次那樣吃了過期的藥吐了可就沒人照顧你了。』

落款是一隻卡通拉拉熊。

時江把信放回抽屜，再次鎖起來。

他不知道路遙說的很遠的家鄉是哪裡，但是他會去找，不停地找，直到找到為止。他希望會有那麼一天，路遙笑著對他說：「你還欠我十份章魚燒呢。」

—全文完—

高寶書版集團
gobooks.com.tw

YH 043
沉睡時光裡的愛

作　　者　木小木
責任編輯　陳凱筠、吳培禎
封面設計　陳采瑩
內頁排版　林　檎
企　　劃　何嘉雯

發 行 人　朱凱蕾
出　　版　英屬維京群島商高寶國際有限公司台灣分公司
　　　　　Global Group Holdings, Ltd.
地　　址　台北市內湖區洲子街88號3樓
網　　址　gobooks.com.tw
電　　話　(02) 27992788
電　　郵　readers@gobooks.com.tw（讀者服務部）
傳　　真　出版部(02) 27990909　行銷部 (02) 27993088
郵政劃撥　19394552
戶　　名　英屬維京群島商高寶國際有限公司台灣分公司
發　　行　英屬維京群島商高寶國際有限公司台灣分公司
初版日期　2021年 8 月

本書為閑閑拾光正式授權英屬維京群島商高寶國際有限公司臺灣分公司獨家出版發行。

國家圖書館出版品預行編目(CIP)資料

沉睡時光裡的愛 / 木小木著. -- 初版. -- 臺北市：
英屬維京群島商高寶國際有限公司臺灣分公司,
2021.08
　　面；　公分. --

ISBN 978-986-506-201-9(平裝)

857.7　　110012194